文品

藤沢周平への旅

後藤正治
Masaharu Goto

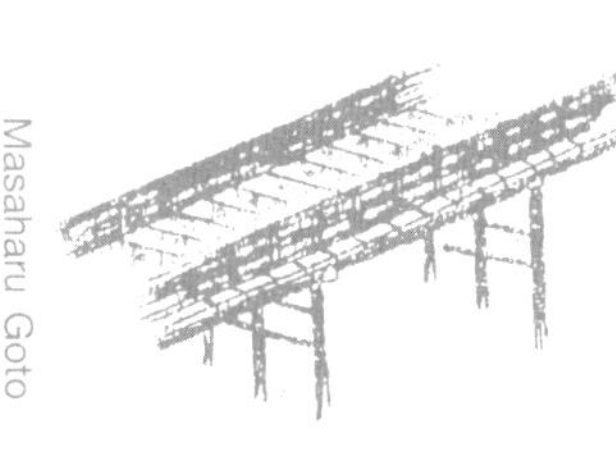

中央公論新社

文品(ぶんぴん) 藤沢周平への旅

目次

第Ⅰ部

第一章　修業時代の秀作――『木地師宗吉』　9
第二章　作家への途――『暗殺の年輪』ほか　26
第三章　負のロマン――『暁のひかり』ほか　43
第四章　歴史小説の開巻――『逆軍の旗』　63
第五章　江戸の暗黒小説（ロマンノワール）――『闇の歯車』　80

第Ⅱ部

第六章　作風の転機――『用心棒日月抄』　97
第七章　用心棒ふたたび――『孤剣』『刺客』『凶刃』　113
第八章　世話物の連作――『橋ものがたり』　132
第九章　秘剣舞う――「隠し剣」シリーズ　151

第十章　ハードボイルド調――「彫師伊之助捕物覚え」シリーズ　168
第十一章　青年医師の季節――「獄医立花登手控え」シリーズ　186
第十二章　戦国上杉の政治戦――『密謀』　203
第十三章　短編の成熟――『驟(はし)り雨』ほか　219

第III部

第十四章　大人の物語――『海鳴り』　239
第十五章　権力への階段――『風の果て』　254
第十六章　史実に沿って――『市塵(しじん)』　270
第十七章　余生に趣あり――『三屋清左衛門残日録』　284
第十八章　集大成的な作品――『蟬しぐれ』　300
第十九章　遠い道程――『漆(うるし)の実のみのる国』　316

あとがき　331

装幀　間村俊一
写真提供　文藝春秋

文品（ぶんぴん）

藤沢周平への旅

第Ⅰ部

第一章　修業時代の秀作――『木地師宗吉』

1

藤沢周平の故郷、山形県鶴岡市をはじめて訪れたのは二〇〇六年秋だった。氏の一ファン読者ということからであろう、雑誌（『文藝春秋』）のグラビアページに短文を寄せる仕事が舞い込み、喜んで引き受けた。

作品にかかわりある地として、生家、庄内藩の居城・鶴ヶ岡城跡（鶴岡公園）、藩校・致道館、映画『蝉しぐれ』で使われた萱ぶきの家屋……などを訪れた。

小説の舞台としてしばしば登場する海坂藩が、江戸時代の庄内地方をモデルにしたものであることはよく知られる。この地は、氏の故郷であり、小説世界の舞台であり、さらに深い部分における自身の拠り所であったように思える。

生家はすでになく、空き地となっていて、近くに高速道路が走っていた。風景は往時とは随分変容しているが、こんもりと茂る裏山の杉林、青龍寺川のせせらぎ、北方に霞む鳥海山、東方の出羽三山（羽黒山、月山、湯殿山）の稜線は変わらない。

少し車を走らせると、広々とした空の下、刈り取りを待つばかりの黄金色に染まった稲穂の波が広がっていた。美田、という言葉が頭をよぎる。あぜ道にたたずんでいると、どこからか虫の声が湧き、頬に触れる微風が心地よい。氏の愛した風景が、ふと知覚されて感じられるのである。

この折り、雑誌では藤沢の長女である遠藤展子さん、文藝春秋で藤沢の担当編集者だった鈴木文彦氏と鼎談などもしている。さらに後日、東京都杉並区内の自宅に展子さんを訪ね、夫の遠藤崇寿氏、長男の浩平氏とも面識を得、「藤沢周平への旅路――娘・展子と家族たち」という雑誌原稿（『オール讀物』二〇一七年二月号）を書いたりした。

藤沢は四十代の後半から東京都練馬区大泉学園町に住んだ。自宅の書斎はそのまま、鶴岡公園内に設けられた「鶴岡市立藤沢周平記念館」の一室に移築され、生前通りに再現されている。記念館がオープンしたのは二〇一〇年で、数年後に訪れた。ガラス張りのモダンな建物で、初版本、自筆原稿、挿画、史料、映像資料なども豊富に揃っていた。

藤沢の遺した蔵書類の多くは、遠藤夫妻の自宅、二階一室の書庫に保管されている。テーマごとに関連図書が並び、庄内や鶴岡の郷土史にかかわる一角もある。整理棚には江戸期の古地図などが仕舞われていた。

自宅に展子さんを訪ねた折り、藤沢さんは鶴岡の何がお好きだったのでしょうかと問うと、「少年期の農村の風景だったのではないでしょうか」という答えが返ってきた。

展子の少女時代、幾度か父に連れられて鶴岡に帰郷した。夜、上野駅を出る夜行急行「羽黒」は夜明け時に日本海に達し、北上していく。車窓から海を見詰める父の横顔はいつも穏やかだった。鶴岡に戻って時間があると、父は致道博物館を訪れ、往時の史料や民・農具を見るのも好きだった。

藤沢周平（本名・小菅留治（こすげとめじ））は、一九二七（昭和二）年、山形県東田川郡黄金（こがね）村大字高坂（たかさか）（現鶴岡市高坂）の農家の次男として生まれ、育っている。四二（昭和十七）年、太平洋戦争がはじまった翌年であるが、県立鶴岡中学校（現県立致道館高校）の夜間部に入学、昼間は印刷会社、次いで村役場で働いている。少年期から並外れた本好きだった。

終戦時は十七歳。翌一九四六（昭和二十一）年、山形師範学校（現山形大学地域教育文化学部）に入学する。

後年、藤沢は山形の地元誌『やまがた散歩』に、師範学校時代の追想「わが思い出の山形」を連載しているが（一九九〇年四月号〜九二年四月号）、はじめて親元を離れ、寄宿舎・下宿生活を体験する。食糧難の時代、いつも腹をすかせていた。級友たちと、大きな火鉢で飯盒（はんごう）メシを炊（た）く。おかずは黒い岩塩のみであるが、「天下の美味だった」と書いている。「乱読派」の文学青年で、同人雑誌『砕氷船』『プレリュウド』の制作に参加している。映画青年でもあって、週に六回、市内の映画館に通う日々もあったとか。

一九四九（昭和二十四）年、師範学校を卒業。黄金村の近隣、西田川郡にある湯田川（ゆたがわ）中学校の教員となり、一、二年生の担任を持ち、国語や社会を教える。

二年後、学校の集団検診で肺結核が判明、鶴岡市内の病院に入院・通院するが治癒に至らず、東京都東村山町（現東村山市）の篠田病院に転院する。同町にある病院で右肺上葉切除など三度にわたる手術を受け、療養生活は鶴岡時代を含めると数年に及んでいる。この間、篠田病院の療養仲間と同人誌の制作にあたり、詩文や俳句の創作に親しんでいる。投稿俳誌の名が「海坂」だった。

回復後、鶴岡に戻って教員への復帰を企図するが、その道はもう閉ざされていた。やむなく、都内の民家に間借りし、知人の紹介で得た職場、光学系の業界紙で記者生活をはじめていく。

エッセイ「一杯のコーヒー」（『グラフ山形』一九七六年十月）では、こんな回想文を寄せている。

病気がなおると、私は小さな業界新聞に勤めた。社長以下七人ぐらいで、広告が多いときは週一回、少ないときは月三回、四頁建ての新聞を発行している会社だった。私の姉は、業界紙といえばすべて赤新聞と思うらしく、私がそこに勤めたのを心配して手紙をよこしたが、私は仕事が面白くて仕方なかった。せっせと取材して回り、十五字詰の原稿用紙に記事を書いた。
私がはりきって仕事に精出したのは、ひとつは足かけ五年も病人暮らしが続いて、休むことに倦きあきしていたからだと思う。働いて報酬をもらい、その金で暮らすという、普通の人にはあたりまえのことが、私にはこの上なく新鮮に思われたのであった。

一九五九（昭和三十四）年、藤沢は鶴岡市出身で、教員時代の同僚の義妹、三浦悦子と結婚する。

翌年、業界紙としては四つ目の職場であったが、日本食品経済社に移り、食肉業界の『日本加工食品新聞』の編集部員となる。『藤沢周平全集』（文藝春秋）の年譜によれば「生活ようやく安定する」とある。

やがて藤沢は、『読売新聞』の読売短編小説賞に応募し、予選通過、選外佳作に選ばれるときもあった。現代小説で、筆名は本名の小菅留治を使用している。

さらに、高橋書店発行の娯楽雑誌『読切劇場』『忍者読切小説』『忍者小説集』誌上で、ペンネーム・藤沢周平の名で時代小説を発表している。「藤沢」は三浦悦子の里、鶴岡市藤沢に、「周」は悦子の甥の名に由来している。悦子は藤沢の作家活動の応援者であり、藤沢が作家として一本立ちすることを楽しみにしていたと伝えられている。

2

本稿では、ほぼ経年的に、私の好きな、あるいは藤沢にとって節目と思われる作品を取り上げ、その人生風景も点描しつつ作品の跡をたどってみたく思う。

高橋書店の雑誌に載った小説は、自宅押入れに紐（ひも）でしばって仕舞い置かれ、知られざる作品として埋もれていた。藤沢の没後九年になる二〇〇六年、『藤沢周平　未刊行初期短篇』（文藝春秋）として刊行される。

『木地師宗吉（きじしそうきち）』はこの中の一篇である（『読切劇場』一九六三年四月号）。

「隠すことはねえやな。お前作り始めたんだろう」

「いいや」

「だが、いずれやる気だろう」

「まだ、決めちゃいないよ」

「いや、お前はきっとやる。お前も木地師だからだ」


しつこく、市五郎は言った。宗吉は、顔をそむけて舌打ちした。酒の香、煮物の匂い、それに幾本も立てられた百匁蠟燭の油煙の匂いが一緒になって、秋が近いというのに、店の中は真夏のようにむし暑い。罵り合いに似た、声高な話し声、しまりのない笑い声が、酔った頭に重苦しくひびく。市五郎がいると知って入ったのが、うかつだった。

物語は冒頭、庄内藩の城下、お咲という酌女がいる飲み屋での、市五郎と宗吉の会話からはじまっている。

木地師とは、轆轤を用いて椀や鉢や盆など木工品を作る職人のこと。この日宗吉は、「宵の口から丁だ半だとのぼせ上っている中に、襦袢に褌ひとつという情けない恰好にむしり取られ」ていた。市五郎にからまれ、情けない姿で飲んでいる店に、「もらい子」の妹・お雪が迎えにやって来る。

羽洲十四万石の城下で、木地屋を営んできた三名が藩の側用人に呼び出され、殿様に差し出す「競作こけし」の制作を命じられる。宗吉の叔父「角政」はその一人で、選ばれた者には以降、藩御用が許され、諸国への売り出しも奨励されるという。

城下で最初にこけし作りをはじめたのは宗吉の父、木地師の善兵衛だった。善兵衛作のこけしは、円錐に近い胴と小さな頭部から成る素朴なもので、彩色も紅と墨を使った地味なものだった。

市五郎は宗吉の兄弟子にあたるが、角政に来る前、仙台藩の遠刈田から来たこけし職人に教えを受けていた。こけしという木の人形は、それぞれの地の風土を小さな姿の中に刻んでいる。遠刈田こけしは、頭部が大きく、色彩は豊か、花模様は豊麗だった。

叔父の角政から制作を促されつつ、宗吉は、いまひとつふっきれない。素材の木を何にするか、お雪に轆轤の綱取りができるか、市五郎に勝るこけしが作れるのか……。

こけしは、木から生れる花みたいなもんだ――仕事をしながら、独り言をつぶやく父の言葉を覚えている。親爺はこけしというものに惚れていた。そういうものが自身にはない。夜中、闇の中で、宗吉は眉を寄せて思っていた。俺は、市五郎の作るこけしがこわいのだ、と。

市五郎はきっと、華麗な色彩のこけしを仕上げてくるだろう。「それに対い合せると、自分のこけしは、墨色も紅い僅かな彩りも、みるみる色を失って、そこには、灰色の、目鼻もおぼつかない木偶が突立っているに過ぎない」と思えるのだった。

夜、榾火が燃え、自在〔鉤〕から吊した鉄瓶が鳴っている。宗吉は膝を抱いて炉端に背をまるめ、お雪は行灯の側で生地を広げ、頼まれた秋袷を縫っている。もう寝床に入った母に宗吉が問いかける。

「おっ母あ、柾見は十月に入ってからかな」

「あーい、何か言ったかい」

「もう眠ってたのか」

「いーや、まだ眼は開いてるよ」

「柾見だがよ。いつ頃が一番いいんだろうな」

「木の葉が落ちる、ちょっと前頃だな。その頃はな、山の樹が今年の役目を終ってな、さて寝るかと支度している時だと、父ちゃんが言っていたがな」

柾見――とは、木の年輪と成長を計り見る意である。月山と鳥海山の頂上近くが紅葉に染まったころ、ようやく宗吉は腰を上げげた。こけしの素材に、落葉樹のアオハダを使うことにし、山に入った。絶壁の上に、ほどよいアオハダが見えた。

二十尺は十分あると見た二本のアオハダの梢を仰いで、宗吉は額の汗を拭った。熊が喰べるという樹の実が紅い玉になってぶら下っている。背負ったテンゴの中から柾切を出し、刃を返して幹を叩いてみた。充実した樹肉の手応えがあった。刃で軽く表皮を削る。青味を帯びた白い樹肉が顔を出した。艶（つや）を含んだその色を見つめながら宗吉は、この肌が割られ、荒取りされ、轆轤に挽（ひ）かれて、次第にこけしに形をととのえていくのを想像した。熱い額をつけると、樹肌は快い冷たさで彼の心の高ぶりを鎮めた。

山中、アオハダを前にした宗吉の様子が絵画的に浮かんでくる。後年、風景や情景の描写における藤沢の筆運びの精緻さ、巧みさはしばしば指摘されるようになるが、すでにそれは、当修業時代の作品にも見られる。

固有の文体と描写力はどこに由来していたのか。少年期からの読書量に加え、俳句や短歌や詩に親しんだことも一助にはなっていようが、細部への観察力、折々に覚えた心象や想念を記憶に留め置くこと、さらにそれらを文章に置き換えること——。そのことはやはり、天与の技量であったように思われる。

3

昼間は、椀や鉢を作る本来の仕事がある。こけし作りは夜なべだ。轆轤の綱取りをお雪が担う。十七歳。自分がもらわれた子だということを知らない。大きな黒瞳（くろめ）が濡れたように光り、唇の小さい、可憐（かれん）な娘だ。

蠟燭の光の下で、宗吉はあぐらをかき、白木のこけしを股ぐらに挟み込み、筆に墨を含ませる。

丸に近い頭部は小さく、胴は円錐の、細長いこけしだ。
胴下に、墨と紅で轆轤模様を入れる。派手な花模様を描くことも考えてはみたが、こけしの平衡が崩れ、品を失う。頭部に蛇の目模様に描いた線でもって髪とする。顔の描彩は、まず三日月の眉を走らせ、眼は三筆で、上瞼、下瞼、黒瞳と描いていく。宗吉の手がけるこけしは、形も絵模様も、父の残した質朴なこけしを踏襲するものだった。

そんな手仕事が続く深夜、表の戸を叩く音がする。宗吉は土間に下り、桟を外す。

戸は外から開き、旅姿の男が無雑作に入ってきた。灯を慕って闇の中から飛びこんできた蝙蝠のごとく、長身の黒い姿だった。

「お前は宗吉か。大きくなったな」

男は自分で戸を閉め、桟をかけ直すと、呆然と立っている宗吉にニヤリと笑いかけてそう言った。頬がこけ、眼が険しくなって、昔の面影をあらまし失っているが、兄の清次郎に違いなかった。

「兄貴か」

「ま、上がらせてもらうぜ」

「お雪、起きろ。起きてお湯を沸かすんだ」

「いい、いい。水で十分だ」

清次郎は、旅馴れた手つきで、さっさと草鞋を脱ぎ始めた。

兄も少年期、父・善兵衛のこけし作りを手伝い、綱取りもした。十三年前、清次郎二十歳、宗吉十二歳の日、清次郎は江戸の海産物問屋に奉公に出た。一人前の商人になったら便りをするから――そう言った兄に、涙をためてうなずいた宗吉だった。

だが、父が亡くなった時、兄の所在はもう知れなかった。やくざ風の男たちと両国の盛り場を歩いている――といった風の便りを耳にしたりするようになる。

長く病床にあった母が亡くなる。まるで清次郎の帰るのを待ち焦(こが)れていたかのような死に方だった。清次郎は宗吉を喪主にし、自身は控え目に葬(とむら)いを手伝った。

帰郷して間もなく、清次郎は宗吉に、「木でも買いな」と言って、五両という大金を手渡していた。肩から背にかけて、傷痕がどす黒く走り、「江戸ってえとこは、恐ろしいところでな」とつぶやいたりする。縁側で膝を抱き、ただ黙然と冬近い空を眺めている日もある。清次郎の心象風景は荒涼としたものに包まれているようだった。

昼間は大抵、万年床でごろごろ寝ていて、暗くなると「お咲の店」に出向き、酔っぱらって帰ってくる。お雪に「もらい子」だからいいんだといって無体に及びかけたりもした。

清次郎の〝勇み足〟によって、お雪は自身の身の上を知る。秋田の材木屋から預けられた「里子」であったのが、両親が行方不明になり、いつの間にが、この家の娘となったという。傷ついたお雪に、宗吉はこう言い聞かせた。

お前が妙な了簡おこさねえように、俺ははっきり言っとくが、お前の家はここよりほかないんだぜ——と。

「大きい兄ちゃんて、昔からあんなだったの」と訊くお雪に、「馬鹿言え、昔はいい人だったよ。すっかり変っちまったんだ。江戸で苦労し過ぎたのさ」と答える宗吉であった。

4

宗吉は、あせりを覚えていた。素朴で気品あるこけし——を目指したものの、納得できる作品を作れていない。そんな宗吉に視線をやりつつ、清次郎はなにも言わない。わずかに、割れやすいアオハダではなく、やまつつじを使ってみるのはどうかと口にしたりはしたが——。

雪の夜、表戸が叩かれる。宗吉が応対すると、厳重な旅ごしらえをした数人の男たちで、清次郎に会いたいという。合羽の裾をはねているのは長脇差だろう。江戸から来た追っ手たちだった。不安に駆られた宗吉が、兄はいないと伝えると、相手はこう言った。

「あんた、清次の弟か」

相手の口調が変って、凄味を帯びた。

「左様ですが」

「ふん。心がけも男ぶりも俺なんざおよびもつかねえ弟がいると、清次が自慢してたのはお前さんかい」

「………」

「兄貴をかばおうてえ気持は解るがな。今夜はわけがあって、ぜひとも清次の顔が借りてえんだ」

「だから、いないと言ってるんだが」

「ふざけるねえ」

　男が一喝した。

　険しいやり取りが続く中、宗吉は兄を守ろうと戸口の心張棒（しんばりぼう）を握る。そこへ、奥から清次郎が姿を現し、男たちに向かって、「待ちねえ。いまさら隠れもしねえやな。ちょんの間、家の内を片づける間のこった。寒いだろうが、待っててくんな」と言ってぴしゃりと戸を閉める。

　そして振り向くと、すさまじい力で宗吉の腕を背中にねじ上げ、お雪に紐（ひも）をもって来いと命じ、縛り上げる。脇差をわし掴みにし、表に出ていくさい、身動きならない宗吉にこう言い残す。

「宗吉、悪いことは言わねえ、やまつつじで勝負しな。アオハダは割れる。それにな、言いてえことは、お前程の職人が、どうしてお前のこけしを新しく作り出さねえか、ということだ。親爺のこけしを真似るのが能じゃあるめえ」〔中略〕

外に人の声が罵り合ったと思うと、すぐに雪を蹴散（けち）らす重い足音が交錯した。

「お雪、解いてくれ」

「いやだ」

「兄貴が殺られる」

「解けば、兄ちゃんも殺される」

「ええ、わからねえ野郎だ」

「いやだ、いやだ」

　お雪は、しっかりと宗吉にしがみついたまま、泣き喚いた。


　戸に人がぶつかり、家が鳴る。掛声や悲鳴が起こり、雪を踏む足音が乱れた。そして、絶叫する声が起こり、やがてもの音はばったり途絶えた。

　――このくだり、兄弟の想い合う気持がよく伝わってくる。藤沢の初期作品には、道を外れた兄をかばう弟の気持が盛り込まれたものが何作かある。それは藤沢の実生活にかかわりがあったように思えるが、そのことは後章で触れたいと思う。

5

　競作こけしの下検分が行われた正月明け、宗吉が叔父の角政の店に顔を出すと、いきなり怒鳴られる。宗吉が提出していたこけしには、胸に一筋ひびが入ったというのだ。叔父は側用人にこう言われたという。侍なら切腹ものだ、と。
清次郎が指摘したごとく、アオハダは白い木肌が美しいが割れやすい。その欠点は宗吉も知ってはいたが、芯（しん）を削っておけば大丈夫と、高を括っていたのだ。

宗吉は角政を飛び出し、お咲の店に駆け込むと市五郎がいた。下検分での評判がよく、傲（たかぶ）りが顔に出ている。お咲を挟んで、取っ組み合いになり、さらに酔客たちを巻き込んだ騒動となり、その後は記憶が飛んでいる。泥酔し、負傷して家に戻った。

明け方、目がさめると、布団の外で、お雪が帯も解かず、死んだように寝ている。母は亡くなり、兄は殺され、とうとうこの娘と二人だけ残されたのだと宗吉は思う。まつげの長い目尻から涙の跡が乾いている。ゆうべ、この娘は、血まみれの宗吉を介抱しつつ、心細さに泣いたのだろう。宗吉の胸に、ふと想念が差し込んできて、こう言った。

「お雪、ちょっと立ってみろ」

「あい」

胴は柔らかくくびれ、そして、力強い腰にふくらんで行く身体（からだ）の線が続く。その時、宗吉の頭の中で、「ひとつの小さな、それでいて眼も眩（くら）むばかりに輝く考え」が浮かんだ。宗吉はお雪の身体に手を触れたまま、凝然と眼を閉じていたが、静かに坐り直して膝を揃えると、低く言った。

「お雪、着ているものを脱いでくれ」

短い沈黙を経て、お雪は羞恥（しゅうち）に頬をそめつつ、宗吉の言う通りにする。ほどけた帯が下に落ち、衣ずれの微音がそれに続いた……。

宗吉の眼の奥に、一体のこけしが立っていた。円い頭部、胴は上下から美しい曲線が走り、中央で出合う形になった。すると、胴は周囲に弦月（げんげつ）の反りをめぐらせた、簡素で優雅な姿態を明らかにするのだった。肌は白く、墨を細く使った眼は瞳をもたない一筆描きだ。その眼の微（かす）かな、あるかなしの微笑。紅は白い肌に僅かに点じられる。

どこまでも続く白い雪の野。その雪の野を分ける細く黒い一筋の道。くるりと振り返って、旅姿の清次郎が笑った。

（どうだ、親爺を真似るばかりが、能じゃあるめえ）

宗吉が、父・善兵衛を超えるこけし像の輪郭を得た瞬間だった——。

こけし作りという新鮮な素材、格調ある文体、個性豊かな登場人物、起伏ある展開、官能美を帯びた余韻……を残して物語は閉じられている。

この物語の創作の経緯はわからないが、鶴岡を訪れた折り、山形の観光協会か何かのパンフレットで、こけしが県の伝統工芸品のひとつとして挙げられていたと記憶する。

江戸期から、轆轤を使ったこけし作りは東北各地で行われており、湯治場（とうじば）のお土産や子どもたちの玩具として親しまれてきた。藤沢にとってこけしは、少年期から近しいものであったろう。

『未刊行初期短篇』に収録された短篇は計十五編。必ずしも完成度が高くないものもあるが、『木地師宗吉』は、後年の短篇作品と比べて何ら遜色はない秀作と思う。主人公・宗吉が宿す、職人たらんとする気概は、その後の藤沢作品を貫いてあるものであろう。

雑誌掲載時、藤沢の年齢は三十五歳。『オール讀物』新人賞への投稿をはじめるのは翌一九六四（昭和三十九）年からであるから、いわば助走の、修業時代である。文壇に本格的にデビューする前、藤沢周平はすでに完成されていた——。感慨を覚えるものがある。

第二章　作家への途――『暗殺の年輪』ほか

1

『オール讀物』新人賞の予選通過作品の作者として、藤沢周平の名前が見えるのは一九六五（昭和四十）年からである。同年上期『北斎戯画』、同年下期『蒿里曲（こうりきょく）』、翌六六年下期『赤い月』が、それぞれ最終候補作、第二次、第三次予選通過作品となっている。娯楽雑誌への執筆はやめている。〈作家〉への飛躍の意志と解していいのだろう。

　このころ藤沢に、私生活においては苦難の日々が続いていた。

　一九六三（昭和三十八）年――『木地師宗吉』が『読切小説』に載った年であるが――、吉事と凶事が重なって起きる。二月に長女・展子（のぶこ）を授かるが、十月に昭和医大病院で妻・悦子が二十八歳という若さで進行のはやいガンのために亡くなる。

　展子は生後一年に満たない。『日本加工食品新聞』（日本食品経済社）の勤めをもっていた藤沢は、助力を得るため鶴岡から母のたきゑを呼び寄せ、東京都清瀬町（現清瀬市）の都営中里団地で暮らしていく。

この時代、藤沢は手帳および大学ノート（三冊）に日記メモを記していた。没後二十年を経て、展子が丁寧な解説を加え、『藤沢周平　遺された手帳』（文藝春秋、二〇一七年）として刊行している。

悦子が病死してまだ間もない時期、こんな日記を見ることができる。

〔10月13日　その死をみ、そんな悲しみはまだ胸の中に重い。悦子が死んだことをまだ十分納得できない。死に向かっていそぐその日々の記憶が哀れに生々しくよみがえる。可哀想な悦子。お前がもうこの世にいず、もう一度かたわらに帰ってこないなどと、どうして信じることができよう。

しかしきびしいかな、これが人生というものなのか。人は死をまぬがれることができぬ。

展子のために、生きられるだけ生きてやらねばならないだろう。

展子のいることを忘れていた。悦子の生命が、展子の中に生きている。

貧しいことを不幸だとは思わないが、やはり哀れだ〕

展子が悦子の実家に預けられていた時期もあって、その間、藤沢は東京で一人暮らしをしている。

〔10月29日　まだ雨晴れぬ。夜、濡れて帰る。缶詰、白菜のつけたもの。それと卵を買って。波のように淋しさが押し寄せる。狂いだすほどの寂しさが腹にこたえる。小説を書かねばならぬ。展子に会いたい〕

展子、母・たきゑとの三人暮らしがはじまった頃、「私は今夜、眠たい展子をからかったりして無理に遊んだ。淋しくてならなかったのだ。老いた母は昏々と眠っており、展子は小さい生命。これが私の家族なのだ。悦子はもういない。これが人生というものだろうか」と記している。

悦子が亡くなっておよそ一年後には、「オール讀物『新人王』の構想まとまる」といった文字が見える。「当選のお金〔当時十万円〕で墓を立ててやりたい」という文字も見える。公募小説の執筆は、内なる空洞を埋めるためのものでもあったのだろう。

小説に向かう気持について、エッセイ「転機の作物」(『波』一九八三年六月号)ではこんなふうに回想している箇所がある。

この頃、「ひとには言えない鬱屈した気持をかかえて暮らしていた」のであるが、世の人々がストレス解消の手段とするはずの酒はさほど飲めず、釣りやゴルフには興味なく、ギャンブルに手を出すこともない。

しかし、狂っても、妻子にも世間にも迷惑をかけずに済むものがひとつだけあって、それが私の場合小説だったということになる。そういう心情の持主が小説を書き出したのだから、出来上がったものが、暗い色彩を帯びるのは当然のことである。物語という革ぶくろの中に、私は鬱屈した気分をせっせと流しこんだ。そうすることで少しずつ救済されて行ったのだから、私の初期の小説は、時代小説という物語の形を借りた私小説といったものだったろう。

2

悦子の死からいえば五年余り後、藤沢は高澤和子と再婚している。『藤沢周平全集』（文藝春秋）の月報に連載した「半生の記」（一九九二年六月～九四年四月）によれば、和子は官吏の娘で、東京の下町育ち、飾らない率直な物言いをする女だった、とある。

そのために思うことの七分目ぐらいしか言わないことを美徳とする郷里の人たちに誤解されたり、また田舎の人人の間に抜きがたくある後妻に対する偏見に悩まされたりしたが、彼女の本性は生まじめで人の面倒見がよく、おもいやりが深いところにあった。彼女は死んだ先妻のことも血の繋がらない娘のことも苦にせず、まとめて面倒をみるふうがあった。和子は私の家の状況を見さだめると、右に老母左に娘の手をひいて銭湯に連れて行き、車を呼んで病院に連れて行くことからはじめた。

再婚は倒れる寸前に木にしがみついたという感じでもあった――とも記している。

展子には、父・周平、母・和子の思い出などを記したエッセイ集『藤沢周平　父の周辺』（文藝春秋、二〇〇六年）がある。展子にとってはもとより生母・悦子の記憶はなく、母とは和子である。母から耳にした、父との婚約時代のひとこまも紹介しているが、ユーモラスでもある。

婚約時代とはいってもロマンチックではない。デートといっても、藤沢は家族の夕食をつくらねばならず、いつも早々に帰宅していった。ただ、一度だけ、喫茶店でデートをしたことがあったとか。


　その日、父は一本のハムを持って喫茶店に現れました。おそらく仕事の取材先で頂いた物だったのでしょう（当時は日本加工食品新聞というハムなどを扱う業界紙の記者をしていたのです）。母が、一体、このハムをどうするんだろうと思っていたら、喫茶店で包丁を借りて、その場でハムを半分に切って、母に半分だけくれたそうです。

　本当は気前よく、一本まるまるあげたかったのでしょうが、家で「口を開けて待っている」私と祖母の姿が頭をよぎったのでしょう。それで、苦肉の策として、半分こにして母にあげたのでした。母も半分に切ったハムを大切に抱えて家に持って帰りました。


慎ましやかな時代の、慎ましやかな男女の姿が浮かんでくる。

再婚後、中里団地で四人暮らしが続くが、やがて藤沢一家は久留米町（現・東久留米市）金山（かなやま）町（ちょう）にある中古の一戸建て住宅に転居し、新たな暮らしをはじめていく。その後、しばらくして藤沢の母・たきゑは鶴岡に帰り、三人家族となる。

3

『溟い海』がオール讀物新人賞を受賞し、『オール讀物』一九七一（昭和四十六）年六月号に掲載された。『北斎戯画』から数えると六年後である。

暗い色調の短篇である。

主人公は再び、浮世絵師の葛飾北斎。「富嶽三十六景」で名声を博するが、老いが忍び寄る。絵は飽きられ、版元も冷ややかだ。不出来な息子の女の後始末などにも巻き込まれ、鬱々たる日々を送っている。

ひと世代下の風景画家、安藤広重の「東海道五十三次」の評判を耳にし、目にする。一見、平凡であり、自身が試みたような「曲芸じみた画枝の披露」はない。が、深く迫ってくるものがある。「つとめて、あるがままの」あるいは「切りとった」風景を描きつつ、「人間の哀歓が息づく」作品となっている。

宿場町の風景を描いた「蒲原」でいえば、闇に包まれた夜、雪が降り積もる中を傘や蓑をまとった旅人が歩いている。白と黒の世界が広がる山間の宿場町に、降り積もる雪の音が聞こえるような静謐な風景画で、北斎は衝撃を受ける。「巨峰北斎」が崩れていく音を聞くごとくに感じるのである。

美人画を持ち味とする英泉が「木曾街道」を請け負うが、しくじりがあったようで、版元は連載を打ち切る。ならば新たな受注は北斎にくるはずのものが、後釜に選ばれたのは広重であるという。嫉妬に駆られて北斎は、悪党仲間を募り、広重の腕の一本もへし折ろうと襲撃計画を立てるが、夜道を歩く広重の暗い表情を見て取って、「やめた」と計画を中止する。広重もまた画業とは別の、人生の深傷を負いつつ生きている……。

物語のラスト、逆に悪党どもに殴られ、深夜に帰宅した北斎が、行燈の側にひろげてある、やりかけの仕事を見つめたあと、一羽の海鵜に筆を重ねる場面で閉じられている。

絹布の上に、一羽の海鵜が、黒黒と身構えている。羽毛は寒気にそそけ立ち、裸の岩を掴んだまま、趾は凍ってしまっている。

北斎は、長い間鵜を見つめたあと、やがて筆を動かして背景を染めはじめた。はじめに蒼黒くうねる海を描いたが、描くよりも長い時間をかけて、その線と色をつぶしてしまった。漠として暗いものが、その孤独な鵜を包みはじめていた。猛猛しい眼で、鵜はやがて夜が明けるのを待っているようだったが、仄かな明るみがありながら、海は執拗に暗かった。

それが、明けることのない、溟い海であることを感じながら、北斎は太い吐息を洩らし、また筆を握りなおすと、たんねんに絹を染め続けた。時おり、生きもののような声をあげて、木枯らしが屋根の上を走り抜け、やむ気配もなかった。

本作から伝わってくるのは、時の流れの中で超えられていく、作家という存在の悲哀である。ストーリーも筆致もひたすら暗いが、時代小説という場を借りての、「鬱屈」を込めた「私小説」であったのだろう。エッセイ「『溟い海』の背景」（『週刊文春』一九七九年十月四日号）では、「主人公の北斎は、あちこちで私自身の自画像になっていた」とも記している。

この後も藤沢は、『喜多川歌麿女絵草紙』など、浮世絵師にかかわる作品をいくつか書いている。『女絵草紙』のあとがきで、浮世絵は官製の匂いがなくて自由に人間と風景を描いていること、さらに絵師たちの素姓のあいまいさに興味をひかれて、と記している。絵師の世界は藤沢作品の引き出しのひとつとなっていく。

前記したように、結核が治癒したさい、藤沢は教員復職を企図するが果たせず、やむなく光学系の業界紙を発行する小さな会社に勤めた。書く仕事は気に入ったが、経営難で退社を余儀なくされる。転職先のさらに零細な業界紙は麻雀屋の二階に事務所を構えていたが、編集部員は藤沢一人。ここもまた経営難で、その後、中規模の日本食品経済社へと移る。

この社について、エッセイ「再会」（『出会い』一九八一年六月号）ではこんな風に書いている。

私が十四年間勤めた業界紙は、多いときで社員十数名という小さな会社だったが、雰囲気のいい会社だった。いわゆる業界紙といった余分な色彩はまったくなく、社長以下ごく円満な常識人の集まりだった。私はそこで記事を書いてひとなみの給料をもらい、やがて結婚して子供も得た。とりたてて不満はなく、その生活に小さく自足していた。退院したとき無一物だったことを考えれば、この上何をのぞむことがあろう、と思うこともあった。喰って生きて行ければ十分だと思った。

『涙い海』が新人賞を受賞した頃、藤沢は日本加工食品新聞の編集長をしていた。受賞の知らせを銀座八丁目にあったオフィスで受けた夜の模様を、「『涙い海』の背景」ではこう記している。

その時間帯、いつもなら帰宅する通勤電車の中だが、所在をはっきりしておいてほしいといわれ、オフィスで残業をしながら当落の通知を待っていた。

やがて受賞の電話があり「私は一瞬茫然とし、それから受話器をおくと帰り支度をはじめた」。すると、臼倉社長も帰り支度をはじめ、「ちょっと一杯やって帰りましょうか」と誘われ、さつま揚げを食べさせる店に入った。その店から、家には受賞のことを電話したものの、面映ゆい気持から社長には話さなかった。ずっと、勤めと小説執筆を混同してはいけないと思っていたからだ。

社長と別れて新橋から乗った電車は空いていた。いささかの酔いに身をまかせながら、私は勤めのかたわら一年に一篇ぐらい、どこかに作品を発表出来たらいいと思った。それ以上のことを望んでいなかった。

藤沢らしい、控え目な記述である。この時、藤沢四十三歳である。

合算すると業界紙への勤務は、二足草鞋の時期を含めていえば二十九歳から四十六歳まで、計十七年に及んでいる。作家・藤沢周平から見れば随分と長きに及んだ〝寄り道〟にも映るが、私はそうは思わない。

業界紙とは文字通り、業界のためにあるメディアであって、社会の片隅にある世界である。その世界で長く、藤沢は生きた。

藤沢は、「半生の記」の中で、青年期、長く結核療養に費やした年月を「私の大学」であり、「このときの病気と入院がなかったら、私がいまのように小説を書けたかどうかは甚だ疑わしいと思う」と記している。同じように、業界紙での勤務は、〝もうひとつの大学〟だったのではあるまいか。

この間、業界と企業を知り、さまざまなタイプの人々を見、接した。周辺、いわゆるエリートや〝成功者〟と呼ばれる人は少なかったろう。

石川啄木の人生と文学遍歴に触れたエッセイ「啄木展」(『荘内文学』一九八七年八月号)に、かような一節を記している。

　人はみな失敗者だ、と私は思っていた。私は人生の成功者だと思う人も、むろん世の中には沢山いるにちがいない。しかし自己肥大の弊をまぬがれて、何の曇りもなくそう言い切れる人は意外に少ないのではなかろうかという気がした。かえりみれば私もまた人生の失敗者だった。

失敗の痛みを心に抱くことなく生き得る人は少ない。人はその痛みに気づかないふりをして生きるのである。

藤沢のもつ人生観の基底にあるものであろう。そういう人生観を養ったのは、若き日に強いられた療養生活、私生活上の困難、そして、市井の一勤め人として黙々と暮らす日々であったように思える。歳月の中で培われた体験と認識が、小説世界における多彩な人物像の創造に生かされ、目線の低さというものにつながっていったように思えるのである。

4

新人賞受賞から二年後、藤沢は『オール讀物』に掲載された『暗殺の年輪』で直木賞を受賞する（一九七三年上期）。それまで三度——『溟い海』（七一年上期）、下っ引をつとめる版木彫り職人が見張る女に翻弄される『囮』（七一年下期）、出戻りの女と元錺職人との再会と別れを描く『黒い縄』（七二年下期）——が候補作になっており、ノミネートされて四度目での受賞だった。

『暗殺の年輪』は士道小説の短篇であるが、当作ではじめて「海坂藩」という藩名が使われている。主人公は下級藩士、葛西馨之介。室井道場の俊英であるが、どういうわけか、折々、周辺より「憫笑」されている気配を感じるときがある。十八年前、藩の権力闘争の渦中で横死した父・源太夫の一件とかかわりあることなのか……。

道場仲間の貝沼金吾より、自宅に立ち寄るよう誘われる。夜半に訪れると、貝沼の父である物頭、さらに家老、組頭、郡代といった藩の重役たちが顔を揃えていた。馨之介の顔を見ると、郡代はこう言い放つ。「これが、女の臀ひとつで命拾いしたという伜か。よう育った」と。馨之介はいったん、むき出しの慇笑だった。重役たちが政敵の中老、嶺岡兵庫の暗殺を持ちかけるが、馨之介はいったん、断っている。背後に何があるのか、馨之介は往時の事件の真相に迫っていく……。

後年「隠し剣シリーズ」などを担当する文藝春秋の鈴木文彦は、「藤沢周平　知られざる修業時代」(『オール讀物』二〇一四年四月号)の中で、『暗殺の年輪』にも触れている。

当初、藤沢がつけていたタイトルは「手」で、その後「刺客」「暗殺」「眼の中の刃」「襲殺」「眼」……となり、その都度、草稿も手直しされていた。こう記す。

「隠し剣シリーズ」の成熟した時期からの担当者としてみれば、必ず締切を守り原稿に苦闘の痕を残すことがない作家藤沢周平しか知ることがなかった。その藤沢氏が、『溟い海』で小説開眼をした後も、少くも『暗殺の年輪』『又蔵の火』まではこれほどに改稿をしていたことに驚くのである。

鶴岡市立藤沢周平記念館の企画展の何度も書き直しをしている草稿群を見るにつけ、「私の修業時代」の一節「小説開眼のようなものは突然にやって来たけれども、ずっと書きつづけていなかったら訪れなかったものだろう」という言葉の重みに圧倒される。特に後段の文章の意味しているところに、である。

当記念館を訪れ、藤沢の草稿原稿を目にしたさい、私も同じような感想を持った。名文家・藤沢周平もまた、繰り返し呻吟するなかで達意の文を習得していったのだ、と。

馨之介は、母・波留の兄である伯父の檜垣庄右衛門、かつて葛西家の下僕で、娘のお葉と飲み屋を営む徳兵衛、嶺岡家の元中間で渡り中間となっている弥五郎などの証言を得る。さらに少年期の記憶を甦らせつつ、往時の真相を突き止めていく。波留と嶺岡の間に密事があり、その関係によって家名が存続した……。

藤沢は女性――人間と言い換えても同じであるが――を描くに長けた作家であったが、本作においても、三人の女を巧みに書き分けている。

一人は、徳兵衛の店を切り盛りする娘のお葉。馨之介とは幼馴染みで、道で出くわすと、「若旦那、たまにはお寄りなさいな」と誘ったりする。軽い三白眼で、ややきつい感じの顔立ちであるが、俯くとひどく淋し気な眼になったりする。

元中間の弥五郎は、嶺岡の別業に駕籠に乗った波留が訪れていたと証言した。口調に嘲笑が込められていて、怒りに駆られた馨之介は弥五郎を斬ってしまう。その夜、徳兵衛の店で泥酔した馨之介はお葉に無体に及ぶが、お葉は成熟した大人の女だった。「いいの、謝ってもらわなくとも、あたしはそれでも若旦那が好きだもの」と応対するのだった。

一人は、金吾の妹・菊乃。「十九のお葉が果実なら、菊乃はまだ蕾」だ。馨之介が金吾宅を訪れた夜の帰り、しばらく会っていないことをなじるように、「ご縁談があったのですが」と問う。馨之介は微笑しつつ「縁談ならば、そなたに申し込む」と答えている。物語の終盤、父や兄も加わった陰謀を耳にした菊乃は、そのことを馨之介に告げ、事が終わるのを馨之介宅で待つという。

さらに一人は母の波留。日々はもの静かで、いつも身だしなみをきちんとし、夏の盛りでも、後(おく)れ毛一本残さない。着る物は質素で、畑の世話と縫物で日々を費やし、近所と行き来することもない。

馨之介には、幼い日、自宅の式台で母と一緒に誰かを見送った微かな記憶があった。嶺岡ではなかったか……。母に、往時を糺(ただ)し、問い詰める。「お前のために、したことですよ」という母に、馨之介は「ずいぶんと愚かなことをなされた」と言い放つ。

――お葉は、どこか陰(かげ)りのある練(ね)れた大人の女である。菊乃は、固い蕾のままに真っ直ぐである。波留は、貞淑な武家の寡婦でありつつ深奥にまた別のものを宿した人であるのだろう。三人三様の人物像の輪郭が浮かんでくる。

波留が自害し、馨之介は依頼された暗殺を引き受ける。夜、城を出た嶺岡兵庫を路上で待ち伏せ、付きそう男たちの刃を跳ね返し、嶺岡に迫る。

「誰の指金(さしがね)だ？　……」と問う嶺岡に、「葛西源太夫の子、馨之介でござる」と答えるが、嶺岡は、父はむろん、命を絶った母のことも記憶に留めていなかった。

嶺岡を倒し、立ち去ろうとしたところへ、新たに、覆面で顔を包んだ刺客七、八人が刃を向けてきた。家老の手の内にあるもので、馨之介はようやく、企みの全貌を知る。嶺岡とともに馨之介の死体があれば、私怨がらみの争闘と説明がつく……。ラスト、こうある。


……背後に追い縋る刃を斬り払うと、馨之介はいきなり走り出した。

（お逃げになることは出来ませんの？）

菊乃の怯（おび）えた声が耳もとにする。この汚い企みにつき合う必要はないのだ、と思った。執拗な足音が背後にしているが、二人ぐらいのようだった。闇が逃げる者を有利にしている。

星もない闇に、身を揉み入れるように走り込むと、馨之介はこれまで躰（からだ）にまとっていた侍の皮のようなものが、次第に剝げ落ちて行くような気がした。

馨之介は走り続け、足はいつの間にか家とは反対に、徳兵衛の店の方に向っているのだった。


ストーリーの結末としては菊乃のもとへ向かうのが自然とも思えるが、向かった先は「徳兵衛の店」とある。お葉のもつ吸引力もさることながら、「侍の皮のようなものが、次第に剝げ落ちて行く」ゆえのことであったのか。

書き手は、抗争の当事者、家老派あるいは嶺岡派のいずれにも肩入れしていない。藤沢作品に、とりわけ前・中期の士道小説に通してあるのは、権力というものに対する冷え冷えとした感触である。主人公の下級武士たちは、権力に翻弄（ほんろう）されつつもなお、意地と矜持（きょうじ）を失わない。本作に、藤沢士道小説の原型を見ることができよう。

5

直木賞を受賞し、藤沢は一気に締め切りに追われる作家となっていく。掛け持ちで続けていた勤め先、日本食品経済社を退社するのは受賞翌年である。

若き日、山形師範学校を卒業した藤沢が、故郷、鶴岡・高坂（たかさか）の隣村、湯田川（ゆたがわ）の中学校で教員職にあったことは以前に触れた。

「半生の記」によれば、二年生、次いで一年生のクラスの担任を受け持つが、赴任当初、生徒たちは教師の思い通りにはならずに自信を失い、「発達心理学なども勉強したはずなのに、何の役にも立た」ず「教師をやめようかと思いつめた」時期もあったとか。やがて「生徒たちがかわいくて仕方がなくなった」「勢いよく一人前の教師になる道を歩きはじめた」と記している。けれども結核に侵され、二年ほどで休職を余儀なくされる。

エッセイ「再会」によれば、直木賞を受賞したさい、講演の依頼があり、二十数年ぶりに中学校を訪れた。

会場の前列に、往時の教え子たちの姿があった。男の子も女の子も、もう四十近い齢になっていた。それでいて、一人ひとり、かつての顔が浮かぶのである。藤沢が話し出すと、女の子たちは手で顔を覆って涙をかくし、藤沢も壇上で絶句したとある。

講演が終わると、私は教え子たちにどっと取り囲まれた。あからさまに「先生、いままでどこにいたのよ」と私をなじる子もいて、〝父帰る〟という光景になった。教師冥利に尽きるというべきである。

どこにいたかという教え子の言葉は、私の胸に痛かった。私は教え子たちを忘れていたわけではなかった。一人一人の顔と声は、いつも鮮明に私の胸の中にあった。しかし業界紙につとめ、間借りして小さな世界に自足していたころ、声高く自分のいる場所を知らせる気持がなかったことも事実である。そういう私は、教え子たちにとっては行方不明の先生だったのだろう。

藤沢にとって故郷は長く、〝遠きにありて思うもの〟であった。この日から風景はいささか変わり、以降、藤沢作品の読者となった教え子たちとの交流が続いていく。

第三章　負のロマン──『暁のひかり』ほか

1

藤沢周平は『暗殺の年輪』で直木賞作家となるが、前記したように、『溟い海』『囮』『黒い繩』が候補作となるものの、たまたまであろうが三度とも「受賞作なし」の期となっている。『暗殺の年輪』も、藤沢にとっては自信作ではなかったようで、こんな風に回想している文がある（「出発点だった受賞」『オール讀物』一九八九年二月号）。

文藝春秋の編集者N氏より候補作に入っていると連絡を受けたものの、あまり気持は弾まなかった。一回抜いてもらって、『暗殺の年輪』より少々マシと思われる『又蔵の火』を入れてもらうのはどうでしょうと口にしたところ、それは了見違いだ、得がたいチャンスなのだからといわれ、「私はいつの間にか自分が傲慢な人間になっているのを思い知った。私は恥ずかしかった」とある。そんなこともあって、受賞は到達点ではなく、これから努力しなければならない出発点になった

――と書いている。

『又蔵の火』は、庄内藩内の史実に材を得た仇討ちの物語であるが、二冊目の作品集の表題となり（文藝春秋、一九七四年）、直木賞受賞前後の短篇五篇を収録している。この本の「あとがき」で藤沢は、自身の前期作品を総括するような文を寄せている。


……全体としてみれば、どの作品にも否定し切れない暗さがあって、一種の基調となって底を流れている。話の主人公たちは、いずれも暗い宿命のようなものに背中を押されて生き、あるいは死ぬ。

これらは私の中に、書くことでしか表現できない暗い情念があって、作品は形こそ違え、いずれもその暗い情念が生み落としたものだからであろう。読む人に勇気や生きる知恵をあたえたり、快活で明るい世界をひらいてみせる小説が正のロマンだとすれば、ここに集めた小説は負のロマンというしかない。この頑固な暗さのために、私はある時期、賞には縁がないものと諦めたことがある。今年直木賞を頂けたのは幸運としか思えない。

だがこの暗い色調を、私自身好ましいものとは思わないし、固執するつもりは毛頭ない。まして殊更深刻ぶった気分のものを書こうなどという気持は全くないのである。ただ、作品の中の主人公たちのように、背を押されてそういう色調のものを書いてきたわけだが、その暗い部分を書き切ったら、別の明るい絵も書けるのではないかという気がしている。

藤沢は、登場人物に「背中を押され」ながら、つまりは自身の内部にあるものに導かれて、そういう色調の物語を書いていた。この前後、四、五年を藤沢作品の前期といってもいいだろう。

確かに物語の色調は暗いが、藤沢作品の幹を形づくった年月である。この幹からさまざまな枝葉が伸びていったのだと思わせるものがある。前期の時代、文学的光沢を秘めた短篇四篇を取り上げ、講評してみたく思う。


まずは『闇の梯子』。初出は『別冊文藝春秋』一九七四年新春号。

長女・遠藤展子著『藤沢周平 遺された手帳』では、直木賞受賞の前年（一九七二年）――「独り立ち直前の年」とあるが――幾度かこの作品のメモ書きが見られる。


『闇の梯子』、まだ決定的な全体が見えない。四〇枚まできているというのに。

朝、『闇の梯子』の全体がみえないと書いたが、五〇枚書いて漸く全体がみえてきた。あとは一瀉千里である。このように全体の構成をつかむのがおくれた作品も珍しい。大ていは一五枚あたりでつかめるのだが。

結局、酉蔵と清次の交錯するところがみえなかったのだが、今日は漸くそれが摑めた。このようにして、いつも書くことで解るしかないのだ。考えてうまくいかないときは、書くことでみつけるしかない。

『闇の梯子』六七枚まできた。九〇枚ぐらいになりそうだ。

『闇の梯子』が一二月の別冊〔文藝春秋〕にのれば、文春では一応直木賞を賭けてみるということなのだろうか。それで通らないとなると、文春に負い目が出来そうな気がする。直木賞は若干遠ざかろう。

私自身の気持ちから言えば、直木賞などというものはまだ遠い。もの書きのはしくれとして、胸が躍ることは否定しないが、それとまだ遠いという気持ちは別のものである。要するに、まだ任ではないという気がする。

実際体制が出来てない。いまの私はどちらかというと、間違いなく業界紙記者で作家ではない。このことは私を臆病にする。

この時期、勤めと掛け持ちで、何作かを同時進行で進めていたことがわかる。

『闇の梯子』の主人公は、板木職人の清次。「彫六」で修業し、美人絵の頭彫りもこなすようになって独立した。恋女房おたみと所帯をもって裏店(うらだな)に住む。暮らし向きは厳しいが、いずれ一人前の職人になることを夢見るまじめな男だ。おたみは通いの女中奉公で家計を助けている。

彫六で兄弟子だった酉蔵が訪ねてくる。腕のいい職人だったが、博奕(ばくち)で身を持ち崩し、遣い込みをして仕事場を追われた。小悪党となり、坂道を下っている。用件は借金の申し出で、清次は一分

> を用立てるが、その後も繰り返しやって来て、無心をする。疫病神のごとき存在で、以降、ろくでもないことが起きる。
>
> おたみが腹痛を起こして吐血し、床に臥す。背負って医者の家に運ぶが、「腹の中に痼(しこ)りがある。恐らく腫物(はれもの)だろうな」と、容易ならざる診断を下される。高価な薬を必要とするが、板木彫りの安い手間賃では支払いきれない。清次は、周辺にまとわりつく「真黒な悪意」というものに幾度も嘆息するのだった。

> おたみは頬が痩せ、眼が大きくなった。丸顔だった以前とは別人のようだった。そういうおたみを見ていると、清次はおたみを掴まえて離さない、正体の知れないものへの苛立ちと、掴まえられたおたみへの不憫(ふびん)さに心を抉(えぐ)られ、板を削っている鑿(のみ)を投げ捨て、大声で喚(わめ)き出したい衝動に駆られた。

おたみの病を記すくだり、藤沢はかつての私事を想起していたに違いない。

酉蔵は「めまとい」だった。夏の夕、ひと塊になって執拗に飛び交う。はらってもはらってもつきまとう。あっさり関係を断ってしまえばいいものを、清次には踏み切れない。十一歳上の兄・弥之助の面影に似たものを感じるからだ。

弥之助は実家の田畑と家を人手に渡した放蕩息子で、江戸に出て板木師になろうとするが、やがてヤクザものになったという噂があった。そのような世界に住む兄の姿を垣間見た日もあった。ただ、歳の離れた弟・清次に、兄はいつもやさしかった。

博奕と女に溺れて家を潰した弥之助を、周囲の人間は、憎み汚い言葉で罵(ののし)り続けたが、清次には家がどうなるだろうかという不安はあっても、弥之助を、していることのために憎んだ記憶はない。弥之助が清次に残したものといえば、そういう男の傷ましさのようなものだったのである。弥之助は決して楽しそうでなく、暗い考え込む顔をし、無口で、いつも疲れているように見えた。

2

『木地師宗吉(きじしそうきち)』がそうであったように、本作『闇の梯子』においても兄と弟の関係が物語の横軸となっている。

実生活において、藤沢は次男で、七歳上に兄の久治がいた。好人物で、もとより放蕩息子でもアウトローでもないが、実家の田畑を手放したさいの当事者ではあったようだ。藤沢はエッセイにおいて、兄・久治のことに幾度か触れている。

「半生の記」(『藤沢周平全集』月報)によれば、戦時中、兄は北支にあり、敗戦後もなかなか復員してこなかった。藤沢は山形師範学校に合格するが、学費や農家の後継ぎ問題もあり、進学は兄次第だと思っていた。

エッセイ「青春の一冊」(『別冊文藝春秋』一九八九年十月号)にはこんな一節も見える。

敗戦の翌年の春、兄は痩せこけた姿で復員して来た。背中に毛布を背負った異様な姿の兄が土間に入って来て、生まじめに敬礼し、大声で「ただいま帰りました」と言ったとき、私ははずかしいほど泣いてしまったことをいまもおぼえている。

後年、藤沢は結核療養のため、鶴岡から上京したが、当時、夜行列車で上野に到着するまで十四時間かかった。北多摩郡東村山町(現東村山市)にある病院に入院したとき、同行してくれたのが兄だった。

この前後、兄が副業に失敗し、借金をこしらえ、行方不明になったことがあった。弟の藤沢は、雪の鶴岡を捜し歩いたともある。やがて借金騒動は親族の協力を得て片づき、兄も家に落ち着くようになる。「私は借金した兄をしんから非難したことはない。兄の借金には理由があると考えていた」という記述も見える(「半生の記」)。

そんな時期、「忘れられない光景」として、兄が自宅庭の辛夷(こぶし)の木を切っているのを目撃したことがあった。普段、山から採ってくる燃料を庭の木で間に合わせようとしたのだろう。思わず非難めいた口調で、「切るのか」と口にした。常々、兄に敬意を払ってきた弟としてはないことだった。こう続けている。

私の語気に咎めるひびきがあるのに気づいたのだろう、兄はノコギリの手を休めて私を見た。そして切らないほうがいいかと言った。むかしからある木だからと言うと、兄はやわらかい口調で、よし、わかったと言い、斧とノコギリを片づけはじめた。

『闇の梯子』でも、清次の少年期、兄・弥之助が辛夷の巨樹を鋸で切ろうとするが、清次の眼を見て取りやめるシーンが出てくる。

清次が江戸に出、彫六で修業していた頃、弥之助が訪ねてきた日があった。「小鬢のあたりに白いものが混じり、眼に鋭い光がある。それが、弥之助が江戸で過ごした歳月の苛烈さ」を物語っているように思えた。さらに浅草広小路の雑踏の中で見かける日もあったが、兄の身なりはもう堅気のものではなかった。

師走の日、清次は版元の浅倉屋から、孫蔵という男に会って、二十両を渡すよう依頼される。運び役だ。浅倉屋はご禁制の書を刷ってひと儲けしたことを孫蔵に嗅ぎ付けられ、脅されていた。所定の場所に出向き、清次は持参したカネを孫蔵に手渡そうとするが、身元を疑われ、殴られる。そこへ、孫蔵の兄貴分、弥之助が現れ、匕首を手にした孫蔵を腰車で地面に叩きつけると、「清次元気でやれ」と言い残して立ち去っていく。

清次の手もとに、ふいに二十両という大金が残された。これをおたみの薬代にすれば……。帰り道、一部始終を目撃していた酉蔵が現れ、山分けにしようと持ちかけてくる。清次は酉蔵を叩きのめし、ようやく「めまとい」を振り払う。

おたみの病状はさらに悪化し、大金もすぐに消えていく。カネをつくるには、自身、ご禁制本を彫るしかない。ラスト近く、こうある。

　鑿をとり上げて、清次はふとその手を休め、薄暗い羽目板のあたりに茫然と視線を漂わせた。日の射さない闇に、地上から垂れ下る細く長い梯子があった。梯子の下は闇に包まれて何も見えない。その梯子を降りかけている自分の姿が見えた。兄の弥之助が降りて行き、酉蔵が降りて行った梯子を。

本作には、藤沢がなめた実生活上の辛酸と兄弟愛が色濃く投影されている。

3

『入墨（いれずみ）』の初出は『小説現代』一九七四年四月号。

おぼろげであるが、図書館で借りた短篇集で——表題は『闇の梯子』であったか——『入墨』を読んだ記憶が残っている。藤沢周平の名もまだよくは知らなかった。残ったのは、まるで冴えない老人が、終盤、一気に変身して悪党を斃（たお）す立ち姿である。だから記憶の隅に残ったのだろう。

おりつは、姉・お島の営む飯屋の手伝いをしている。店先に、白髪の、粗末な袷（あわせ）を着た年寄りが現れるようになる。哀れに思ったおりつは、老人を店に入れ、片隅に座らせて銚子を一本つけてやるのだが、勝気な姉、お島の機嫌は悪い。

老人は、姉妹の父親、卯助（うすけ）だった。往時、時々の行事ごとに必要な品々を売り歩く際物師（きわものし）であったが、酒と博奕に溺れて借金を重ね、そのせいでお島は少女時代、客を取る料理屋に売り飛ばされた。そのカネで卯助は若い女と家を出たとかで、人でなしの、「バカ親爺」だというのだ。

卯助老人は店で口をきかず、ただ一杯飲んで帰って行くだけだ。どこに住んでいるのか……。おりつと、おりつに好意を寄せる大工見習いの牧蔵が老人の跡をつけ、老人が貧相な裏店で独り暮らしをしている様を見届ける。店にやって来るのは、老いの孤愁のなせることなのだろうと思う。

老人が姿を見せない日が続く。案じたおりつが裏店を訪ねると、老人は風邪で寝込んでいた。おりつは飯を炊き、魚を焼き、味噌汁を作って夕食を食べさせてやる。済むと、老人が言葉を発した。「おめえが、おりつかい」と。はじめて耳にする父親の肉声だった。

その夜の帰り道、だれかにかどわかされたのか、おりつが姿を消す。

店に、島帰りの悪党、「蝮（まむし）の乙次郎（おとじろう）」が現れるようになっていた。かつて、お島が苦界から逃れるにさいして頼った因縁があった。乙次郎は店に住まわせろとねじ込むが、お島は突っぱねる。その腹いせに、おりつをかどわかし、慰みものにしていたのだった。

おりつが姿を消して三晩（みばん）目の夜。傷ついたおりつを連れて乙次郎が店に現れ、カネを出せと迫る。

お島が乙次郎の横づらを張るが。苦もなく手をひねり上げられる。「ちきちょう」と絶叫しつつ牧蔵が組みつくが、これまた一蹴（いっしゅう）され、逆に匕首で指を落とされかける。

そのときだった。瀬戸物が割れる音がし、店の隅にいた卯助がゆっくりと立ち上がっていた。底が欠けて鋭い割れ口を見せている銚子を逆手に持ち替える。

「お父っぁん、やめて」

お島が叫んだのと、乙次郎が牧蔵を突き離して、卯助に向き直ったのが同時だった。卯助はそのまま踏み込んでいた。乙次郎の振った匕首が卯助の肩先を切り裂いたが、卯助はしっかりと乙次郎の胴に片手を巻き、伸び上るようにして、その頸（くび）に底の欠けた銚子を叩き込んだ。ゆっくりした動きに見えたが、卯助の躰（からだ）のこなしには、どこか確かな手順をふんでいるような、馴れた感じがあった。

それまで、みすぼらしく映っていたただの老人が一転、凄みを見せて悪党を斃す。静から動へ、コントラストの切り替えが鮮やかだ。自身番から目明かしが駆けつけ、老人の袖口をまくり上げると「青黒い二筋の入墨」が浮かび上がっていた……。

4

『おふく』の初出は、『小説新潮』一九七四年八月号。

『おふく』は、藤沢が地下鉄に乗った際、向かいの席に座った少女の面影を思い浮かべつつ書き始めたと記している（エッセイ「市井の人びと㈠」『藤沢周平短篇傑作選　巻二』文藝春秋、一九八一年）。

見たところ、小学校高学年の、おさげ髪の行儀のいい子だった。「私は少女を見た。少女も私を見ていた。ほっそりした無口そうな顔立ちで、少し笑いをふくんだような眼に特徴があった。（中略）私は頭にうかんで来たその少女におふくという名前をつけた」とある。

その裏店には、井戸の側に胡桃の樹が聳えていた。おふくと造酒蔵は幼馴染みで、よく二人で遊んでいた。

ある日、十一になったおふくが、門前仲町の明石屋へ奉公に出ることになった。別れの日、おふくの眼はうるみ、造酒蔵は胡桃の実を少女の手に握らせる。どんなところへ見売りされたのか、おふくは知っていた。

五年後、十八になった錺職人、造酒蔵は明石屋に客として訪れる。自分の作った簪をおふくに手渡そうと思ったのだが、おふくは売れっ子になっていた。他の女をあてがわれ、帰りに不審がられ、店の用心棒に叩きのめされる。

さらに五年――。造酒蔵は、明石家の客筋で、木場人足の親方であり、博奕場の胴元でもある宗左衛門の取り立てや恐喝の使い走りをするようになっていた。おふくを連れ戻そうと明石屋に出向いた日もあったが、もうおふくは行方不明となっていた。

博奕の借金を取り立てて潰れた酒屋の娘、おなみはどこかおふくの面影に重なるものがあった。病持ちの女であったが、〝取り立ての縁〟で二人は所帯を持つ。おなみは時折、高熱を出して寝込み、造酒蔵が本当に想いを寄せる女が別にいることにこだわり続けた。

大物の材木商、美濃屋利兵衛が天領から杉材を買い付けたさい、裏で賄賂を使ったという書き付けを宗左衛門が入手する。造酒蔵は兄貴分の藤次郎とともに利兵衛宅に乗り込んで脅しをかけるが、利兵衛は鼻先で笑い、逆に、十手を持つ男たちを呼び寄せる。恐喝は失敗だ。藤次郎はつかまり、造酒蔵は匕首を振り払って逃げ、同時に江戸を離れた。

それから三年――。江戸に戻ってきた造酒蔵は、おなみと暮らした長屋に向かうが、おなみは病死したと耳にする。

来た道を戻り、下大島町の端（はず）れに差しかかった折りだった。不意に足が停まった。そこは構えの大きい太物屋（ふともの）で、店の左側に、木槿（むくげ）を刈り込んだ生垣があり、枯れた生垣からその家の広い庭が見えた。そこにおふくがいたのである。

おふくはぜいたくな感じの地色が薄青い着物で、豊かな身体を包み、頬も少し肉づいていたが、笑いを含んだような細い眼、小さな唇は昔のままで見間違えようがなかった。おふくは生れて間もないような赤児を抱いている。足もとに五ツぐらいに見える女の子供が遊んでいた。赤児が泣きはじめ、遊んでいた子供がおふくに何か言った。

するとおふくは庭の石に腰をおろし、襟をくつろげて白い胸を出すと、乳房を引き出して赤児に含ませた。白く煙ったようなおふくの肌の色が造酒蔵の眼に突き刺さった。膝に縋ったもうひとりの子供が、伸び上がって片方の乳房を握った。

おふくの笑い声がした。

いかにも幸せそうな家族の風景である。

終盤の十数行であるが、物語の冒頭以外、おふく本人は登場しない。物語はすべて造酒蔵の目線と心象で語られていく。巧みな小説だと思う。主人公は、おふくではなく、造酒蔵なのだ。ラスト、こうある。

造酒蔵は静かに垣根を離れ、渡し場に向っていそいだ。胸をひたひたと満たしてくる哀しみがあった。日に焼け、旅に悴(やつ)れた険しい顔を少し俯(うつむ)けて、造酒蔵は歩き続けた。小名木川の水も、造酒蔵の背も赤い光に染まっていた。

満たしてくる哀しみ——とはなんだろう。〝逆転〟した人生への、あるいは空回りした〝男の純情〟への、自嘲を込めた思いもあろうが、それは人の歳月がもつ〈普遍としての哀しみ〉と私は解した。

5

『暁のひかり』の初出は、『小説現代』一九七五年十月号。
市蔵は賭場（とば）の「壺振（つぼふ）り」だ。夜明けに仕事を終え、裏店のねぐらに帰っていく。冒頭、朝の情景からまって、市蔵の内面が描写されていく。

空気は澄んで、冷たかった。市蔵はゆっくり河岸を歩いて行く。澄んだ空気を深ぶかと肺の奥まで吸いこむと、泥が詰まったように重い頭や、鋭くささくれ立った気分が少しずつ薄められて行く気がする。

市蔵が、いまのようなやくざな商売ではなく、もっとまともな仕事をして暮らすことだって、やろうと思えば出来るのだ、とふっと思うのはこういう朝だった。むろんその考えは、市蔵の胸をほんのしばらくの間、清すがしい気分にするだけのことに過ぎない。

市蔵にはもう、賭場の匂いがしみついている。壺振りが性に合っていると思い、格別の不満も持っていない。いまさら堅気の暮らしに戻れる筈（はず）がないことを承知しつつ、ふと夢想する折りはあるのだ。朝の気配によるものなのか。

雨降りの日などは、はやくねぐらに戻って、布団に潜り込みたいと思うだけだ。湿った布団には、茶屋勤めの女が待っているのだが――。

だが、その朝はすばらしい朝だった。暁の光の中から、町が眼ざめて活きいきと立ち上がろうとしているのを感じた。

――気分のいい朝だ。

これから眠りに帰るのを、気持ちの隅でうしろめたく思いながら、市蔵はそう思った。


藤沢は、視界に入る光と影を、さらにそれに応じて変容する心模様を描くに秀でた作家だった。

その折り、路上で、竹の棒を手にし、歩く稽古をしている少女を見かける。「あ、危ねえ」と、市蔵が手を差し伸べると、「だめ。あたしに構わないで」という。細身の病身ながら、一生懸命さが伝わってくる、清すがしい少女だった。

近所の蕎麦屋の娘だという。「おじさんは夜なべしたの？」と問われ、「うむ。まあ、そんなものだ」「鏡師さ」と、以前にやっていた仕事を口にする。

やがて市蔵は、朝帰りの路上で、「おこと」という名の少女と短い会話を交わすようになり、小さい手鏡を作ってやるという約束をしてしまう。そんな気にさせるものが少女にはあった。

路上で歩行練習をする少女をからかう無頼漢を叩きのめした日もあったが、ありがたがられるよりも怖がられてしまう。市蔵の正体を見たのだと思う。「この子の澄んだ眼から、何ひとつとしてごまかせるものがある筈はない」のだった。

だが不思議なことに、市蔵にはおことをだましたという気持ちは少なかった。おことと会っているとき、市蔵は自分が窖のような賭場から出てくるやくざ者ではなく、一人の鏡師であるような気がしていたのである。仕事場の話をするのは楽しかったし、鏡を作ってやると言ったのも、本気でそうしてやりたいと思ったのだった。少なくとも、暁の光が微かに漂う河岸でおことと話しているとき、市蔵は、自分を堅気の人間のように思い続けていたのであった。

市蔵は、鏡を作っている旧の仕事場を訪れ、親方に控え目に打診する。店に戻りたい、と。もし自分の作った鏡をおことに手渡すことができたなら……。が、親方の返事はつれないものだった。お前はもう職人の身体をしてねぇ——と。

金は張ってもいいから、びいどろで小さな手鏡を作ってくれと頼んで市蔵は仕事場を出る。しばらく少女の姿を見かけない。びいどろの鏡を懐に、市蔵は蕎麦屋を訪れた。思い切って「おこと」の名前を出すと、風邪をこじらせ、亡くなったという。

これだから、世の中は信用がならねえ——。憤怒に駆られ、市蔵は鏡を路上の石に叩きつけて割ってしまう。

市蔵の中で、何かが崩れていったようである。喜びを覚えるのはいかさま賽をふところにしのばせ、盆に坐るときだけになっていく。いかさまを仕込んでくれたのは「小梅(こんめ)の伊八」という凄腕(すごうで)で、壺と賽子(さいころ)が指に吸い付くような指さばきをする。ただ、しくじりもあったようで、右手の小指を欠いていた。

賭場の客に、子分をひきつれた「花庄」が現れる。渡世人に使うのはやめたほうがいいというのが伊八の忠告であったが、中盆(なかぼん)からは続けろという指示がくる。花庄は「負けた、負けた」と快活にいって引き揚げた。

朝、一年前、おことと立ち話をしたあたりの河岸で、呼び止められた。花庄で、「おめえいつからいかさまを使うようになったんだい」という。子分たちが市蔵の退路を断つ。こう締め括られている。

——赤みを帯びた暁の光が、ゆっくり町を染め、自分を包みはじめているのを市蔵は感じた、と。

ストーリーの起承転結、無理のない作品である。どこか純なるものを残したアウトローと、はかなげ風少女は、ともに藤沢の筆が冴える人物像である。

朝の清すがしさの中で出会った少女との淡い交差は、市蔵の内面にいささかさざ波を立てた。そのことはごく自然に映る。

人はしばしば日常からの脱出に誘われ、それ以外の世界に棲(す)むことを夢見るが、たやすくはない。それが世の常だ。〝小さなロマン〟ははかなく消えるが、人はかように、いつも夢見る生きものであるのだろうと思うのである。

6

藤沢を担当した書籍編集者によれば、初期作品を収録した単行本の売れ行きはいまひとつであったが、作風の変容に伴って、少しずつ上向いていったという。

書き手にとっても売れ行きは一番の関心事だろうが、藤沢にとってはそうではなかったようである。自身に宿る、やむにやまれぬものを表現することがすべてだった。時代小説という場を借りて、「私小説」あるいは「純文学」を書いていたといっていいのだろう。

『藤沢周平　遺された手帳』には、こんな一文も見える。

「流行作家になる積りは全くないので、文学の匂いがする時代物の完成に全力を盡すべきだろう。その喜び以外に小説を書く理由があるとは思えない」

藤沢の初心としてあった志である。よしんばその後、〝流行作家〟になったとしても、結果としてついて回ってきたものであって、藤沢は終始、この枠内から出ることはなかった。

『遺された手帳』では、自身の作品を「兵士の軍歌」にたとえている箇所もある。

夕方、電車をおりると、無数の疲労した肩が眼の前に揺れる。私もそういう肩をしているだろう。一兵士という気がするのはそういうときだ。私は下士官にも将校にもなりたくない。そういうものでありたくない。どうせ敗けるに決まっている、人生との戦いに日々挑み、やがて死んでいく兵士でありたい。

小説は、私という兵士が口ずさむ軍歌のようなものだ。軍歌の常として、メロディがやや悲惨味を帯びるのはやむを得ない。唱わない兵士が大部分である中で、とにもかくにも軍歌を自分なりの歌を唱えるというのは恵まれたことと言わねばならない。たとえ音痴気味だとしても。

当エッセイが書かれたのは、作品が幾度か直木賞候補になりつつ、受賞に至らず、サラリーマンとの兼業を続けていた時期である。ひそかに口ずさんでいた一兵士としての歌。多分に慰藉（いしゃ）としての歌。それが藤沢にとって小説を書く意味だった。作風の変容は、年月を経て、ゆっくりと訪れてくる。歌は、肩接する人々＝読者の琴線に触れるものとなって、静かに広がっていったのである。

第四章　歴史小説の開巻――『逆軍の旗』

1

『逆軍の旗』は、明智光秀の織田信長への反旗、「本能寺の変」を描いた中篇であるが、初出は『別冊小説新潮』一九七三（昭和四十八）年秋季号で、直木賞受賞の年である。藤沢周平にとっては初の――『又蔵の火』を別にすれば――歴史小説であるが、長くあたためていた素材であったことが、遠藤展子（のぶこ）著の『藤沢周平　遺された手帳』をめくっているとわかる。

前章において、『遺された手帳』で『闇の梯子』の執筆状況がメモ書きされていたと記したが、『逆軍の旗』も同じようなメモ書きが見られる。タイトルも、いったん「老（おい）ノ坂」「狙撃」として、最終、『逆軍の旗』となっている。

「平板にならないように、構成を立体的に持って行くように気をつける」「書きたいものを書くしかない。狙撃は一応書いて置きたい作品」「狙撃――よみなおしてみて、やや落胆した。もっとも悪い平べったい小説になりそうだ」「新潮の明智光秀はおしまいを書き直すことで、佐々木氏〔『小説新潮』次長〕に折れてもらった。資料に縛られて、どうにもならなかった作品」……といった〝反省的〟メモ書きが見える。

さまざまに思いをめぐらせ、苦慮し、呻吟しつつ一個の作品が生み出されていったことが読み取れる。

ジャンルを問わず、藤沢の前期作品にみられる特徴は濃密な筆致であるが、本作もそうである。京の西北に位置する愛宕山の山頂、愛宕神社で夜半に開かれた連歌の会の模様から書きはじめられている。

発句は光秀で、「時は今あめが下しる五月哉」であった。高名な連歌師・里村紹巴は、この発句に戸惑う。季語、切字を備え、調子の高い発句であるが、強すぎる気配がする。何かを込めて、己の意志を示唆したものであるのか……。

織田家の武将の中でも、もっとも洗練され、社交性を身につけた光秀には似つかわしくない。紹巴は第三句を「花落つる流れの末をせきとめて」とした。暗に、光秀の決意に同意しないという意思表示のつもりだった。

燭台の焔が照らす光秀の表情はやや沈鬱で、微笑が口もとに漂ったように見えたが、何を考えているのか、読み取れなかった。

連歌のはじまる前、光秀はしばしば席を外し、廊下に立つと咳払いをし、暗闇に潜む男を呼んだ。

各地に放ってある忍びの者で、そのひとり、吉蔵は信長の現在地を確かめ、報告に戻って来ていた。

「右府様（信長）は、明日西条本能寺に入られます」

「それは、確かだな？」

そう聞いたとき、光秀はその質問を長い間胸の中で温めてきた気がした。

「今日未の刻（午後二時）には、本能寺の木戸口に兵を配り、申の刻（午後四時）には青物の荷を運び入れました。明日入京、本能寺宿泊は間違いございませぬ」

光秀は眼を瞑った。

信長は、ほとんど裸で京に入ろうとしている。

信長配下の軍団長、羽柴秀吉は中国路で毛利勢と対峙している、柴田勝家は北陸に、滝川一益は関東にあり、信長の三男・信孝は丹羽長秀とともに四国へ向おうとしている。総師・信長の京の周辺、少数の手勢あるのみでぽっかりと空白なのだ。

ほとんど酩酊に近い誘惑が、光秀を襲っている。そこに信長の運命が、暗い裂け目を見せているのを、光秀は覗き込んでいた。信長は、射程距離の中にいた。信長を呑みこもうとしている暗い亀裂の底に、光秀は己れ自身の死臭も嗅いでいる。

お主殺し――。成功したとして、「仇討ち」を名分として、四方から敵が殺到するだろう。叛軍の汚名を着せられ、一族はもとより三軍が亡ぶ。だが、その迷いも、いま細作（忍びの者）が闇の中に描き出してみせた裸の支配者を撃つ好機の前にして、ほとんど消えようとしていた。兵略の枠を尽くしても、こんな機会を作り出すことは出来まい。そう思うと、光秀の背に戦慄が走った。

2

光秀を襲った誘惑、個人としての思いと歴史上の偶然が重なった、空前の誘惑であったろう。エッセイ「歴史のわからなさ」（「サンケイ新聞」一九七三年八月六日）で、藤沢は光秀に触れつつ、こう記している。

今年になってから、必要があって明智光秀について少し調べてみた。当時一流の兵略家であり、有能な織田家の幕僚であったこの武将の悲劇的な運命は、いつも私の関心を惹くのだが、直接にこの武将を説明している信頼すべき資料のとぼしさ、知りたいと思う細部のわからなさに往生した。

史料的には、信長に仕えるまでの光秀の半生はあいまいで、生国もはっきりしない。伝承されているストーリーでは、越前の朝倉義景に仕え、義景のもとに流寓中の足利義昭（十五代将軍）の知遇を得、義昭と信長を結ぶ仲介者として重宝される。以降、信長配下の有能な軍団長となり、多くの合戦に加わり、近江・坂本、丹波・亀山に城を与えられ、信長の天下取りの一翼を担っていった——。

本作では、光秀は各地を放浪したのち、秀でた鉄砲射ちとして朝倉家の客分となり、一揆軍との合戦で敵の部将を撃ち取って武勲をあげたとされている。

確かな史料があるに越したことはない。ただ、歴史小説とはいえ、あくまで小説である。判明している史実の枠内で、自由に羽ばたけるのが小説というものだ。「微（かす）かな資料の照明をうけて、なお多くは闇に包まれ、ほの白く光る歴史の膨大な量につき当たるとき、私の創作意欲が動くのである」とも書いている。

さらにこう続けている。

歴史の面白さは、本来わかることとの面白さだろうと思う。調べて行くに従って、少しずつ細部が明らかになり、時代なり地形なり、人物像が浮かび上がって来る時、一種の快い興奮を感じることも事実である。しかしその面白さも、それでもまだ埋めつくせない歴史というものの膨大な領域、ほの暗い領域とでもいうようなものの実在感につき当たったときの戦慄には及ばない。私を時代ものの創作に駆りたてるのは、疑いもなくそのような不確かで、しかしいまも確かに実在しているものへの想像力なのである。

とりわけ、乾坤一擲の蜂起に至るまでの決断と逡巡、光秀の心の内を想像力豊かに描いたのが本作であった。

3

光秀は抗しがたい誘惑に身をゆだねた。

信長の指示で、明智軍は中国路で毛利勢と対峙する秀吉軍の支援に向かう。準備が整い、夕刻、亀山城から出立のときが迫る中、光秀は側近の明智秀満（弥平次）を呼び寄せる。光秀の娘婿であり、軍の先鋒をつとめる侍大将である。

光秀ははじめて、中国に向かうのではなく、京に滞在する信長を討たんとすることを打ち明ける。秀満はむろん、光秀と信長の間にある軋轢を承知していたが、「一旦の憤りのために、一族が亡ぶような企てには、加担は出来ませんぞ」と反対する。光秀はこう答える。

「叛かなくとも滅びるな」

光秀は言った。静かな声音に含まれている確信が、秀満をもう一度愕かした。眼を瞠って秀満は問い返した。

「そこまで行ってござりますか」

「そうだ」

叛かなくとも滅びる——。このひと言に、光秀の動機と思いが凝縮して込められていた。光秀は折々、信長との間に、いつの間にか「ひややかな乖離」がはじまり、進行していた。光秀は折々、信長の狂気を垣間見るのである。

信長は叡山と戦い、三千の寺社と僧坊、あまたの経巻を焼き、僧俗数千人を殺戮した。信長側に立てば、堕落した宗門を一掃し、形骸化した中世的権威を破壊したという理屈が成り立とうが、抜きがたい「違和感」を光秀に残し、二人の「裂け目」が拡大していく。

さらに尾張・長嶋での一向一揆にさいして、信長は二万の男女を城に閉じ込め、焼き殺した。もう「偏執狂的な憎しみ」を見るだけだ。

譜代の宿老、佐久間信盛は、七年前の朝倉攻めにさいして功なくしてへ理屈を言ったとして、林通勝についてはもう二十四年も前、織田家の跡目に信長ではなくその弟を推したとして、追放される。信長は、配下の瑕疵を決して忘れず、許さない主だった。

師団長の一人荒木村重は、信長への謀反を疑われ、伊丹・有岡城に籠もる。それを知った信長は、村重が尼崎に逃げて不在であったのだが、城を攻め、一族千百五十人を皆殺しにしてしまう。

これ以前、謀反の疑いがもたれたさい、光秀は有岡城に村重を訪ね、安土の信長に詫びを入れてはどうかとすすめたが、村重は、それを退け、「あの方は猫のようなもので、一度は赦しておなぶりあっても、しまいにはとって喰いなさる。お主はいまのところうまく逃げているようだが、気を付けることだな」と言った。

村重の忠告は、光秀の中に残り続けた。

甲州攻めにさいして、光秀は信長に従って参戦したが、戦は先陣した信長の長男、信忠の軍勢があらかた片づけてしまっていた。酒宴の席で、信長は光秀の不用意な発言が気に障ったのか、「目ざわりな、てろ頭め。消えろ」という怒声とともに盃を投げつけてきた。

それやこれや、積もりに積もったもの。そして、いずれ誅（ちゅう）されるのであればいっそのこと……。

4

本作はもちろん光秀に寄り添って書かれているのだが、藤沢の歴史観、人物観が滲み出た作品であるとも思う。

藤沢に、「信長ぎらい」というエッセイがある（『文藝春秋』一九九二年四月号）。

趣旨はこうである。

信長の先見性、果断な行動力には見るべきものがある。信長政権が持続していたら、日本史の変わり目となっていたのかもしれないと思わせるものもある。

藤沢が少年期に遭遇した太平洋戦争と敗戦の根本要因は、「近代国家としての後進性の産物としか思えない国の独善、世界に対する認識不足が主たる特色をなしていたとしか思えず、それはせんじつめれば徳川政権下二百三十年におよぶ鎖国国家（オランダ、中国との貿易を窓口にして情報はとっていたとしても）としての在り方に原因を持つ欠陥ではなかったか」と記す。

この考察は、我が国近代の構造的弱点を正確に指摘していると私は思う。その点、信長は、ヤソ教宣教師を媒介して接近してきた異文化、異国に偏見をもたず、正確な理解を示した。もし彼が長生きしていたら、この国は異なる歴史を歩み、鎖国による弊害を免れたかもしれない……という魅力的なイフに駆られるものはある。

しかし、である。小説を書きはじめ、史実を調べていく中で、藤沢は信長の功罪をより知るようになった。叡山、長嶋、荒木一族の虐殺などを知るにつけ、「殺戮に対する彼の好み」「嗜虐的な性向」がうかがい知れて、なんとも腰が引けてしまう。

越前の一向一揆との戦いで、京都所司代に送った戦勝の知らせにおいても、「府中の町は死骸ばかりで空きどころがない、見せたいほどだ」と、信長の嗜虐好みをうかがいせしめるものがある――。

藤沢は人物への好悪については禁欲的な人であったが、一点、弱者をさいなむ「嗜虐」への嫌悪は隠さない人だった。信長は好みにおいて藤沢の対極に位置する人物だった。

さらに、信長への違和感は、藤沢の有する根底思想にかかわってあるように思える。

エッセイを含めた著作から藤沢の〈思想〉を勘案・推測すると、〝健康な懐疑主義〟という言葉が浮かぶ。何であれ、藤沢は絶対的な存在、唯一無二、唯一神的なものを好まなかったが、それは遠く、自身の少年期の戦争体験に由来しているのかもしれない。

「「美徳」の敬遠」というエッセイ（『藤沢周平短篇傑作選　巻一』文藝春秋、一九八一年）で、自身の少年期に触れ、自身は「末期戦中派」「完全な軍国主義者」であり、「級友をアジって一緒に予科練の試験を受けさせた」「幸いに、予科練に行った級友は塹壕(ざんごう)掘りをやらされただけで帰って来たが」とあって、こう続けている。

その悔いは、三十数年たったいまも、私の胸から消えることがない。以来私は、右であれ左であれ、ひとをアジることだけは、二度とすまいと心に決めた。近ごろまた、私などにはぴんと来る、聞きおぼえのある声がひびきはじめたようだが、年寄りが若いひとをアジるのはよくないと思う。私自身はといえばもう予科練を志望した十七の少年ではなく、棺桶に片足を突っこんだ初老の人間である。いざというそのときに、自衛隊から借りた銃を持って辺地に行くか、それとも家の中で降服のための白旗を縫うかは、今度こそ自分で判断するつもりである。

元予科練世代。過去をめぐる藤沢周平の直截的な心情吐露というべき——ほとんど唯一の——一文であるが、自分の人生を決めるものは自身以外にない、というのがたどり着いた地平であるように思える。

本エッセイの前段において、武家社会を描くにさいして、主流ではなく傍流、薄禄の下級武士や浪人者を好んで書いてきたのも理由があって、タテマエによって規定される「武士道」ではなく、自身の人生を自身が決め得る世界を選んで描いてきたとも書いている。

藤沢の基底にあったのは、人の運命を、自己以外の〝他者〟——それには藩や国家というものも含まれる——が決することへの拒否感である。藤沢が生涯、貫いた立ち位置であったように思える。

5

天正十（一五八二）年六月一日。亥の刻（午後十時）、亀山城を出立した明智勢は一万三千。先鋒は弥平次秀満、第三軍を光秀が率いて東へと向かう。

六月の夜空は暗い。野条を発つとき、松明はすべて捨てさせたので、夜の底を進む軍列は、蛇行する黒い帯のようだった。後軍にいて、歩き辛そうな馬の歩みに揺られながら、光秀は、いま自分が身を置いている立場が、やはり極端に異常なものだという気がしている。叛逆を思い立ってから、想像の中では幾度も本能寺を襲撃し、信長の首までみている。だが実際に、そのために行動を起こし、ひややかな夜気を吸いながら、馬に揺られていると、やろうとしていることは、信じられないほど異常に思えた。

「夢とも、うつつとも言えそうな……」

ふと呟いたが、聞き咎めたものは誰もいないようだった。

軍勢は亀岡「老ノ坂」に差し掛かった。右に曲がれば摂津から中国路へ、左に下れば桂川を渡り、京へと突き進むしかない。光秀は全軍を止め、主だった将を集め、「明け方四条本能寺を襲い、右府殿の御首(みしるし)を頂く」と伝えた。
『藤沢周平　遺された手帳』には、本書のタイトルとして、当初、藤沢は「老ノ坂」というものを考えていたというメモが残っていたとあるが、そうした理由はよくわかる。文字通り、運命の岐路が「老ノ坂」であったからだ。

翌朝卯の刻（午前六時頃）、明智軍の主力、秀満隊が本能寺を、もう一隊が信忠の宿泊地、妙覚寺を、さらに移動した二条御所を襲う。本能寺は焼き払われ、御首は確認できなかったものの、間違いなく信長は死んだ。信忠の抵抗も終わろうとしている。巨大な権力者はふいに、消えたのだ。

光秀は空を仰いだ。
暑い夏の訪れを示す水色の空がひろがっていた。駆け過ぎようとする雨期の名残りを残して、空は潤んでいたが、光は眩しく明るい。
虚(むな)しい思いが、突然に光秀を摑んだのはこのときである。長い間無気味な権力の下にいた。それは黒く重く垂れこめて動かない雨雲のようにうっとうしい存在だったのである。いまその権力が消滅したという実感がある。だがなぜか喜びは湧かず、雨雲が去った頭上の空のように、空虚な明るさだけがあった。

光秀その人が――さらには書き手その人が――浮かび上がってくる印象的なくだりである。藤沢は光秀を、大事なった瞬間、虚しさを覚える人として描いた。特段、違和感は覚えない。人とはそのような存在であるのやもしれぬと思うのである。

将兵たちは無論、信長亡きあとの天下人は光秀なり、と思って奮闘した。

殿、されば軍議を――と促す幹部の声に応え、光秀は板敷の上に地図をひろげ、次々に指令を発していく。


――虚しげなものを覗きみたことを、この者たちに覚られてはならぬ。

それは疲労し、おし黙って眼を光らせている男たちに対する、ほとんど愛憐に似た労り（いたわ）の感情だった。

「毛利は勿論、北陸の上杉、関東の北条それに長宗我部にも、右府すでに亡しと知らせ、割拠経営を呼びかける。これによって、筑前〔秀吉〕も、修理〔勝家〕も当面進退に窮する筈だ」

「妙策かな」

秀満が手を拍（う）った。〔中略〕

一流の兵略家としての光秀の頭脳が、いまいきいきと動いている。少なくとも幕僚の将たちはそう感じ、その声音が明るすぎることに不審を抱く者はいなかった。


文学的余韻が残る箇所である。

6

事なって後の光秀の行動はいささか不可解ではある。

「変」の事後処理を行いつつ、禁中（御所）や五山に銀貨を献上したりしているが、火急の案件ではあるまい。なすべきは北陸にある勝家、中国にある秀吉との決戦に備えることであったはずだが、妙にのんびり構えている。時間的余裕があると踏んだのか、あるいは天下取りの意欲の欠如を見るべきなのか。

京都・宮津にいる細川藤孝・忠興親子は光秀と縁戚関係にあり、頼むべき味方であったが、「変」を耳にすると二人は髻（もとどり）を切り、信長への弔意を表した。大和・郡山（こおりやま）にある筒井順慶も、光秀との縁深き有力武将であったが、籠城の構えを見せて煮え切らない。

判断と選択に、一族郎党の生死がかかる戦国大名たちは利害によって揺れ動く。〝主殺し〟光秀に天下の声望は集まりにくい。さらに、光秀の握る軍事力は秀吉に及ばない……という冷徹な判断があったのだろう。

光秀のもとに、忍びの吉蔵が情報を伝える。中国戦線で毛利勢と対峙しているはずの秀吉軍が、急遽、毛利と和睦を結んで〝中国大返し〟を敢行、すでに姫路に帰着し、光秀との決戦に向かおうとしているという。

驚天動地の情報だった。この知らせは味方に知れてはならぬ。光秀も冷酷な戦国大名である。褒（ほう）

美をつかわすと偽り、鎧通しで吉蔵を刺し殺す。

六月十日。京の南方「洞ヶ峠」で、筒井順慶軍の到着をむなしく待つ光秀軍の様を記して、本作は閉じられている。

不意に悲傷が光秀を摑んだ。
順慶は来ないだろう。
樹の間から、麓に敷いた陣が押したてている夥しい明智軍の旗幟が見えた。風がないために、旗幟はことごとくうなだれ、光秀の眼に葬列の旗でもあるかのように、異様に映った。

『逆軍の旗』では、「本能寺の変」の合戦模様の記述はわずかで、この後に起きる「山崎の合戦」は記されていない。本書の主題が、「本能寺の変」前後の光秀の心模様を追うことにあったことは明らかであって、そのことに藤沢の関心は凝縮してあった。

本作の単行本は、史実に材を取った短編『上意改まる』『幻にあらず』などを加え、青樹社より刊行されている（一九七六年）。

その「あとがき」で藤沢は、「『逆軍の旗』は、戦国武将の中で、とりあえずもっとも興味を惹かれる明智光秀を書いたものだが、書き終わって、かえって光秀という人物の謎が深まった気がした」と書いて、こう続けている。

歴史には、先人の考究によって明らかにされた貴重な部分もあるが、それでもまだ解明されていない、あるいは解明不可能と思われる膨大な未知の領域があるだろう。そういう歴史の全貌といったものに、私は畏怖を感じないでいられない。そうではあるが、この畏怖は、必ずしも小説を書くことを妨げるものではない。むしろ小説だから書ける面もあると思われる。

確かに、光秀には謎めいた、解明困難と思える部分がある。とりわけ、信長を斃（たお）した時点で、天下取りへの意欲はどの程度あったのか……。その希薄さは不思議にも映るが、それだけ信長抹殺に全精力を傾け、本能寺の結末を得た時点で精根尽き果てていたと解すれば、別段、不可解ではない。歌詠みとは当代の知識人であって、光秀は屈指の武人であり知識人だった。信長に仕えつつ、違和感は終始、光秀に付きまとってあった。それを押し殺して仕えることができる人ではあったが、やがて臨界点を超え、決断に至る。ただし、比重としてあったのは、信長の抹殺であり、次期政権への意欲は存外薄かったのかもしれないとも思う。

冒頭、愛宕山での光秀の歌は信長抹殺を決意しつつ、どこか逡巡の気配も残している。力によって権力を奪い取ることこそ戦国を貫く論理であるが、光秀はあまりにも知識人でありすぎたのかしれない。土台、信長・秀吉・家康などの天下人は、〝詠嘆の文学〟などに身を染めることはなかった。

「本能寺の変」は、多くの歴史小説家が筆を費やしているが、光秀の内なる心模様の迫真性という点でまず浮かぶのは本作である。おそらくそれは、著者・藤沢周平が光秀その人を至近距離に置き、万が一、自身がそういう局面に立ち至ったとすれば何を思い、どう選択したかという問いを反芻しつつ描いたからであるように思える。

第五章　江戸の暗黒小説（ロマンノワール）——『闇の歯車』

1

藤沢周平の中篇、『闇の歯車』の初出は、『別冊小説現代』（一九七六年新秋号）であるが、読んだのは文庫本の一篇として収録されてからだったと思う。ユニークな構成と臨場感あるサスペンス的な展開に引き込まれ、新鮮だった。

読了し、総じて漂う寡黙なトーンに、ふと連想したのは、「フィルム・ノワール（暗黒映画）」とも呼ばれたジャン＝ピエール・メルヴィル監督のフランス映画（「ギャング」「サムライ」「影の軍隊」「仁義」「リスボン特急」など）で、何かしら相通じるものを感じた。

もう一つ、このことは近年になって気づいたのであるが、本作が、藤沢の初期作品群——自身の人生模様を投影した「私小説」（藤沢の言）的色合いを徐々に薄め、エンターテインメント色を加味した中期作品への橋渡し的な位置を占めていることである。

てみよう。
本作品の成立にかかわる著者のエッセイ等が見当たらないのは残念であるが、ストーリーを追っ

舞台のひとつは、蜆川の川端にひっそりと赤提灯を出す飲み屋「おかめ」。店の親爺は偏屈風であるが、酒と料理の味はいい。遅い時間になると、四人の常連客だけが残っている日もある。

本作の主人公格、佐之助はその一人で、小悪党だ。元は檜物師だったが、博奕に入れ揚げ、道を踏み外す。いまは「博奕よりもっと悪い仕事」=脅しで喰っている。この日も、元請けよりの依頼で、賭場の客、材木商兼金貸しの「一石屋」を脅す仕事を済ませてきたところだ。

賭場は材木置場が並ぶ木場にある。席を外した一石屋の後を追って佐之助も外に出る。裏庭の草むらで、並んで小便をしつつ話しかける。

「手っ取り早く言うぜ。富川町の大野屋に貸した金だがな。そいつの取り立てを少し待ってやる気はないかね」

「………」〔中略〕

一石屋は首をかしげた。

「それで？　待てというのは、十日も待つのかね」

「半年」

一石屋は笑い出した。

「こいつは驚いた。半年待ったんじゃ、こっちがおかしくなる。悪い冗談だ」

「冗談なんか言ってねえよ」
佐之助は、不意に一石屋に組みつくと、振りもぎろうと暴れる身体を押さえて、懐から匕首(あいくち)を出した。歯で鞘(さや)をはずすと、無造作に一石屋の腿(もも)を刺した。一石屋の身体は、魚のように跳ねあがって倒れたが、悲鳴は途中で消えた。佐之助がすばやく口を塞(ふさ)いだからである。

十分に効き目ある脅しだった。賭場での仕事を終えると、佐之助は「おかめ」に立ち寄り、たて続けに盃(さかずき)を空けた。やった仕事は早く忘れるに限る。そうしないと腕も鈍る。そう思って店に来た。顔を上げると、常連客、「浪人者」と「白髪の爺さん」の顔が見えた。

佐之助の見るところ、浪人者は、もの静かな男であるが、酒は強く、深い。大抵、佐之助より前に店に入っていて、店が閉まるまでいる。その間、青白い顔をうつむけ、黙って飲んでいる。わけありのようでもあるが、憶測しているだけだ。

大柄な白髪の爺さんに家族がいることはわかっている。夜遅くなると、娘あるいはその婿(むこ)か、職人風の男が迎えにきて、足もとのおぼつかなくなった爺さんを連れて帰る。一見、酒好きのただの年寄りと映るのだが、そうとも思えないところもあって、何かの拍子に、眼に険しい光が宿っている折りもあった。

もう一人の常連客は——この夜は不在であったが——、肥って、ぜいたくな身なりをした「商家の若旦那」に見える男だ。こんな飲み屋に遅くまでいるのは、何か家に帰りたくない事情でもあるのかどうか。飲みっぷりは荒く、心に苛立ちがあるようにも見えるのだった。

それぞれ、わけがあるだろうさ。俺を含めてな——と佐之助は思う。

四人の常連客、互いに顔見知りではあるが、言葉を交わすわけではなく、一人ひとりが黙々と飲んでいる。店の親爺も余計なことは口にしない。それが彼らの流儀なのだった。

2

常連ではないが、見かけたことのある客が佐之助の対面に座り、無遠慮に「いかがですか、一杯」と話しかけてきた。小肥りの、商家の旦那ふうの男で、やたら愛想がいい。佐之助が「俺は人におごられるのは嫌いなんだ」といっても、「そうおっしゃらずに、ちょっとだけ」と、銚子を持つ手を伸ばしてくる。笑みを浮かべつつ、眼の奥に刺すような光がある。

男は、思わぬ「儲け話」を持ちかけてきた。

「儲け話だと?」

「そう。一人頭(あたま)百両は堅いんだが、どうですかね」

男はいきなり言った。佐之助は眼を瞠(みは)ったが、苦笑して首を振った。

「やばい仕事だろ?」

「いや、やばくない。ただの押し込み〔強盗〕です」

事もなげに、男はいう。佐之助が断りの手を振ると、男はさらに、思わぬことを口にした。賭場の裏庭での行為を目撃していたこと、百両手にすれば二、三年はゆっくり休めること、さらに男は「奥村」という元請けの名前まで口にした。どこでどう調べたのか……。佐之助には、目の前の男の正体がいよいよ得体が知れなく思え、酔いがさめていった。

得体の知れぬ男・伊兵衛は、〝四人組〟に押し込みの誘いをかけていく。四人それぞれ、カネを必要とする事情があり、伊兵衛はその周辺を掌握していた。

浪人者・伊黒（いぐろ）清十郎には、胸を病んだ妻・静江がいたが、旧藩士時代、彼女は人の妻だった。不義を重ねた二人は城下を去り、追っ手を避けつつ江戸へと逃れて来た。

やがて妻の症状は悪化し、代稽古の謝礼では薬代にも事を欠くようになる。医者から、空気のいい海辺あたりで養生させることを勧められていたが、とてもそんな余裕はない。運のない二人だった――と伊黒は思うのだった。

看病の日々が続くが、病で苦しむ妻に一時的な安らぎが訪れる夜があって、そんな折り、伊黒は「おかめ」に出向く。そうせずにはおれなかった。いったん、伊兵衛の誘いを断りつつ、「百両か」と伊黒は思いやるのだった。

白髪の爺さん・弥十は、口うるさい娘と大工の娘婿の家に厄介者として暮らしている。老いた日々、何もかも面白くない。

若いころ、建具職をしていたが、博奕のもつれから人を刺し、江戸払いとなった。旅先で苦労しつつも気ままに暮らした年月への郷愁がいまも残っている。いまやおかめで一息入れるのが唯一の楽しみだが、自宅から出ようとすると、娘が孫娘を連れて行けという。飲み屋に行くのを警戒しているのだ。

伊兵衛が接触してきて、唐突に「押し込みを手伝いませんかね」と持ちかけてきた。報酬は五十両——といわれたが、「もちっと」というと十両アップした。それだけあればまた旅に出られるかもしれない……。弥十は血がざわめくのを感じるのだった。

商家の若旦那・仙太郎の実家は、夜具を商う老舗(しにせ)店だ。近々、許嫁(いいなずけ)との祝言を控えているが、別に、年上の女がいた。

料理茶屋の仲居で、深い仲になって三年になる。豊満な美形だが、目尻の小皺(こじわ)も目立つ。逢瀬(おうせ)を繰り返すうちに倦(あ)きがきた。別れ話を匂わせると、「あたしは別れないよ。別れるなんて言ったら、あんたを殺してやるから」と、いい返された。

伊兵衛は「金ですな」といって、こう加えた。「それも五両や十両の金だったら、あの女は投げ返しますよ。しかし、百両、耳をそろえて出したなら、別れるかもしれないね。あたしが女だったら、そうする」と。

——映画で、映像が〝引き締まる〟といういい方があるが、フィルム・ノワールでいえば、リノ・ヴァンチュラという脇役（主役も演じたが）が浮かぶ。役どころはギャングであったり、刑事であったり、レジスタンスのリーダーであったりしたが、彼が登場すると映像が締まる。

文中、伊兵衛の像はぼんやりした感じのオジサンであるが、リノ・ヴァンチュラのごとく、どこか凄みがあって、紙面が締まる気配がするのである。

3

物語が中盤に入るあたりで、がらっと目線が変わる章があって、以降しばらく、南町奉行所の定町廻り同心・新関多仲の視線で物語が進行する。作中、目線が変わる手法は、藤沢の他の作品でも見られる（『ささやく河――彫師伊之助捕物覚え』など）。

新関は伊兵衛を追ってきた同心だ。かつて伊兵衛は路上の喧嘩で人を刺殺し、島送りとなったが、やがて大赦があって江戸に戻ってきた。

戻ってしばらくすると、材木屋で、五百両が奪われる押し込みがあった。時刻は日暮れ時で、一味は四人。店の者を縛りあげ、カネを奪い、危害は加えずに逃走した。犯人は一人も捕まらなかった。

新関が以前の記録にあたると、十六年前、十四年前、十三年前に、同じような「日暮れ時」「四、五人」という未解決の押し込みがあった。その後、類似した事件は起きなかったが、この空白期間は伊兵衛が三宅島にいた時期と重なっている。そして伊兵衛が江戸に戻るとまた、同種の事件が起きた。かかわりがあるのではないか……。

新関および配下の岡っ引きが伊兵衛をマークし、金貸し業の看板をあげつつ女房と暮らしていること、よく町を出歩き、「おかめ」にも立ち寄っていることを把握していた。近々、また一仕事をやるつもりなのではないか……。

夜半、佐之助が「おかめ」から帰る途中、にわか雨が降り出した。稲妻が走り、雨脚が強い。裏店に通じる小路に駆け込むと、濡れそぼって立ちすくんでいる女と出くわす。「おくみさんじゃねえか。どうしたい?」と、声をかけていた。

同じ裏店のはす向かいに住む畳職の女房で、これ以前、「ここを開けておくれな、おまえさん」という泣き声を耳にしていた。が、戸は開かない。井戸端に集う女房たちの噂話では、飲み屋で働くおくみが客の一人と浮気し、夫婦別れしたとの話だった。おくみは色白で整った顔立ちをしており、佐之助はなんとなくおくみに同情していた。

佐之助は「とんだ道行だ」と思いつつ、おくみが哀れに思えて家に入れ、以前、同居していた女が残していった浴衣(ゆかた)を着せてやったりした。夫婦別れに水を向けると、浮気などしていなくて、白黒をはっきりさせて別れるつもりだったという。

やがておくみは出て行こうとするが、出入り口の土間で崩れ落ちる。額は火のように熱く、高熱を発している。医者に診せると風邪をこじらせているという。以降、十日近く、看病しているうちに情が移り、自然の成り行きで二人は男女の仲となる。

薬代は高く、カネが心細くなった佐之助は、元御家人という元締め・奥村のもとを訪れた。報酬の良い仕事を紹介してくれたが、内容は「色〔気〕婆さん」の殺しだった。

殺しは、あっしの性に合いません——と、佐之助は依頼を断る。これまでかなり手荒い仕事をしてきたが、殺しに手を染めたことはない。その判断には、ここ何日か、ろくに眠らず、一人の女を看病したことが後押ししていたのかもしれない。


押し込みを手伝う方がまだましだ——佐之助はおかめに足を向ける。客が帰った時刻になって、伊兵衛は「仲間を引き合わせましょう」と佐之助を促し、板場奥の梯子をのぼり、屋根裏のような部屋に誘った。店の行燈を吹き消している親爺はもちろん、伊兵衛の仲間なのだろう。

部屋には、三人の常連客がいた。浪人・伊黒清十郎、白髪の爺さん・弥十、若旦那・仙太郎で、どうやら〝打ち合わせ日〟であるようだ。四人が互いに口をきくのははじめてである。

何もおっしゃらずにあたしを信用して頂きたい。これまで四度も盗みに入りましたが、一度もしくじったりはしていません——一味の首謀者として、伊兵衛が語りはじめた。

押し入るのは近江屋という繰棉問屋。当日は幕府に納める冥加金が集まっている。時刻は人の足が途絶える日暮れ時で、「逢魔が刻」。なお、本作の初出時のタイトルは「狐はたそがれに踊る」であった。

これまで、いずれも「素人衆」と組み、仕事が終われば解散し、二度と会わない。奉行所も追跡しようがないわけだ。

「錠前外し」の玄人を使った例外があるが、これは後になって伊兵衛を脅してきたので、喧嘩を装って刺殺し、そのせいで八年、島暮らしを強いられたという。

さらに、奪った金は二月、伊兵衛の手もとで秘匿し、その後に分配するという。捜査の眼をそらすためだ。その間、各人が必要とするであろう金——伊黒と佐之助には十両、弥十には五両——を手渡す。

伊兵衛の話は説得力があり、準備や段取りも十分であるように思えた。

夜も更けてから、佐之助はおくみの待つ裏店に戻るが、家の中は真っ暗で、人気がない。布団と浴衣はきちんと畳んである。出て行ったのだ。なぜに——。淋しさが佐之助の胸をつつんだ。次の日も、その次の日も、おくみは戻って来なかった。

4

決行日の夕、押し込みは手はず通り、進行した。

伊兵衛と四人は、頭からすっぽり頭巾をかぶり、近江屋に押し入った。匕首で脅し、主人、女房、息子、奉公人たちを縛り上げ、伊黒が裏口からの遁走者を見張る。主人を吐かせ、奥座敷の長持の中の小判を風呂敷へと移す。

伊黒、仙太郎、弥十が一足先に外に出、最後、土間に降りた伊兵衛と佐之助が頭巾を脱いだそのときだった。いきなり外から潜り戸が開き、若い女の手にした提灯の光がまともに二人の顔を照らした。店の女中だった。

女を殺せ――伊兵衛の指示に佐之助は従わなかった。これ以前、ともに暮らしたことのある女「きえ」だったからだ。思いもよらぬところでの〝再会〟だった。

きえは小心な女だった。つましく、暮らし上手で、いつも佐之助の陰にかくれ、博奕に怯(おび)えていた。そんなきえを佐之助は愛(いと)おしく思っていたのだが、突然、姿を消してしまった。

ど素人が！――。伊兵衛は伊之助に向かって、「そいつが、てめえの命取りになるだろうぜ」と吐き捨てた。

この日から間もなく、それぞれに思わぬ流転が訪れる。

伊黒の妻・静江の容態が悪化し、死相が現れた日の夜半、表戸で「ごめん」という声がする。旅姿の男が立っていて、静江の元の夫、室谷半之丞だった。伊黒はしばし猶予をくれと頼み、夜明け、静江を看取(みと)ってのち、表に出る。恨みごとは口にせず、「俺は上意で脱藩者を斬りに来ただけだ」――と室谷はいう。河岸での果たし合いは、相討ちだった。意識が遠くなる寸前、伊黒は静江と行くはずだった海辺の村にひびく波の音を聞いたように思った。

仙太郎の足が遠ざかると、年増女は夜具店の店先までやって来るようになった。百両あれば……。仙太郎は伊兵衛宅に、〝分け前の前借り〟を頼みに出向くが、冷ややかに断わられる。もうひと月ぐらいすれば百両渡すから――別れ話を口にすると、女はいったん承諾しつつ、「ひやりとしたものが、仙太郎の首を撫でた」。

弥十は孫娘を連れて散策しているさい、人さらいに出くわす。殴り合いになり、意識を失いつつも孫娘を抱きかかえて守り切った。そのせいで娘が優しくしてくれるのはいいのだが、乱闘がもとで「中気」となり、老耄の兆しも現れてきた。老人は近く手に入るはずのカネや若い日の旅の思い出を頭に浮かべたりするのだった。


伊兵衛に狙いを定めた同心の新関は、捜査網を絞っていた。佐之助もまた、伊兵衛をマークしていた。きえを消すことを諦めるようなタマではないからだ。

路上で、伊兵衛ときえがすれ違ったさい、佐之助は二人の間に分け入る。伊兵衛の匕首で袖を切られつつ、きえの上から覆いかぶさった。そこへ怒号が起こり、同心が伊兵衛を捕縄する。きえは囮だったのだ。

きえは同心に、店で見かけた「若い男」は佐之助ではないと証言する。同心たちが去ってから、なぜ囮に？　と問う佐之助に、「近江屋の嫁に、と話が決まってるんです。だから、お金が戻って来ないと、あたしも困るんです」と答える。

きえは、少し変わったな――と佐之助は思う。

――近江屋の息子と、うまくいっているのだ。

佐之助は、幾分妬ましい気分でそう思った。一度見ただけだが、悪い感じはしなかった近江屋の息子のことを思い出していた。その息子と結ばれ、暮らしの拠りどころを得たことが、きえをしっかりと腹の据わった女にしているのかも知れないと思った。

そう思うと、きえがにわかに遠い人間に思えた。佐之助がいとしんだのは、臆病で、おびえやすい女だったのだ。きえも去り、あのおくみも去った、と思った。

かつて、臆病でおびえやすい女だったきえが、しっかりと腹の据わった女に変貌している――。それは人として喜ばしいことであるはずだが、なぜか佐之助には遠い人間になってしまったと映る。違和感はない。人の心理とはそのようなものでもあろうと思うのである。

5

佐之助はおかめを訪れる。伊兵衛が捕まったとなれば、カネの居所を知るのは店の親爺ぐらいだろうと思えたからだ。だが、親爺は、伊兵衛が隠し場所をいうはずはなく、また仲間を役人に売ることもしないという。

ただ働きをしたというわけだ――と佐之助がこぼすと、「あんたは運がいい方かもしれませんよ」と親爺はいって、浪人・伊黒と若旦那・仙太郎が横死(おうし)し、爺さん・弥十は中風になってボケてしまったという情報を伝えた。

闇の中で回り続けてきた歯車が止まったのだ。歯車はひとりでは動かない。飲み仲間の顔を一人ひとり思い浮かべながら、なんという運のない、情けない連中なのだと佐之助は思う。

笑いながら、佐之助はろくに言葉をかわしたこともないその男たちを、自分がひどく好いていたのを感じていた。連中は間違いなく仲間だったのだ。むろん押し込みにはかかわりない仲間だ。笑いの一皮下に、険悪な怒りが動いていた。彼らをそうした運命といったようなものに、佐之助の怒りはむけられている。

飲み屋でのあるかないかの縁で、ひととき、〈仲間〉は行動をともにしたが、彼らに人生の幸運が微笑(ほほえ)むことはなかった。佐之助の怒りは、敗者たちに通じる、〝淡い連帯感〟とでもいうべき感情であったろう。もう二度と彼らと会うことはない。佐之助の胸に寂寥(せきりょう)が寄せてきた。

裏店に帰ると、思わぬ人が待ち構えていた。おくみだった。佐之助がどうして出て行ったのかと問うと、「図図しい女だと思われたくなかったもの」という。佐之助はおくみを抱き寄せ、乳房を掴む。安堵感が押し寄せてくる。ラスト、こう記されている。

> ――このあたたか味を頼りに、生きるのだ。
> と思った。日雇いでも何でもいい。世間の表に出してもらって、まともに働き、小さな金をもらって暮らすのだ。百両などという金は、あれは悪い夢だったと思った。根のない暮らしはもう沢山だ。
> 「もう、どこにも行くな」
> 佐之助が言うと、おくみはええと言い、佐之助の手を押さえて、重い乳房を押しつけてきた。

江戸の暗黒小説(ロマンノワール)として、ストーリー、登場人物、展開、結末とも、よくできていると思う。日暮れ時という意外な犯行時間。頭目(とうもく)は冷徹な盗賊のプロであるが、他のメンバーは市井のシロウトたちで、たまたま通っていた飲み屋の〝仲間〟という設定も斬新だ。

仲間それぞれが負の側面、宿命とか禍根とか因果と呼ばれるものを抱えている。彼らの人生にかかわって、前期・藤沢作品の色調である〈暗さ〉を継承はしているが、ストーリー展開の中に埋もれていって、その色調をあまり感じさせない。まずもって小説としての面白さが先行していくのである。

佐之助はアウトローではあるが、殺しには手を染めない。自身が定めた決め事を持ち、女の哀れさには心を動かす。その見返りといっていいのか、ラスト、生き方の転換も含めて小さな明かりが灯(とも)っている。

初期から後期まで、藤沢の時代小説の主人公に一貫してあるのは、それぞれが自身なりの矜持と生き方をもつことであるが、そのことは本作でも変わらない。本作に漂うのは、ハードボイルド調の、クールにしてウエット、乾いた叙情性といった情感であるが、それは藤沢周平という作家が生来宿す資質なのだろうと思う。

本作が雑誌発表された年、藤沢は四十九歳。

各雑誌で『橋ものがたり』『用心棒日月抄(じつげつしょう)』「隠し剣」シリーズといった大型連載がはじまった年でもある。作風に転機が訪れようとしていた。

第Ⅱ部

第六章　作風の転機――『用心棒日月抄』

1

行きづまらないためには、飛躍がなければならない。作風の飛躍というものが、〔直木賞〕受賞直後から私の頭の中にある。恐らくそれをつかまえることが出来るかどうかが、私の作家生活の鍵になるだろう。それがいつ訪れるか、私には全く解らない。不気味であり楽しみでもある。

一九七五（昭和五十）年の正月、藤沢周平が自身のノートに記した一文である（遠藤展子（のぶこ）著『藤沢周平　遺された手帳』）。

一年後の正月、こんな一節も見える。

「江戸の用心棒というシリーズを考えている。ハンサムで腕っぷしが強く、武家勤めに愛想をつかしている浪人が主人公。早田伸十郎。気楽に世の中を渡りたいと思っている」

藤沢の読者なら、青江又八郎を主人公とする『用心棒日月抄』の原作メモであることはおわかりであろう。連載が『小説新潮』ではじまったのは一九七六（昭和五十一）年九月号からで、直木賞受賞（『暗殺の年輪』）からいえば三年後、オール讀物新人賞受賞（『溟い海』）からいえば五年後、さらに新人賞への応募をはじめた時期から数えれば十二年後ということになる。作風の転換には長い年月を要したことがうかがわれる。

青江又八郎は、「北の方のさる藩」の、馬廻組百石取りの若い藩士で、一刀流道場の師範代もつとめていた。藩内には内紛があり、宿直中に藩主毒殺の陰謀を耳にする。許婚・由亀の父、徒目付に報告するが、いきなり背後から斬りつけられ、反射的に相手を斬ってしまう。徒目付も陰謀の一味の一員だった。その足で、ただ一人の身寄り、祖母を残して城下を出奔する。いずれ追っ手がやって来る……。

江戸に逃れた又八郎は、鳥越・寿松院裏の裏店に身を潜める浪人となる。人物像は、長身で彫りの深い顔をしている。肩幅があり精悍な身体つきである。世を忍んでいるせいか、風貌に若干の苦味が走り、「一種憂鬱げなかげり」もあって、道行く女たちが振り返る、とある。

国元から持参してきた金はほどなく尽きていく。仕事を見つけ、糊口をしのがねばならぬ。大家の六兵衛が紹介してくれた先が、口入れ業、相模屋の吉蔵だった。

相模屋と吉蔵はこう描写されている。

古びたしもた屋で、「諸職口入れ」という小さな看板が下がっている。人の気配はなく、調度品も乏しく、どことなく寒々しい。格子戸を開けると、上り框(かまち)に続く部屋の閾(しきい)ぎわに、粗末な机を構えて男が坐っていた。色の黒い丸顔の、「狸(たぬき)」を連想させる不愛想なオジサンだ。帳面が重なり、机には筆と硯(すずり)が乗っている——。

様子ではあまりはやっていそうもないな、と思いながら、又八郎は声をかけた。

「ご主人か」

「さようでございます」

男はむっつりした表情で答えた。相手が侍だからと、とくに改まった様子が見えないのは、又八郎のような浪人者を扱い馴れているのだろう。

吉蔵は、又八郎の出身藩——これは「北の方のさる藩」ということで済んだが——、浪々期間、家族、腕前、住処(すみか)、職の望み……などを訊き出し、帳面に記入する。あたかも、品物を値踏みするごとく、人体(じんてい)を探り出していく。

物語の進行とともに明らかになっていくのだが、吉蔵の提示する手間賃は概してしわく、用心棒を危険な仕事にも、きつい力仕事にも平然と送り出す。食えない親爺ではあるのだが、存外、律儀で親切、義理堅いところもある。

吉蔵が又八郎と面談しているところへ、「相模屋」「話が違うぞ、話が。貴様のおかげでひどいめにあったわ」という怒声とともに、頬髭をたくわえた大男の浪人が乗り込んで来た。細谷源太夫である。

吉蔵から人足を監視する役目と聞いて出向いたところ、監視役はすでにいて、現場の力仕事に駆り出されたという。「おや、どこで手違いがありましたかな」と、とぼける吉蔵であった。

細谷は、今度は良き仕事を回せとねじ込み、吉蔵が又八郎に提示しようとしていた道場稽古の手伝いを横取りして立ち去っていく。いや江戸とは油断ならぬところだ――。

吉蔵によれば、細谷は五人の子持ち（その後、六人となる）であって、それ故、大わらわで働かなければならないのだという。

「さようか」

又八郎は、風を巻いて出て行った細谷の、雲つくほどの巨体を思い返していた。

「それでは止むを得んな」

「しかし、どうなさいます？」

吉蔵の声が、又八郎の一瞬の感傷を吹きとばすように、無慈悲にひびいた。

「あとは犬の番しか残っていませんが」

しばしば「江都一」とのたまう相模屋・吉蔵、作州津山の森家が潰れて以降、浪々の身となったホガラカ系の浪人・細谷源太夫が、『用心棒日月抄』およびシリーズの脇役を担っていく。二人のキャラクターが、本書に暖色の色彩を与えている。

2

第一話は「犬を飼う女」。仕事先は、雪駄問屋の田倉屋・徳兵衛の妾宅で、およよが飼っている犬・まるの用心棒だ。

覇気のない茶色の犬で、大体、玄関脇で寝そべっている。そのまるに、毒餌をやったり荒縄でくくって連れて行こうとしたものがいるという。時は元禄、悪法「生類憐みの令」が敷かれ、犬が傷を負えば飼い主も厳罰に処せられる。徳兵衛によれば、同業者のライバル磐見屋の嫌がらせというのであるが――。この令は悪法度を増していき、やがて鰻や鰌を食べることも禁止されていく。

又八郎は妾宅に寝泊まりする。およよとおよし婆さんの二人暮らしで、時折、徳兵衛が通ってくる。およよは気のいい女であったが、身持ちはいまひとつ。田倉屋の若い手代と火遊びなどもしている。が、そんなことは用心棒の関与すべきことではない。

又八郎の日々は、宅の警戒とまるを散歩に連れ出す以外、とくにすることはない。朝夕、婆さんの支度するメシを食い、仮名草紙など読んでごろごろしている。用心棒たるもの、無事に日が暮れ、朝が来ればそれでいいのである。

妾宅での暮らしにも慣れた日、又八郎がまるを連れて回向院の境内を散歩していると、犬に向かって矢を放ったものがいた。又八郎が矢を斬り落とし、職人風の男を追い詰めると、なんと男はまるを抱きしめ、まるは男の顔や首をなめている。旧の飼い主、新吉であった。

話を訊き出すと、新吉とおよは同じ裏店で育ち、恋仲だった。新吉は浅草の矢師に奉公に出、およは田倉屋の女中となったが、いずれ所帯をもつ約束をしていた。およの家は貧しく、田倉屋の世話を受けざるをえなくなり、新吉が飼っていた犬を連れて妾宅へ引っ越したという。

それから二年。年季奉公が済み、一人前の矢師になった新吉であるが、およをあきらめ切れず、犬を傷つければ田倉屋もお上から咎(とが)められる……と短絡して考え、一件に及んだという。

又八郎は事の顚末(てんまつ)をおよに話し、こう付け加えた。


「回向院の境内で、あんたを待っているんだが……」

「いまですか。新吉さんあたしを待っているんですか」

およの顔にみるみる紅味(あかみ)がさした。およは胸を喘(あえ)がせ、うろたえた眼で又八郎を見た。

その前に、又八郎は手を出した。

「さて、お手当てを頂戴しようか。犬の番人も今日で終ったのでな」

3

第二話は「娘が消えた」。

又八郎は、油屋・清水屋の娘およう（？）が通っている三味線と小唄の稽古事に付き添う。近頃、誰かに後をつけられている気配があるという。手当は「三日で一両」とよい。師匠の話では、おようは稽古仲間で経師屋の喜八と好き合い、逢引もしていたようだ。

又八郎が国元からの刺客の撃退に手間取った日、おようがさらわれる。又八郎が喜八の家を訪ねると、おようと喜八が猿ぐつわを噛まされ縛られている。これ以前、二人は殺しの現場を目撃しており、その口ふうじに悪党どもが仕組んだ誘拐だった。又八郎は、用心棒の名に懸けて悪党たちから二人を取り戻す。

第四話は「夜鷹斬り」。

同じ裏店に住む夜鷹のおさきが、ここしばらく、小柄で痩せた浪人者につけられ、怖いという。護衛の手当は夕飯だ。おさきはなかなかの料理上手だった。夜半、〝前金〟を払いたいと又八郎の部屋にしのんできたりもする。可愛げがあった。

細谷源太夫の誘いに乗って飲んだ夜、迎えに出向く時間に遅れ、おさきが斬られる。又八郎は周辺を調べ、おさきが浪人者グループの秘匿する会話を耳にし、以降、つきまとわれていたと知る。又八郎は、私的な敵討ちに乗り出す。

第五話は「夜の老中」。

夜に出歩く老中の護衛だ。「一日二分」という手当もよい。奥方によれば、よからぬ外出で、相手先を突き止めれば別途の手当もはずむという。おおいに歓迎だ。同道すると、老中が出向いていたのは、公務の会合だった。又八郎は、細谷に手傷を負わせた難敵と立ち合う。

ただし、老中の夜歩きには、元奥勤めの女中との密会も混じっていた。ここはどうすべきか……。

又八郎は、臨時手当をフイにはするが、やはり〝用心棒仁義〟を守ることを選ぶ。老中に「少々、夜遊びが過ぎはいたしませんでしょうか」と口にすると、「いかにも。以後つつしもう」との返事があった。

第七話は「代稽古」。

仕事は本所にある道場の代稽古。「三日で一分」と手当はイマイチだが、昼晩飯付きで期間は一か月。又八郎の好む用心棒向きの仕事だ。ただ、通常の町道場ではないようで、いわくありげな連中が集まり、密談を重ねている気配がある。

道場の動向は、公儀の密偵もマークしていた。又八郎は細谷ともども、小唄の師匠と称する密偵おりんに誘われ、痛飲する夕もあった。又八郎とおりんの関係は深まり、互いに「明日は知らずの身」、第八話「内蔵助（くらのすけ）の宿」では、「愉悦」をともにするひとときもあった――。

かくして、又八郎の、江戸での身すぎ世すぎの日々が過ぎてゆく。折々、国元から家老・大富丹後の放つ刺客も襲って来るが、迎え撃っていく。帰郷の見通しは立たない。

寄る辺なき浪々の身ではあるが、一方で、堅苦しい城勤めにはない気ままさがある。裏店では「旦那」と呼ばれ、隣のかみさん連中が漬物をくれたり、昼メシを食わせてくれたり、気楽に米の貸し借りもする。江戸下町に流れる風習は、身分につながれた藩士の暮らしにはないものだった。

明日は明日の風が吹く――。ときに、「用心棒稼業も板についてきた」と思う又八郎なのだった。

各章、吉蔵と細谷がほどよい脇役として登場する。

又八郎と細谷は、吉蔵が提示する、数少ない「手間のいい仕事」を得るという意味ではライバルなのだが、ときに酒席を共にし、共に白刃をくぐり抜ける中で、手の合う用心棒仲間となっていく。吉蔵は元来、生真面目な口入れ屋であり、シビアな商売人であるが、その立ち居振る舞い、どこかユーモラスである。手もとにいい仕事があるさい、吉蔵の態度はたとえばこんな風だ。

又八郎を見ると、吉蔵は頬杖をはずして坐り直した。そして胸をそらした。

「昨日はいらっしゃいませんでしたな。青江さま」

なじるように吉蔵は言った。ははあ、いい仕事が入ったな、と又八郎は吉蔵の様子から判断した。いい仕事をくれるとき、吉蔵の物腰は少し尊大になる。うしろにそっくり返る感じになる。

依頼人がありがたがるのが眼に見えているからだが、また依頼にこたえていい仕事を周旋出来る自分に、満足もしているのである。満足感で、吉蔵はそっくり返っている。

『用心棒日月抄』の続編(『孤剣』『刺客』)が刊行された時期、藤沢はエッセイ「転機の作物」で作風の変容について触れている(『波』一九八三年六月号)。

作風の変化はおのずとやってきて、ユーモアの要素を自覚したのは『用心棒日月抄』あたりからだったとし、こう続けている。

突然のようだが、私はかねがね北国の人間が口が重いというのは偏見だと思っている。あれは外部の、自分たちよりなめらかに口が回る人種の前でいっとき口が重くなるだけのことで、内輪同士ではそんなことはない。

子どものころ、私は村の集会所あたりで無駄話にふけっている青年たちの話をよく聞いたものだが、彼らがやりとりする会話のおもしろさは絶妙だったという記憶がある。弾の打ち合いのように、間髪をいれず応酬される言葉のひとつひとつにウィットがあり、そのたびに爆笑が起きた。村の出来事、人物評、女性の話など、どれもこれもおもしろかった。私たち子どももおもしろがって笑っていたら、突然に怒られて追い立てられたのは、野の若者たちの雑談の成り行きの自然で、話が少し下がかって来たからだったろう。

内部の抑圧がややうすれた時期になって、私の中にも、集会所の若者たちほどあざやかではないにしろ、北国風のユーモアが目ざめたということだったかも知れない。「用心棒」のためにユーモアを盛り込んだのではなく、もともと藤沢の中にあったものがおのずと滲み出てきたのである。

4

この物語の横糸として織り込まれているのが、元禄期に起きた赤穂（あこう）事件である。殿中で、播州赤穂の藩主・浅野内匠頭（たくみのかみ）が高家（こうけ）筆頭・吉良（きら）上野介（こうずけのすけ）へ刃傷に及び、切腹に処せられる。赤穂浅野家は城を明け渡して断絶。その後、浪士四十七人が吉良邸に討ち入って主君の無念を晴らす――。

　第一話「犬を飼う女」では、殿中での刃傷と切腹が、第二話「娘が消えた」では、赤穂城の籠城が巷の噂話となっている。第三話「梶川の姪」では、赤穂城明け渡しが行われ、第四話「夜鷹斬り」では、城代家老・大石内蔵助の江戸入りが噂される。第五話「夜の老中」で、老中が出向く会合は浅野・吉良の動向に関する公儀の情報交換の場であり、第七話「代稽古」で、本所の道場に集まってくるのは浅野浪士たちだった。

　第八話「内蔵助の宿」では、又八郎と大石内蔵助が直接、接触する。又八郎が吉蔵から持ち込まれたのは、川崎宿近くの隠宅に滞在する武士（内蔵助）の身辺警護だった。

　描写されている内蔵助の人物像は、「やや丈が低く、小肥りに肥った四十半ばと思える人物だった。武家のくせにと思われるほど色白で、眠たげな細い眼をし、出迎えた山本（長左衛門）たちに、にこにこ笑いながら、低い声で何か言っている」とある。

　藤沢はエッセイ「大石内蔵助の真意」（『歴史と人物』一九七七年十二月号）で、内蔵助について記しているが、本書に登場する人物像と重なっている。

　内蔵助は「昼行燈（あんどん）」といわれるごとく、日頃は薄ぼんやりした存在であったが、思慮深く、腹の据わった人物だった。当初企図したのは内匠頭の弟、大学を後継とする浅野家再興であったが、幕府は認めず、一方、依然として吉良への処分はない。これでは浅野家の面目は立たぬ。内蔵助はようやく吉良抹殺の決意を固める。

いったん、京・山科に居を定め、「江戸急進派」を抑えつつ、時を待つ。放蕩にも身をゆだねる。公儀を欺く擬態との見方もあるが、藤沢はこの点、内蔵助は生来の遊び好きだったのだろうと記している。

川崎近くの宿。内蔵助は自室で、美声で今様（隆達節）を口ずさんだりしている。警戒に庭を見回っている又八郎は、「上方の武家は、粋なものだの」と思ったりする。やがて、刺客たちが宿を襲うが、これを撃退し、宿での又八郎の仕事は完了する。

第九話「吉良邸の前日」、第十話「最後の用心棒」は、討ち入り前後の模様が記されている。

又八郎が江戸に出て三年近く――。季節は師走を迎えていたが、米櫃の底に散らばっている米はざっと二食分。それも粥にして、である。炭も切れかかり、わびしさがせり上がってくる。貧すれば鈍すという通り、逃亡暮らしの疲れと倦怠が差し込んでくるのもこんな折りだ。

もとより足繁く、相模屋に出向いてはいるのだが、この時期、求人がなく、「人足仕事」までないという。相模屋の前にくると、細谷源太夫の「嚙みつくようなけわしい声」が聞えてくる。彼もどうやら、尾羽打ち枯らしている様子である。これ以前、深川の妓楼の用心棒にやとわれたさいは「ウハウハ」であったようなのだが――。

二人が顔を揃えると、吉蔵は格好の仕事を用意しているという。一日一分はまずまずだが、このさい願ってもない仕事だ。ただ、「吉良家」という雇い先が問題だ。世間では、赤穂浪士たちの討ち入りも噂されている。二人とも、直接のかかわりはないが赤穂贔屓となっていた。逡巡の末、依頼を断る。

帰り道、刺客が又四郎を襲うが、危うく不覚を取りかけた。メシを抜いていて、すき腹のせいだった。このままでは危うい。背に腹は代えられず、相模屋へ取って返す。細谷も続いた。

吉良家用人より、喧嘩口論と私闘は禁止と申し渡される。十日余り、二人が吉良邸内の長屋で暮らしていると、吉良・浅野双方にルートをもつ吉蔵より密かに連絡が入った。明後日、十四日の晩、浅野の浪人たちが当地を襲う——と。

二人を送り込みつつ、吉蔵は「二枚看板」を失うかもしれぬことを案じたようだった。二人はご法度の喧嘩を仕組んで吉良邸追放となり、日割の日当を受け取って無事、退散する。

雪の降りしきる夜、二人は蕎麦屋で時間をつぶし、吉良邸近くの路上に立つ。元禄十五(一七〇二)年十二月十五日の夜明け近く。吉良邸の裏門が開き、火事装束の男たちが隊列を組んで歩き出て来た。どうやら本懐を遂げたらしい。又八郎や細谷の見知った顔もあるようだ。胸を熱くして、彼らを見送る二人だった。

5

吉良邸での長屋住まいをしていた時期、国元の藩の知人が又八郎を訪ねて来て、許嫁・由亀よりの便りを手渡した。追っ手が由亀なら討たれてもよいと思っていた又八郎であるが、けなげにも祖母と二人で暮らし、又八郎の帰国を待っているという。

国元もまた、政変の揺り戻しがあったようで、藩主毒殺を図った大富家老派が失脚、切れ者の中老・間宮(まみや)作左衛門が権力を掌握しつつあるようだ。又八郎の帰郷を促す間宮からの伝言もあった。どうやら江戸を去るべきときがきたようだ。

帰国する又八郎を、細谷と吉蔵が千住宿(せんじゅ)まで見送り、腰かけ茶屋で酒をふるまってくれた。吉蔵は奮発し、道中の路銀まで用立ててくれた。もっとも、返済の段取りもおこたりない吉蔵ではあったが。

帰国途中、大富家老の縁者がふるう妖剣や女刺客・佐知――シリーズ第二巻以降、副主人公となる――の短剣が又八郎を襲うが、なんとか撃退する。

久々、又八郎が国元の自宅に戻ると、敵の侵入に備えてであろう、祖母は白鉢巻を締め、脇差を引き付けていた。由亀はひどくふるえていたが、やがて、身体をぶつけて来て「お帰りなされませ」といった。青江の家に、又八郎不在のままに〝嫁入り〟したのは、父が「又八郎を頼れ」と言い残したこともあったという。

帰国後、又八郎はもろもろ対処しつつ、やがて馬廻組に復帰し、由亀のもとで平安の日々を送っていく。そのことに充足を覚えつつふと、江戸の用心棒暮らしを懐かしむ又八郎でもあった。

本書は一話ごとに節目があって、楽しみつつ読める。なにより、主人公・青江又八郎に魅力がある。腕っぷし強く、清潔感があり、その翳(かげ)りも含めて人として魅力的だ。吉蔵・細谷の脇役陣、赤穂事件という史実も各章にうまく当てはめられている。

用心棒稼業とは、現代でいえば、フリーランスの請負業であろう。仕事内容が何であれ、報酬がいかほどであれ、請け負った仕事はやり通す。〝契約の順守〟を守り抜く精神が又八郎の清潔度を高めている。

藤沢作品の流れとしていえば、本書は、〝私小説〟からエンターテインメントへの分岐点にあるが、文学的香りを保持しつつ、かつ読者の存在を十分に意識してさまざまな配慮をほどこした作品であろう。

『周平独言』というエッセイ集のあとがきで、藤沢はこう記している箇所がある（中央公論社、一九八一年）。

しかしここまで小説家稼業をつづけて来ると、いくら偏屈な私でも、自分をささえる読者という存在を考えないわけにはいかない。ひらたくいえば、ある一定の部数の本が売れることで、私の小説のごときものを愛読してくれる読者がいることは、疑いようがなくなったのである。

脳裏にある私の読者像は、概して寡黙である。そして私に対して寛大である。いいとほめることもないかわりに、悪いとけなすこともない。黙黙と読んでくれるらしい。もっとも二、三度痛烈なお叱りの手紙をもらったことがあるから、あまり油断は出来ないが、概して言えば心ひろやかな、小説好きのひとたちのようである。ことに初期の、暗く重苦しいだけだった小説を考えると、その感じが強い。作者としては感謝せずにいられない。そういうひとたちと、ひとつの小説世界を共有出来ることを、しあわせだと思うことがある。

藤沢らしい、控え目な思いが伝わってくる一文である。本書――および「用心棒」シリーズ――は、「寡黙な読者たち」に応えた、藤沢流の〝サービス作品〟であったのかもしれない。

第七章　用心棒ふたたび――『孤剣』『刺客』『凶刃』

1

藤沢周平の『用心棒日月抄』は、シリーズ化され、『孤剣』、『刺客』、『凶刃』と続き、四部作となる。いずれも『小説新潮』『別冊小説新潮』で断続的に掲載されている。

藤沢は一作で終わるつもりでいたようだが、シリーズとなるのは、『刺客』の「あとがき」によれば、「ひとえに編集者のそそのかし」によるとある。〝そそのかした〟のは、『小説新潮』の編集長、横山正治である。

新潮社は担当部署をあまり動かさない出版社として知られるが、横山もまた、出版部の役員などをつとめた後年を除けば、『小説新潮』ひと筋の編集者生活を送った。近年、名を成した作家のほとんどを見知ってきたことになる。私が横山に会ったのは、藤沢や「用心棒」シリーズにかかわることではなかったが、雑談になったさい、こんな思い出を口にしたものである。

「編集者は自分の好みを口にしないものですが、『用心棒』と池波正太郎さんの『剣客商売』は生(なま)原稿を読むことが楽しみだったですね」と。

『孤剣』は、青江又八郎が「北の方のさる藩」に帰国し、馬廻(うままわり)組藩士として城勤めを再開、由亀(ゆき)と祖母との暮らしにも馴染みはじめた頃、中老・間宮(まみや)作左衛門より料理屋に呼び出されたところから物語がはじまっていく。

『用心棒日月抄』では、又八郎は江戸へ出奔、用心棒稼業で糊口(ここう)をしのぎつつ、藩主毒殺を図った家老・大富丹後の差し向ける刺客たちを撃退した。家老は処断され、間宮が権力を掌握するが、藩内部は依然、揺れていた。背後には、前藩主の異母兄で、赤谷村に隠棲(いんせい)する無類の政治好き、寿庵(じゅあん)保方(やすかた)の不気味な影があった。

間宮の話では、大富の一族で魔剣の遣い手・大富静馬が一味の連判状などを持ち出して江戸に潜伏、さらに藩の内紛を探る公儀隠密が暗躍している。再度、脱藩して江戸に入り、密かに連判状を入手すべし、という要請だった。脱藩とは、失敗したり問題が生じたとしても、藩は知らぬ存ぜぬというわけなのだ。

間宮の意図は了解しつつ、又八郎のハラには一物(いちもつ)あって、「浪人暮らしの辛苦の間に、いささか人間の表裏を見て来た。お家の大事のひと言で、顔色をかえて乗り出すほど、もはやウブではない」。さらに、貧乏藩のこと、家にはこっそり費(つい)えを届けるが、江戸での滞在費は自身で才覚せよという。身勝手で、吝(しわ)い話ではある。が、藩命とあれば仕方ない。又八郎は再び、江戸へと向かう。

裏店の、かつて「夜鷹のおさき」が住んでいた部屋に落ち着くとさっそく、長屋に住む連中が〝帰還歓迎会〟を開いてくれた。江戸の風は冷たく、またぬくもりがあった。

2

陰の組織「嗅足組」の、江戸屋敷内の組を束ねる佐知が──短刀術の遣い手で、かつて又八郎を襲い、負傷した女刺客であったが──、ときに黒衣に身を包んで静馬の探索役を引き受け、旧家老派や公儀隠密との闘いを又八郎とともにする。

佐知は己の職務に忠実なプロフェッショナルだった。白刃の下をくぐり抜ける中で互いの思いは好意から恋情へと進展していくが、ともに抑制心の強い大人だった。

日々の費えは、口入れ屋、相模屋の吉蔵ルートに頼るしかない。又八郎の初仕事は、しばしばコンビを組んだ巨漢浪人・細谷源太夫の助勢であったが、すぐに往時の呼吸が戻ってくる。

用心棒稼業は、島帰りの悪党たちが狙う呉服商の警護、十三歳の女の子より依頼された夜盗防ぎ、油問屋を襲う夜盗の撃退、別宅で俳諧の運座を開く隠居老人の警護──これは公儀隠密の罠であったが──、誘拐された呉服商の娘の奪還、守銭奴の護衛……などなど。

手間賃は「一日一分」から「メシ付きで三日で一分」などさまざまだ。多くは又八郎単独であるが、細谷とのコンビで、また病妻を抱えた無口な浪人、米坂八内との新コンビで、さらに三者共闘で、凶悪な悪党たちに応戦する日もあった。その間を縫って、連判状の探索、静馬や公儀隠密たちとの死闘を繰り広げる。

青江又八郎は風邪をひいた——という書き出しではじまる章がある。多年の無理がたたってか、高熱を発し、しばらく寝込んでしまった。タフな又八郎であるが、心身が弱る折りもある。

手間取る静馬の探索、薬代を支払って心細くなった財布、米櫃（こめびつ）の底はすけて見える。帰国を待ちわびているに違いない由亀と祖母、もう年の瀬が迫っている……。こう続けている。

——いまごろは、霰（あられ）の時季か。

寒ざむとしぐれてはわずかに白い日が枯野をわたる。そういう日日をくり返したあとで、空はついに暗い雲に閉ざされ、やがて乾いた音を立てて霰が降る。その下で人も家も背をかがめ、次第に寡黙な相を深めて行く故郷を思いながら、又八郎はぼんやり天井を見上げていた。

短い、追想の情景描写であるが、脳裏に残る。長く北国の冬に接してきた藤沢の実感を言葉に置き換えたものであろう。

又八郎の住む裏店に、国元で交流のあった土屋清之助が間宮の伝言をもってやって来た日がある。密命遂行の尻たたきであったが、ただそれだけで、支援資金を持参してきたわけではない。土屋は又八郎の炊いたメシをたらふく食って帰っていった。

仕事の口を求めて吉蔵の店・相模屋に向いつつ、又八郎はこう思う。

――禄を離れたことがないからだ。

木戸を出て表通りの方にむかいながら、又八郎はそう思った。間宮も、土屋もである。誰が喰わせてくれるわけでもなく、自分の手で金を稼ぎ出さねば顎が干上がる。そういう立場に立ったことがないから、中老も土屋も暮らしの費用に思い至らないのである。そう思うと胸の中に、また怒気が動いた。

しかし、越前通りに出て、人混みにもまれているうちに、怒りは次第に萎えて、又八郎はかわりにどことなくわびしい気分が胸を占めて来るのを感じた。あたかも藩から見はなされて、江戸の町をあてもなくさまよっているような気がして来るのは、顔を吹きすぎるひややかな秋風のせいかも知れなかった。

藩という後ろ盾のない用心棒たちは、しがない稼業であれ、一剣を頼りに、請け負った仕事を遂行する。又八郎は無論、ガサツで大酒食らいの細谷も、尾羽打ち枯らす貧乏浪人風の米坂も、その一点において誠実な〝契約遂行者〟であった。

このあたりの記述、短い教員職を除き、業界紙記者と作家という不安定な職にあった藤沢自身の心境を投影しているのかもしれない。

一方で、こう思い直す又八郎だった。

——孤独というものは、人の心を蝕むものであるらしい。間宮中老や土屋清之進に腹を立てたりしたが、考えてみれば、その前に武士の一分というものがあったのだ、と。

用心棒稼業をこなしつつ、又八朗は佐知や嗅足組の助勢を得て、静馬探索を続けていく。静馬の隠れ家で、一太刀交え、旧家老の日記や一味内で取り交わした手紙類を入手するが、連判状は見当たらない。

最終章。又八郎は佐知や細谷の助けを得、公儀隠密を退け、ようやく静馬との直接対決に持ち込み、紙一重で勝利を収める。連判状も入手し、国元の間宮のもとに持ち帰らんとする。

又八郎が寝込んだ日、裏店を訪ねて来た佐知が、残りメシと味噌汁などを使って旨い雑炊を作ってくれた日もあった。佐知は台所仕事にも長けていた。ふと思って又八郎が訊ねると、「一度嫁ぎましたが、不縁になりました。出戻りでございますよ」という。

国元へ発つ日の前日、又八郎と佐知は互いに別れがたい思いにとらわれ、小料理屋の一室でひとときをともにする。旅立つ日には、吉蔵と細谷が千住まで見送ってくれた。二人の姿が消えてから、佐知もこっそりと一人、見送りにきていた姿を又八郎は目にとめる。

3

『刺客』は『孤剣』の続編である。

青江又八郎が帰国し、馬廻組に戻って半年後のこと。夜中、元家老の谷口権七郎宅へ呼び出される。かつて長く執政をつとめ、名家老と呼ばれた人であったが、思わぬ要請を切り出される。

寿庵保方が権力の座を目指して再び暗躍しており、邪魔になる江戸・嗅足組の抹殺を図るため、腕利きの五人の刺客及び忍びの者を江戸に送ったという。政変に備えてであろう、江戸に散在させていた隠し金も引き揚げにかかっているらしい。すでに城下でも血なまぐさい事件が起きていた。話の途中、又八郎は気づく。この人物こそ嗅足組を指図する陰の頭領なのだ、と。佐知は、谷口の「妾腹(しょうふく)の子」であるという。江戸で、佐知が又八郎を大いに助けたことも谷口は知っていた。「今度は、わが娘を助けよ、と頼んでおるのだ」と。

佐知への助力であればもう、否も応もない。又八郎は再び脱藩して江戸へと向かう。住まいは馴染みの裏店だ。

江戸屋敷には大っぴらには出入りできず、手紙の取り次ぎなど、佐知との連絡役を相模屋・吉蔵に頼み込む。〝男女間の連絡係〟は嫌だとごねる吉蔵をなだめすかしてであったが。

谷口は間宮とは異なり、当座の費用として又八郎に三十両を手渡してくれた。十両を由亀に預け、江戸で再会した細谷源太夫の内儀が病気と耳にして五両を見舞い金とした。残りでしばらくは大丈夫と胸算用していたところ、夜具の下に忍ばせていた有り金を泥棒に盗まれる。加えて、羽織(はおり)、袴(はかま)、胴着、革足袋などもない。根こそぎ持っていかれたのだ。こうなると頼るべきはまたもや吉蔵しかない。

「へえ？　泥棒……」

吉蔵は筆を置いた。まじまじと又八郎を見たが、次第に仏頂づらがほどけて、吉蔵の顔に笑いがうかんだ。

「それはそれは、大変……」

と言ったが、吉蔵は見舞いの言葉とは裏腹に、にたにた笑っている。

もちろんそれは、窮すれば又八郎が仕事の依頼を求めて再三、相模屋にやって来るのを見越しているのだ。


「いやにうれしそうだな、おやじ」

又八郎もこらえかねて皮肉を言った。

「ひょっとしたら、ゆうべの泥棒はおやじの回し者ではないのか？」

「とんでもございません。何をおっしゃいます」

吉蔵は手を振ったが、顔にはまだ笑いが残っている。

「それはさぞお困りでしょうな、青江さま。しかし、がっかりなさるにはおよびませんよ。そういうご事情なら、この相模屋が腕によりをかけて、良手間の仕事を回してさし上げましょう」

かくして、又八郎はまたもや、吉蔵が「腕によりをかけて」差配した仕事を引き受け、一方で、佐知とともに江戸嗅足組の防衛に当たるのだった。

先に、又八郎が国元に帰った折り、間宮からは例によってほめ言葉のみで何の褒美も出なかった。そこで又八郎は一つ、頼みごとを持ちだした。細谷の就職である。

間宮が渋い顔で用意したのは、川の水門を守る水番で、十石二人扶持という薄給の職だった。細谷に伝えると、妻子七人を抱えて遠い北国に出向くのは気が臆するという断りの返書が届いた。江戸で再会すると、細谷は当時、妻が寝込んで気が滅入り、仕官するという気分にならなかったと又八郎に頭を下げた。

又八郎の見るところ、細谷は年齢を重ねるにつれ、易きにつくところがあったが、用心棒稼業においてはプロの中のプロだった。

易きにつくと言っても、細谷は目前の用心棒の仕事からは決して逃げなかった。細谷の用心棒役には筋金が入っている。長年にわたって、幾度か生死の境をわたるような危険な仕事をしのいで妻子を養って来た。そこから逃げては明日の暮らしがないことを承知しているのだ。細谷がいくらかでもためらいをみせるのは、その仕事をひきうけるかどうかを決めるときだけである。

江戸嗅足組の防衛という本業の間を縫って、又八郎の用心棒稼業が再びはじまっていく。手始めは、細谷と組んでの小大名の下屋敷を狙う夜盗退治であったが、以下、竹皮問屋の〝気鬱娘〟の警護、シワイ婆さんと孫娘を襲う夜盗の撃退、上意討ちに怯える浪人の防衛役、煙草問屋の隠居の警護……などなど。

中には、細谷がこっそり私的に持ち込んできた、藍玉問屋の主人の妾おきんからの依頼事もあった。いわば〝内職〟であって、吉蔵にわかれば怒り狂われるところであったが。

4

又八郎は、嗅足組抹殺に送り込まれた刺客たちと対峙し、一人、二人、三人と撃退していくが、佐知配下の江戸嗅足組も幾人か斃され、傷ついていく。

夜中、単独で探索に出向いていた佐知が、寿庵配下の忍びたちと闘い、足に深手を負い、川に逃れる。翌朝、水中に潜んでいたところを種物商に発見され、救出される。

種物商宅の一室で寝込んでいるという知らせを受けた又八郎はすぐに駆け付け、看病し、医者代を支払ったりもする。佐知がやや回復した日、二人は自然と同衾していた。

又八郎には用心棒の仕事もある。四、五日したらまた来よう――というと、佐知は無言のまま、「不意に又八郎の手をとると、すばやく自分の頰にあてた。熱い頰だったが、熱のせいではない。佐知はすぐに手をはなして、自分がしたことにうろたえたようにうつむいた」とある。

種物商宅を出て、通りを歩きつつ、又八郎は思う。

――稚なげに思える唐突な行為。あの気丈で強いひとも、怪我で寝込んだせいか、おのずと女らしさが噴き出たようだ、と。


最後に残った、凄腕の刺客との果たし合いが迫る日、一方で、又八郎は用心棒稼業、根岸の別宅で隠居している老人の警護に当たっていた。老人は往時、自身の告げ口によって島送りにされた男の復讐を恐れていたが、事実なのか妄想なのか、はっきりしない。復讐者は実在し、やがて、島で死んだ男の息子が襲ってくる……。

老人の警護に当たっていた日、佐知が訪ねて来る。二人は雑木林の小道を並んで歩く。


「お帰りになることを考えていますね」

不意に、佐知が言った。

「…………」

「果し合いに勝って、お帰りになってくださいませ。父が待っていることでしょう」

言いながら、佐知は又八郎の横をすり抜けて、先に立って歩き出した。うつむいてゆっくり歩いて行く佐知の白い頸を、雑木の葉影と鋭く光る木洩れ日が、交互に染めるのを見ながら、又八郎は後からついて行った。

谷口権七郎が待っているだろうと言ったが、佐知が言いたいことはべつにあることが、又八郎にはわかっている。国元に帰れば、そこには妻の由亀とまだ顔も見ていない子供が待っているのだ。

佐知の辛い気持がそのまま伝わって来て、又八郎の胸を苦しめる。だが言うべき言葉は思いあたらなかった。言えば、言葉はことごとく嘘になるようでもある。沈黙の中に、わずかに痛みをわかち合う気持が通うように思われた。

切ないシーンである。藤沢は情景の描写を通して人の想いを伝えることに長けた書き手だった。人の抱くもっとも深い感情は言葉を介しないのかもしれない。

最終章は「黒幕の死」。

又八郎は最後の刺客を倒し、犠牲者は出たものの江戸の嗅足組を守り抜き、帰国し、旧禄に復帰する。

鷹狩りに興じた藩主一行が赤谷村の寿庵邸に立ち寄った。酒席となり、寿庵が藩主の吸い物に毒物を入れたことが露見する。又八郎が寿庵を上意討ちし、長きにわたる争闘はようやく落着した。

又八郎は二十石を加増され、谷口宅を訪ねると褒美金を用意してくれていた。加えて、佐知が自分で縫ったという小袖も受け取った。どうやら、父・谷口権七郎は、娘・佐知と又八郎の個人的関係は知らないようだ。長居は無用だ……。

平安の日々が戻り、物語は閉じられた。そのはずであった。

5

『凶刃』は『刺客』の続篇であるが、物語模様はかなり異なっている。『小説新潮』での連作は、それまでは前作が終わって一年前後に再スタートしていたのが、『凶刃』は『刺客』が終わって六年後、物語上では十六年の歳月を経ている。

物語の色調の相違は、中年坂を下りつつあった藤沢の心境を投影する部分もあったろう。

青江又八郎は、近習頭取という役職にあって百六十石の禄を喰んでいる。三児の親となり、下腹が出はじめたオジサンだ。近々、交代要員として、半年の予定で江戸詰めとなる。

そんな日、寺社奉行の榊原造酒に呼び出される。話すうち、先年亡くなった嗅足組の陰の頭領、谷口権七郎の後継者であることを知る。藩は天領と隣接しており、将軍家から遣わされた隠密と国元の嗅足組の間でトラブルがあり、藩主の意向で「このたびにわかに嗅足組を解散し、身柄を大目付に預けることに相成った」という。

榊原は、又八郎と江戸・嗅足組を束ねる佐知との関係も耳にしているようで、江戸出府のさい、組解散の指令を伝えてほしいという。又八郎は承知する。

ところが間もなく、榊原が何者かに殺され、大目付と打ち合わせた夜、又八郎も刺客に襲われる。何者かが暗躍し、藩に再び、不穏な空気が満ちはじめていた。

公務で江戸に出た又八郎の住居は、裏店ではなく江戸屋敷内の長屋である。夜、佐知が密かに訪れてくる。「十六年も音信もなくほっておかれたからと、寝首を掻くようなことはいたしませぬ。安心しておやすみなさいませ」といって姿を消す。

往時の佐知は、堅苦しく生真面目、軽口をたたく女ではなかったが、彼女もまた年輪を重ねていた。陰の世界特有の暗さを持っていたが、そういう面が薄れ、こんな一言に、かつて身も心も許し合った者同士の、「限りない許容」が感じられ、又八郎は安堵するのだった。

佐知も江戸・嗅足組の解散に異存はなかったが、組の周辺ではさまざまな異変が起きていた。又八郎と行動をともにして対処する中、二人は熱いひと時も過ごす。佐知との逢瀬は、又八郎に「疑いようのない幸福感」をもたらしたが、ふとこう思うのだった。

だがその幸福感も確かなものではなかった。うしろに回ってみれば、すなわちはかない正体と澄明な悲しみが張りついているようでもある。束の間のしあわせに過ぎぬと、ふと又八郎は思わぬでもない。胸にわずかに苦しいものがしのびこんで来るのを感じた。人は、やがて来る別れを思って、いっそ出会わねばよかったと思うことはないのだろうか、と又八郎はかつては胸にもうかばなかったようなことを思ってみる。

藤沢は別段、男女間の深淵を主テーマとする作家ではなかったが、作家の眼力というべきか、その深部に及んでいると思える一文である。

二人が食事を共にするシーンが幾度かあるが、そんな折り、国元（庄内と思われる）の名産物が話題にのぼる。

「いまごろはシュンを迎えているはずの筍や山菜、鰊、それにもう少し季節が移って、梅雨のころに極上の美味をそなえると言われている小鯛」などが話題となる。

佐知が漬物の「紫蘇漬けがございますね」と口にすると、又八郎は「たちまち口中に唾がわいて、せっかく馳走になった夜食の味も消し飛んだ思いだった」とある。

国元から江戸に戻ってきた嗅足組の一員がみやげとして持参した「カラゲ（鱏の干物）」を、佐知が甘辛く煮て、又八郎の寝起きする藩邸内の長屋に届ける箇所もある。

これは『孤剣』での記述であるが、佐知が又八郎を「煮売屋」の小部屋に誘い、玉にまるめたこんにゃくを串に刺し、ダシを利かせた醬油で煮込んだものを注文する場面がある。

「（国では）玉こんにゃくと申したものじゃ。道場の帰りに立ち寄って喰ったことがある。あれはうまかった」と又八郎がいうと、佐知が「あれとは違いますが、ここのもおいしゅうございます」と答える。

あるいは、又八郎の住む裏店で、佐知が雑炊を作ったさい、「漬けものをお持ちすればようございましたな」という発言がきっかけとなり、二人は「小茄子の塩漬け」「しなび大根の糠漬け」「寒の鱈」「四月の筍」などを口にし、「夢中になって、国の喰いものの話をした」ともある。

又八郎は「いや、そうは言っておられんが、江戸は喰い物がまずい。喰い物の話になると、国を思い出すの」という。

この言、藤沢が東京に出て来た折りの実感でもあったろう。藤沢は故郷・庄内の風物を愛する人だった。

6

歳月は等しく、人々に老いをもたらす。

相模屋・吉蔵は健在ではあったが、大病で三年も寝込んだとかで、すっかりやつれ、老いていた。

細谷源太夫は、あばら屋で一人暮らし、酒毒に蝕(むしば)まれていた。

いつまでも用心棒稼業を続けることはむつかしい。帰るべき藩をもたない細谷のために、かつて又八郎は間宮中老に頼み込み、水門を守る水番を斡旋したこともあったが、細谷が断ってきた(『刺客』)。

さらにその後、剣客としての腕を買われ、大身(たいしん)の旗本家に奉公した細谷であったが、上役を打擲(ちょうちゃく)して解任されたという。内儀は心ノ臓の病で亡くなったとか。ただ、ときどきに訪ねてくる娘の美佐――又八郎の知る彼女は少女であったが、旗本の勘定方に嫁ぎ、一児の母になっていた――によれば、母は再びの裏店暮らしに絶望して狂死したのだという。

暗澹(あんたん)たる思いで、細谷宅を辞する又八郎であったが、美佐には「しかし、細谷を憎んではならん。かれも老境にある。また、かつてはそなたらを養うために必死に働いたのだ」と口にする。

——細谷は……。

子に心配をかけてはいかんではないか、と又八郎は歩き出しながら思った。だがそれだけではなかった。胸に突き刺さって来たのは自分や細谷、そして美佐の上を通り過ぎた、十六年の歳月というものだと気づいていた。

老いたる用心棒を、若い浪人・初村賛之丞が手助けしてきたが、敵持ちの身で、討たれてしまう。以降、さすがの細谷も単独の身で用心棒を続けていくことを断念するが、この時点で、二人は煙草問屋への夜盗退治を引き受けていた。又八郎は初村の身代わりとして、「最後の用心棒」仕事を手助けする。こと用心棒となれば、細谷はしゃきっとするプロフェッショナルだった。

又八郎はこうも思う。往時、細谷と共にした用心棒稼業の日々——。一剣をたのんで野放図に生きた。おもしろいこともあった。なにより身も心も自由だった。「あのころにくらべれば、いまのおれは心身ともに小さくかがんで生きているとは言えぬか」と。

「用心棒」シリーズの魅力は、主人公が、本籍を藩に置きつつ、現住所は寄る辺なき自由人＝用心棒であり、その双方を、共にまっとうして生きていくことにあったろう。本篇では、本籍にウエートを置きつつもなお、自由人の精神を失ってはいない。

その後、細谷は、北国の藩に儒者として仕える長男に引き取られることになり、美佐の付き添いで越前へと旅立った。吉蔵は二度目の卒中で亡くなった。

又八郎と佐知の探索で、藩の騒動には、藩主の側室「下屋敷のお部屋さま・卯乃」の出自がかかわっていたことが判明していく。

孤児出身の卯乃は、商家に引き取られて育ち、旗本の養女を経て側室となった。出自は不明とされてきたが、ごく少数の関係者は、幕法・生類憐みの令に公然と歯向かって打ち首になった浪人の子であることを知っていた。卯乃は二児の母となっており、幕法に触れて死罪となった人物の娘の子が世継ぎとなる可能性がある……。

秘匿さるべき事柄をめぐって、藩内の一部勢力と幕府隠密が嗅足組を巻き込んで暗闘を繰り返す――。物語の主軸は、藤沢の持ち味のひとつ、ミステリーを解く仕立てとなっている。

秘密の漏洩を恐れ、幾人にも凶刃を向けた暗殺者は、嗅足組の「後見人」でもあった。事件の全貌を突き止め、暗殺者を斃（たお）し、秘匿事に再び蓋（ふた）をし、二人の仕事は終わった。

『凶刃』は、「用心棒」四部作の最終章を成している。藩内の抗争模様を縦糸としつつ、横糸は又八郎と佐知のラブストーリーである。

当初、襲撃者と撃退者という異様な出会い方をした二人であったが、その後、さまざまに協力して助け合い、死地をともにする中で、男女の仲となり、深間（ふかま）をさまよう。が、それでもなお、互いが互いを忖度（そんたく）する二人であって、想いや感情は言外に漂うものによって受信し合う。本篇では男女の濃厚なひと時もはさまれてはいるが、抑制されたトーンは終始変わらない。

藤沢作品に登場するさまざまな女の中で、佐知は屈指の魅力ある人物像を成している。本シリーズを、代表的な〝長編恋愛小説〟として読んでもいいのだろう。

別れのときが迫っていた。深まる秋は寂寥を伴うが、ときに穏やかな日差しも運んでくる。物語のラスト、又八郎は佐知から、亡くなった嗅足組の供養も込めて、国元の明善院なる尼寺の庵主になることが決まったという思わぬ話を耳にする。

「不意に又八郎は哄笑した。晴ればれと笑った。年老いて、尼寺に茶を飲みに通う自分の姿なども、ちらと胸をかすめたようである。背後で佐知もついにつつましい笑い声を立てるのが聞こえた」と記して、藤沢は本シリーズの筆を置いている。

『小説新潮』での『用人棒日月抄』のスタートが一九七六年九月号。『凶刃』の最終回が一九九一年五月号。足掛け十六年に及ぶ、著者にとってもっともロングランの連載・連作となった。

第八章　世話物の連作——『橋ものがたり』

1

藤沢周平の長女、遠藤展子（のぶこ）と夫の崇寿（ただし）が暮らす杉並区の自宅に、藤沢が愛用した小ぶりの和机が残っている。「机と娘」が登場するエッセイ「歩きはじめて」（『噂』一九七二年八月号）でも登場する。展子が小学生、藤沢が業界紙と掛け持ちで作家活動を続けていたころだ。

で、日曜日の朝机を持ち出す。すると小学校四年の娘が、心得たふうに座ぶとんを二枚重ねて持ってくる。妻がやはり心得たふうに茶道具一式を置いて引き下る。やや高めの座ぶとん二枚の上に面白くもない顔で乗ると、なにやら牢名主のような気分がしないでもない。これは必ずしも恰好の比喩ばかりでなく、この時から私は、確かに見えない牢格子のようなものに囲まれるのである。坐れば、あとは書くだけである。読むひまはない。一分一秒を惜しんで書く。

座布団二枚――は展子も憶えている。ただ、ふかふかの座布団ではなく、薄っぺらで、だから二枚重ねたような気がするのであるが――。父がここで〝作家活動〟をしているとは思いもよらない。父は小菅留治（こすげとめじ）であって、藤沢周平など見知らぬ人だった。

やがて藤沢は筆一本で立つようになる。展子にすれば、それまで毎朝、決まった時間に家を出て行った父が、終日、家にいる。お父さん、仕事がなくなったのか……とも思っていた。

展子著の『父・藤沢周平との暮し』（新潮社、二〇〇七年）を読むと、男手ひとつで娘を育てた、実に子煩悩な父親像が浮かんでくる。「手作りの手提げ袋」はそんな一篇。

展子が幼稚園児のころ、先生から手提げ袋をもって来るようにといわれたが、もっていない。すると先生は、私のものを貸してあげるからお家の人に作ってもらいなさいという。

当時、同居していた祖母は視力が弱く、細かい針仕事ができなかった。

父は少し困った顔をして、「どれ、見せてごらん」と、先生の手提げの、表をじっとみたり、裏にひっくり返して眺めたりしていましたが、「よし！　分かった」と言いました。

夜、いちど布団に入ってからも気になって、そーっと起き上がって、ふすまの隙間から覗くと、一生懸命に手提げを作っている、父の後ろ姿が見えました。

翌朝、眼を覚ますと、お膳の上に、父の作ってくれた手提げ袋が置いてありました。先生のよりちょっと小ぶりな、茶色で縞々の柄でした。

「その日は嬉しくて、先生に手提げを返してからも、得意げに何度も、「これね、お父さんが作ってくれたの」と言っていました。

いま考えると、父が夜なべしてつくってくれたあの手提げの生地が、父の背広の柄に似ていたように思えるのは、気のせいでしょうか。家に余り布があったのか、それとも……。今となってはわかりません。

普通が一番——父がよく口にしたことである。そのせいであったのかどうか、展子は小・中学校と塾に行かない〝未塾児〟であり続けた。

父は、庄内弁でいう「カタムチョ（頑固）」だった。便利な流行りものはまず好まない。テレビもずっと白黒で、故障してようやくカラーに買い替えた。練馬区大泉学園町に転居してからは二階和室を仕事部屋としたが、クーラーはない。夏場、扇風機を回すと原稿用紙が風にあおられる。机に濡らしたタオルを置き、団扇片手に原稿を書く。姿はといえば、チヂミのシャツ、腹にサラシ、下半身はステテコで、職人風であった。

都立高校を卒業後、展子は西武百貨店に勤めた。職場は書籍売り場。展子が藤沢の娘であることを知る同僚もいて、「新刊、目立つところに置いておいたよ」「今日、○冊売れたよ」と教えてくれるのだった。

それまで、展子は父の本を手に取ってみたことはある。ただ、暗いものが多く、敬遠気味であったのだが、『橋ものがたり』は違った。

萬年橋、思案橋、両国橋、永代橋、大川橋……を舞台に、男女が出会い、すれ違い、別れ、再会……していく。ごく普通の人々の、何気ない日常を描きつつ、人生の機微が詰まっている。自身が年齢を重ね、読み返すたびに印象が異なっていく。「不思議な味わいの本」であり続けた。

2

連作『橋ものがたり』は、実業之日本社の『週刊小説』誌上(一九七六年三月十九日号〜七七年十二月二日号)で連載された。連載開始は『用心棒日月抄』と同年である。エッセイ「『橋ものがたり』について」(「劇団文化座公演パンフレット」一九九一年一月)によれば、若い編集者Nさんの「ピラニアのよう」な喰い下がりに根負けし、「では、橋の話でも書きましょうか」と口にし、はじまったとある。

第一話は「約束」。

幸助は若い錺職人だ。父親も錺職人であったが、仕事を教えることはせず、息子を大きい店「卯市の店」に奉公に出した。ようやく年季奉公が明け、幸助は通いの職人となった。自由がきく身となり、自宅から萬年橋へ向かっていた。約束の時間にはまだ一刻(二時間)あるが、長年、待ちかねたお蝶との約束の日であった。

子ども時代、幸助とお蝶は、本所・小泉町の同じ町内に育った遊び仲間だった。お蝶がいつか、「大きくなったら、幸ちゃんのお嫁になるの」と口にしたことを憶えている。

幸助が卯市の店に奉公に出て三年ほど経った日、仕事場にお蝶が訪ねてきたことがあった。お蝶は蠟燭屋の娘だったが、家の稼業が思わしくなく、一家は深川に引っ越し、自身は門前仲町にある料理屋へ女中奉公に出ることになったという。お蝶は別れを告げにやって来たのだ。細身の後ろ姿がひどくいじらしく、幸助はお蝶の後を追った。

「五年経ったら、二人でまた会おう」

「…………」

お蝶は黙って幸助の顔を見あげている。

「いまは、俺も奉公しているし、それに深川は遠いから、会いになんか行けない。だが、もう五年辛抱すると、年季が明けるんだ。そしたら会おう」

その日はいつで、時刻は七ツ半〔午後五時〕だ、と幸助は言った。お蝶はうなずいたが、幸助を見つめている眼に、みるみる透明な涙が溢れた。その眼をみひらいたまま、お蝶が囁いた。

「どこで？」

「小名木川の萬年橋の上だ。お前は深川から来て、俺は家から行く。そして橋の上で会うことにしよう」

お蝶が続けざまにうなずいた。すると、涙が眼を溢れて頬に伝った。

五年が過ぎた。

幸助は、約束の時間前から橋上が見通せるたもとで待つが、お蝶は姿を見せない。七ツ半の鐘の音を聞く。五年という歳月。さまざまにあった。親方・卯市の命で、妾（めかけ）おきぬへの使いをこなしているうちに誘われ、道ならぬ道に迷い込んだ日々もあった。お蝶だって、変ったかも知れない――。お蝶はぐずぐずと迷っていた。約束の日を忘れたことはなかったし、そのことを支えに生きてきた歳月でもあった。この日に備えて、休みももらっていた。が、この間、お蝶の身にもさまざまにあった。

働いている料理屋は、客に女中を売るような店ではなかったが、贔屓（ひいき）の客が酌取り女中を外に連れ出して泊まることには口をはさまなかった。親の病気で医者にかかるカネが必要となり、そのために男と寝ることにも慣れていった。あたしは、幸助に会いに行く資格がない――。

橋上から川面を見つめる幸助に、無為の時間が過ぎていく。一刻半（三時間）がたち、さらに時が過ぎていく。

世の中、こうしたもんだろうさ――と思う。この間、ここでお蝶と会うことをひそかに心の張りにしていたことに気づく。だがもう、「お蝶は、来はしない」。いや「帰ってしまえば、それっきりだ」。かつて、お蝶の流した涙を忘れることができなかった。「二人はあのとき、言葉以上のものを誓い合った」はずだった……。

日が沈み、あたりはどっぷりと闇に包まれたが、間もなく、赤く大きい月が空にのぼった。月の光が、幸助をもう少し待ってみる気にさせた。

女がいつ来たのか、幸助は知らなかった。

「幸助さん」

と呼ぶ声を、空耳のように聞いたが、顔をあげるとお蝶が立っていた。見違えるようにきれいになっていたが、立っている若い女がお蝶だということはすぐにわかった。

「ごめんね」

とお蝶は言った。澄んだ、艶(つや)のある声だった。

「こんなに待たせて、ごめんなさいね」

「いいよ」

と幸助は言った。喰い入るような眼で、お蝶を上から下まで眺め回した。

「約束を、忘れなかったのか」

「忘れるもんですか」

激しく、ほとんど叫ぶようにお蝶は言った。

「一日だって、忘れたことがなかったのよ」

幸助はお蝶を抱きしめるが、お蝶は撥ね除(の)ける。カネで身体を売っていたことを打ち明け、闇の中に消えていく。

帰り道、お蝶は思っていた。五年もの間、幸助も一心に自分のことを思ってくれていた。それだけでもう十分だ……。

一睡もできずに夜が明けた。そう思いつつも、心の中で、ぽっきりと折れてしまったものがあった。昨日までは、灰色の暮らしの中に、一点鋭くかがやいて力づけるものがあった。だから、辛いことも耐え忍ぶことができた。だが、光はきえ、灰色の道だけが残っている。

――今日からどうしよう……。

病身の母の朝の始末を済ませ、洗濯物を抱えて土間に降りると、戸が開き、「なだれこむ朝の光の中に、長身の男が立っていた」。幸助だった。こういう。

ひと晩、眠らないで考えた。俺は俺で、お蝶はお蝶だ。五年で人間が変るわけじゃない。これからのことはだんだんに考えよう。とにかく二人はもう離れちゃいけないんだ、と。


「でも、そんなこと出来やしない」

「出来るさ。二人とも少しばかり、大人の苦労を味わったということなんだ」

「少しじゃないわ」

お蝶は幸助の眼をのぞきこむようにした。それから、ちょっと待って、これを置いてくるから、と言って、洗濯物を抱え上げると台所に姿を消した。

そのままお蝶は戻って来なかった。幸助が声をかけようとしたとき、お蝶が忍び泣く声がした。声は、やがてふり絞るような号泣に変った。

狭い土間に、躍るように日の光が流れこんでくるのを眺めながら、幸助は、ここに来たのは間違っていなかった、と思った。お蝶の悲痛な泣き声が、その証しだと思った。お蝶が泣く声は、真直ぐ幸助の胸の中に流れこんでくる。幸助は自分も少し涙ぐみ、長い別れ別れの旅が、いま終ったのだ、と思った。

ラストのこの箇所、何度読んでも涙腺が緩んでしまう。「なだれこむ朝の光の中に……」「躍るように日の光が……」。いずれもお蝶の心模様を伝えている。藤沢は〈光〉の描写に長(た)けた作家だった。

3

第二話は「小ぬか雨」。

おすみは、伯父が営む履物問屋の出店に住み込み、店番をしている。少女・おときが昼間だけの手伝いとしてやって来るが、店は一人で切り盛りしている。

おすみははやく両親に死に別れ、伯父の家に引き取られて育った。ここまでの人生、華やかな思い出はない。十九の折り、伯父の世話で、下駄職人・勝蔵と夫婦(めおと)になることが決まった。勝蔵は即、身体を求めて押しかけてくるような「野卑(やひ)な男」であったが、「自分に相応の運命」と半ば諦念しているおすみであった。

夕刻時、裏口の戸を閉めに行くと、薄ぐらい土間に若い男が蹲(うずくま)っている。「お嬢さん。声をたてないでください」「追われてるんです。すぐに出ますから」という囁き声がする。喧嘩をして追われているという。

姿良く、言葉つきは丁寧、お店者のようである。外は、単なる喧嘩騒ぎとは思えない、不穏な空気が漂っていた。いったん立ち去った若者は、再度おすみ宅に現れ、かくまってほしいという。なんとなく若者に好感をもったおすみは、ひと晩ならと思って受け入れるが、ひと晩が三日となり、五日となっていく。二人であれば夕食の支度にも張りが出て、魚を焼き、心をこめて酢の物を作ったりした。やって来た勝蔵も追い返してしまう。

町の木戸や橋のたもとに、人を追う男たちの姿があった。若者が来て五日目の夕方、おすみの住む家に、人相書をもった「奉行所の者」がやって来る。かくまっている若者の顔と似ていた。おすみは知らないとしらを切るが、新七という名の「人殺し」だという。

追っ手が去り、寝部屋から出てきた新七は「あの男が言ったとおりです」と、おすみに白状する。新七は味噌問屋の手代をしていたが、小料理屋「いちょう屋」のおかみ・お鳥に入れ込んだ。めったにない美貌の女であったが、「男から血を吸って生きている」「毒蜘蛛」という悪評もあった。案の定、うぶな若者は手玉に取られ、店のカネを使い込んでしまう。

お鳥に、一緒に逃げてくれともちかけるが、鼻先で笑われる。その顔が醜かった。「新七がお鳥を刺したのは、吸い上げられた金のためではなく、その醜さを見せつけられたせいかも知れなかった」。土台、新七が手に負える相手ではなかったのだ。

悪女に騙され、翻弄され、間違いを犯してしまった若者。おすみの同情は、若者へのいとおしさとなっていく。夜、二人は自然と身体を重ねていた。

周辺の見張り網がとけたようだ。おすみは親爺橋が見えるところまで出向き、確かめている。今夜にはそのことを言わねばならない――。だが、言えば、新七という若者は家を出て行くだろう。気持は落ち込んでいく。家に戻ると、新七の姿がなかった。

行ってしまったんだわ――と思う。

あっけない気がした。一生懸命食事をつくったり、おときの眼を盗んで洗い物を干してやったりしたのに、男はやはりここを出て行くことだけを考えていたのだ。むろん、人を殺した男をいつまでもかくまい続けることは出来ない。だが、こうした暮らしがもう少し続くと思っていたのも確かだった。

男を咎めることは出来ない――とも思った。男に頼られたのもはじめてであり、男に尽くしたのもはじめてだった。そのことに心が満たされていたのだと思う。それが終わって、また一人になったというにすぎないのだ、と。

――でも、違った。男は立ち去ってはいなかった。戸が開き、するりと新七が入ってきた。町の様子をうかがい、見張り網がとけたことを確認してきたという。

「戻って来なくてもよかったのに」とおすみがいうと。「そんなことは出来ません。あんたに黙って逃げられるわけはありません」と新七は答えた。

「そこまで、送って行くわ。一人で行くより目立たないと思うから」。そういって、おすみは二分を紙に包み、新七に手渡す。別れのときが来た。外は雨が降っていた。

二人が路地を出、思案橋にたどり着いたとき、「おい、俺の女をどこへ連れて行く気だ」という声がした。勝蔵だった。不穏な気配を嗅ぎ取り、ずっとおすみ宅を見張っていたのだ。新七と勝蔵の取っ組み合いとなるが、やがて動きが止まる。新七が立ち上がり、勝蔵は地面に長々とのびたまだ。


新七は、品川にいる母にひと目会ってから自首をするという。一緒に逃げようというおすみに、新七は微笑し、礼を言い、橋上を走り去って行く。ラスト、こうある。


——行ってしまった。

新七が残して行った傘を拾いあげ、橋を戻りながら、おすみはそう思った。激しく燃え立った気持が、少しずつ物悲しい色を帯びて湿って行くようだった。新七が言うとおりだった。この橋を渡ってはならなかったのだ。

晩い時期に、不意に訪れた恋だったが、はじめから実るあてのない恋だったのだ。それがいま終ったのだった。そして仄暗い地面に、まぐろのように横たわって気を失っている勝蔵を、助け起こして家に帰れば、また前のような日日がはじまるのだ。

切れ目なく降り続ける細かい雨が心にしみた。

——小ぬか雨というんだわ。

橋を降りて、ふと空を見上げながら、おすみはそう思った。新七という若者と別れた夜、そういう雨が降っていたことを忘れまいと思った。

本篇は、この世を送っていく上での日常と非日常を描いた作品でもあろう。非日常のひと時――。ひと時であるが故に、時はきらめく。記憶に刻まれるものを残しつつ、人はやがて、退屈な、凡々たる日常へと戻っていく。人はだれも「小ぬか雨」を記憶の隅に残して歩んでいるのだろう。

4

第三話は「思い違い」。

源作は、簞笥（たんす）など家具づくりを担う指物師（さしものし）だ。年季奉公を終え、裏店（うらだな）から八名川町（やながわ）の仕事場「豊治の店」に通っている。親方の豊治は信用のある指物師で、近隣の町家だけでなく、御家人や旗本屋敷の仕事も請け負っている。

兄貴分や同僚格の職人もいたが、親方がその腕をもっとも買っているのが源作で、こう口にしたこともある。

「おめえの腕は、自分で気づいているかどうか知らねえが、大したもんだぜ。時どき俺も出来ねえような細工をみせて、こっちがびっくりするようなこともあら。俺の跡つぎとして不足はねえよ」

腕ききの職人ではあったが、源作は醜男（ぶおとこ）だった。これまで女にもてたことはなく、岡場所で露骨に嫌な顔をされたこともある。大柄な体軀をしつつ、内気で気が弱く、人と腕ずくで争ったこともない。

源作は朝夕、裏店と仕事場を行き来しながら、ささやかな楽しみ事があった。両国橋を渡る際、愁い顔がきれいな女とすれ違うことである。名は知らず、口をきいたこともない。淡い一方通行の、それだけの関係であったが、そんな日が一日でも長く続けばいいと思っていた。

その女と、思いがけなく言葉を交わすようになったのは、ちょっとした揉め事に巻き込まれたからである。

今日は会えなかったな——と思っていた。仕事場で遅くなった日であるが、大川に近い空地で、男二人が女に何か言い、袖をひいてどこかに連れて行こうとしている。彼女だった。源作は思わず、「そのひとは、私の知っているひとだ」と、一歩踏み出していた。それでその場が収まり、丁寧に礼を言われた。

別れてから、「しまったな」と思っていた。女の名も住まいも訊かなかったからである。

源作、そこを仕舞ったら、ちょっとこっちへ来てくれ——。親方の豊治が住居の座敷に源作を呼んだ。女房もいて、膳と酒が出る。ないことである。やがて、親方が口にした。一人娘、おきくのことだった。

おきくは、わがまま一杯に育ってきた娘だ。遊び好きで、夜遅く、酒の香をにおわせて帰ってくる日もあった。

「おめえ、おきくは嫌いか」と、親方が切り出した。源作は仰天する。考えたこともない話だった。この件はおきくも承知していると親方はいうのだが、信じられない。おきくが源作を見る目は、いつも「石ころを見るように」黙殺するものだったからだ。少し考えさせてほしいといって逃げた。名も知らぬ女の面影がよぎったこともあった。

しばらく女の顔を見なかった日の朝、橋の手前でばったり顔を合わせた。女のほうから話しかけてきた。おゆうという名前、村松町の「鶴亀」という蕎麦屋で働いているとも言った。源作は八名川町の豊治で働く指物職人だと名乗った。それだけの立ち話であったが、女の人とこんな長話をしたのははじめてだとも思っていた。胸が弾んだ。

それからしばらく、姿を見ない。病気に違いない。源作は思い切って、蕎麦屋を訪ねて行った。鶴亀という店はあったが、おゆうなど知らないという。深川の松井町という住居も耳にしたので訪ね探したが、わからない。嘘をいったのだろうか……。源作は落ち込んだ。

おとっつぁんに、返事をしたそうね。あたしと一緒になってもいいって——仕事の帰り道、おきくに呼び止められ、そういわれる。

そうだった。再三、親方に問い詰められ、もう逃げられないと観念して答えた返事だった。そして、この話にはやはり、裏があったことを知る。隠しておくのは嫌だから、といって、おきくはこういった。「あたし、ほんと言うとおなかに赤ちゃんがいるのよ」と。

相手を問うと、「住吉屋の房次郎さんだと思うけど……」といって、しくしくと泣き出す。高慢ちきな娘はまだ、たわいもない子供だった。やがて、源作の婿入り話は流れた。

先輩職人の兼蔵、同僚職人の友五郎に誘われ、飲み屋に出向く。「婿入りがめでたく流れた祝い酒」といわれたりする。酒癖の悪い友五郎に強引に誘われ、「釜吉」という女郎屋に上がったところ、思わぬ相方が現われた。おゆうだった。

客が源作だとわかると、おゆうは逃げようとするが、押しとどめた。おゆうはぽつぽつと身の上を語った。

以前からここで働いていて、源作と会った時期は通いだったという。はじめから釜吉の女郎だったわけではない。女中として働いていたが、母親が死に、病身の父と幼い弟を養うために借金が重なり、やがて丸抱えの身となっていったとのことだった。

橋上でのすれ違い、おゆうにとって朝は勤め明けの、夕は仕事に向う時刻で、源作はまるで「思い違い」をしていたのである。蕎麦屋の偽りは、そうとでもいうよりなかったからという。

「悪い女だわ。源作さんを探しにやったりして」

「しかし、会えてよかった」

と源作は言った。

「ずーっと探していたんだ。あんたにもう一度会いたくて」

「でも、素姓がわかって興ざめでしょ?」

「そんなことはない。いまだって、神さまに礼を言いたいくらいだよ。こうして引きあわせてくれたんだから」

「…………」

「もっとも、俺にそんなこと言われちゃ、迷惑かも知れないな。俺は、女のひとに好かれたことがない男だから」

訥訥（とつとつ）と源作は言った。するとおゆうが膝でいざってきて源作の手を取った。おゆうは静かに首を振った。その眼に、じわりと涙が盛り上がるのを源作は見た。


翌朝、源作は思っていた。

手もとに、何年かかかって貯めた金が十二両ほどある。おゆうの借金を肩代わりし、さらに請け出すには不足だが、親方に仕事を分けてもらい、家で内職をしようと思う。なぁに娘の不始末のしりぬぐいをさせようとした親方だ、それぐらいのわがままはきいてもらってもいいはずだ、と。

昨夜、女郎という身分をしきりに恥じたおゆうが、おきくより汚れているとは言えない、と源作は思っていた。おゆうは考えていたとおり、「つつましくあたたかい女」だった。

人の世、「思い違い」はいくらもある。それが交差する中で、人は生きていく。思わぬものをもたらしてくれる思い違いもあるのだろう。

本作の以降、太物屋のおかみ（第四話）、裏店に住む少年（第五話）、小間物屋の主人（第六話）、屋根船の船頭（第七話）、呉服屋の若おかみ（第八話）、老博奕（ばくち）打ち（第九話）、若い蒔絵（まきえ）師（第十話）が主人公となった物語が続く。それぞれに味わいがあり、駄作はない。人間というやつは、なんてえ切ねえ生き物なんだ——という一文が見えるが（第七話）、本書に通底する音色となっている。

本書はいわゆる市井小説、人情物語、世話物という範疇にくくられようが、その種の作品にありがちな、教訓を説くとか人の道をたれるといった類いの匂いはない。藤沢は啓蒙や教導を好まぬ人だった。

エッセイ「時代小説の可能性」（『聖教新聞』一九七九年四月七日）で、こんな風に書いている箇所がある。

> 時代や状況を超えて、人間が人間であるかぎり不変なものが存在する。〔中略〕だが人間の内部、本音ということになると、むしろ何も変っていないというのが真相だろう。どんな時代にも、親は子を気づかわざるを得ないし、男女は相ひかれる。景気がいい隣人に対する嫉妬は昔もいまもあるし、無理解な上役に対する憎しみは、江戸城中でもあったことである。

小説を書くということはこういう人間の根底にあるものに問いかけ、人間とはこういうものかと、仮りに答を出す作業であろう。時代小説で、今日的状況をすべて掬い挙げることは無理だが、そういう小説本来のはたらきという点では、現代小説を書く場合と少しも変るところがない、と私は考えている。

藤沢は、時代や状況を超え、人間の根底＝普遍を描こうとした作家だった。『橋ものがたり』は、江戸期の市井に場を借りての、藤沢らしさが滲み出た連作だった。

第九章　秘剣舞う――「隠し剣」シリーズ

1

文藝春秋に在籍した鈴木文彦は、文芸畑を歩んだ編集者である。担当した作家や作品について耳にする日もあったが、読書量豊かな目利きで、教えられること多しだった。

藤沢周平が執筆した計十七回の連載、『隠し剣 孤影抄』（『オール讀物』一九七六年十月号～七八年三月号、『別册文藝春秋』七九年春季号）、『隠し剣 秋風抄』（『オール讀物』七八年七月号～八〇年七月号）も担当している。

隠し剣とは、道場主などが、これはと見込んだ英才に授ける「一人相伝」の秘剣である。だれに、どういう内容の剣技が伝えられたかは秘匿され、まさかこのような人にという意外な人物が授かっていたりする。

連作の主人公たちの多くは海坂（うなさか）藩の下士で、お城ではこつこつ職務を果たす地味な存在である。

もちろん所属する道場では強者であるのだが、「秘剣」は他者に語るべきものではなく、知られざる剣豪だ。そういう彼らが、藩命で、あるいはやむなき局面に追い込まれて、生涯に一度というべき秘剣を振るう。その意外性と爽快さが、本シリーズの魅力となっている。

先頃、長い歴史をもつ『週刊朝日』が休刊したが、休刊特別増大号（二〇二三年六月九日号）には、書評執筆陣による「次の世代に遺したい一冊」が掲載されている。鈴木聞太（文彦の筆名）は、『隠し剣 孤影抄』『隠し剣 秋風抄』を「この一冊」に挙げている。藤沢の持ち味を発揮した連作であり、鈴木にも思い出深き仕事だったからであろう。

古き佳き日本人の美徳（思いやり、慎み、羞じらい、辛抱、忍耐）を遺し、伝えるには物語、しかも時代小説であり、短編こそが最良と考えた。数ある藤沢作品のなかで本書を選んだ理由である。心躍る秘剣の要素を持たせつつ、地味な微禄の藩士の生活をきっちりと描き分けた十七編。全編を通し、美しい日本の人間、とくに女性が輝いているのを読者は知るだろう。なかでも「暗殺剣虎ノ眼」「必死剣鳥刺し」「隠し剣鬼ノ爪」「盲目剣谺返し」を味わってほしい。

2

シリーズの中で四篇を選び――三篇まで鈴木の選択と重なっているが――、批評してみたい。まずは「隠し剣鬼ノ爪」。

海坂藩の御旗組で微禄を食む片桐宗蔵は、母が亡くなって以降、女中のきえと二人暮らしだ。きえは行儀見習いにやって来た村娘だが、母にしつけられ、それなりの行儀作法を身につけた。ただ「野育ち」は抜けず、出入りの青物屋と大声で値段交渉することも平気だ。朗らかな気性で、陰ひなたなく働く。めっきり女らしくもなった。

夜半、大目付より呼び出しを受けた宗蔵が出向くと、大目付、月番家老、上司で御旗奉行の堀直弥がいた。〝脱獄犯〟討ち取りの藩命だった。

狭間弥市郎は奇矯な振る舞いの多い藩士だったが、江戸藩邸で同僚に重傷を負わせ、僻地への「郷入り」処分を受けていた。その狭間が座敷牢を破り、いさぎよく闘って死にたいから討手に片桐宗蔵を送れといっているという。遺恨でもあるのか――。

狭間は無外流小野道場にあって藩中随一といわれた遣い手であったが、藩主も臨席した剣術試合の決勝で、同門の宗蔵に敗れる。敗れたのは、宗蔵が秘剣・鬼ノ爪を習得した故と思い込んだ狭間は、道場を去り、罪人となったいまもそのことにこだわり続けていた。

試合を見ていた月番家老は、大目付と堀の同意を取り付け、宗蔵を討手に選んだのだった。

狭間は誤解している――と、宗蔵は思う。宗蔵が師匠より授けられたのは、無外流の本筋とは無縁、「屋内争闘のための短刀術」だったのだが、「秘剣ヲ外ニ言ワズ」であり、誤解の解きようがない。

翌朝の出立に備え、宗蔵が家に戻ると、美貌の婦人が訪ねて来ていた。狭間の夫人で、静かな表情で、夫を逃がしてくれという。その代わり……と、帯を解きかける。「おやめなさい」と断った宗蔵であったが、心の均衡を失い、その夜、きえに手をつけてしまう。

狭間は、座敷牢を監視する山番小屋で宗蔵を待ち構えていた。こういう。

「三年、ただ牢の中に寝ていたと思うか。ん？　そんなことはないさ。おれはずっと、貴様の鬼ノ爪を破る工夫を考えつづけていたのだ。一日も欠かさずだ」

もはや剣鬼だ——。上段に構えた狭間の剣先が、八双から斜めに伸びてくる。ただ、左なのか右なのか、わからない。それが狭間の工夫なのだったが、紙一重で、宗蔵が勝ちをおさめる。


城下の道で、狭間の夫人と出くわした宗蔵は、「お気の毒でござった」と悔みをいうと、夫人は「堀さまは、あなたさまに何もおっしゃらなかったのですね」と口にする。あの晩、宗蔵に断られた夫人は、それなら上役の堀に頼むといって去っていった。

そのようなことを聞き入れる相手ではない。「おやめなさい」「愚かなことを」と引き留めたのであったが、夫人は出向いていった……。後日、夫人が自害したと耳にする。

堀直弥は日頃、「おれは不遇だ」というのが口癖だった。代々、組頭の家柄に生まれつつ、能力も人望もなく、御旗奉行という閑職にとどまりながら、連日、少数の取り巻きを連れて茶屋遊びにうつつを抜かす下らない男だった。

宗蔵は堀に会い、一件の顚末（てんまつ）をただすと、案の定、夫人を茶屋に連れ込んだという。夫人が自害したことを告げても、「それはもったいないことをした。いい身体（からだ）をしておったぞ。上玉だったのにな」とうそぶく。宗蔵がはっきり殺意を抱いたのはこのときだった。

翌日、人気の少ない城内の廊下――。

廊下の端に、堀が姿を現わしたとき、宗蔵もこちらから歩き出した。宗蔵が腰をかがめて、二人は擦れ違った。堀は立ち止まって、擦れ違った宗蔵を見ようとしたようだった。少し首をねじむけた姿勢のまま、堀は不意に膝を折り、前にのめった。

堀が倒れたころ、宗蔵は空き部屋をひとつ通りぬけて、別の廊下をゆっくり御旗組の詰め部屋の方に歩いていた。匕首（あいくち）は堀の胸を刺し、擦れちがったときには、懐の中の鞘（さや）にすべりこんでいる。刃の上に一滴の血痕も残さないのが、秘剣の作法だった。

堀の遺体は大目付の配下に検分されたが、心ノ臓を貫かれているものの、何によるのか、そもそも人によるものなのか……不明のままに処理される。

ようやく、狭間の妻女からの「呪縛（じゅばく）」を解かれた宗蔵は、きえと所帯をもつことを決める。

3

「隠し剣」シリーズでは、「雲弘流」「鑑極流」「天心独名流」「猪谷流」……など、さまざまな流派が登場し、太刀さばきも多彩である。私はすべて藤沢の創作のように思い込んでいたのだが、エッセイを読むと、史実に拠ったものが多いとのこと。

エッセイ「小説の中の事実」（『オール讀物』一九九四年十月号）には、「剣の流派やその始祖、相伝については綿谷雪（わたたにきよし）・山田忠史（ただちか）編『武芸流派辞典』にはじまって、ごく一般的な資料がたくさんあるので、それらを参考にしている」とある。一方で、「小説は想像力の産物である。綿谷雪の綿密な考証からなお洩れた流派があり、剣があったかも知れないと思うのは想像力の特権である」とも記している。

シリーズの一篇、「暗殺剣虎ノ眼」に登場する闇夜（やみよ）に目が見える剣は、「いかにもつくりものみたいだが、これは今枝流（始祖今枝佐仲（さちゅう））で東雲の伝と呼ぶ秘伝だそうである」と書いている。

組頭をつとめる牧与市右ェ門の娘、志野は許婚（いいなずけ）の清宮太四郎と逢瀬（おうせ）を重ねている。太四郎は眉目秀麗、浅羽道場の免許取り。禄高も釣り合って、申し分ない相手だ。

凶作以降、海坂藩は緊縮財政にあえいでいた。執政会議では、領内締めつけ策と開墾開田策が対立して紛糾するが、藩主右京太夫が臨席する場で、気骨ある与市右ェ門は、江戸藩邸での藩主の遊興を批判した。翌日から藩主は出座しなくなる。逆鱗（げきりん）に触れたのだ――と思っていた。

夜半の帰り道、闇夜だった。与市右ェ門は何者かに闇討ちされる。

志野の兄、牧達之助は一刀流・服部道場の英才であるが、父の横死を調べ上げ、それが「上意討ち」であり、刺客はライバル浅野道場の、清宮太四郎であろうと推測する。

太刀筋が、浅羽道場が得意とする八双の構えからの袈裟（けさ）斬りだったこと、志野の証言から、当日、現場近くに太四郎がいたことが判明したからである。

さらに達之助は、浅羽道場の空鈍流に「闇夜ニ刀ヲ振ルウコト白昼ノ如シ」なる秘剣があることを知る。遣い手を知るのは藩主のみで、藩中ただ一家、父から子へ、秘剣「虎ノ眼」が伝えられていく。遣い手は、幼児のころから闇の中で物を見分ける習練を重ねるという。

秘剣の継承はすでに途絶えたともいわれていたが、達之助は太四郎こそ継承者であろうと見た。父の敵に、妹を嫁がせることはできない。婚約は解消される。

八幡神社で行われる服部・浅羽両道場の対抗試合こそ、確証を得る格好の場だ。達之助は青眼、太四郎は八双。太四郎が打ち込んでくる木刀に殺意がこもっておれば、間違いなく奴が刺客だ……。

達之助と太四郎の試合は五分と五分。「打ち合う木剣が鳴り、はげしく飛び違ってはまた打ち合う凄絶な試合となった」……。

年月が過ぎた。

志野は、納戸役をつとめる兼光周助に嫁ぎ、誠助を授かる。周助は、穏やかで温厚な男だった。兼光の家にきて、幸せと思うほどのことはなかったが、別段、不幸せでもなかった。周助は寡黙で、地味な容貌をもち、勤勉に城勤めに励んでいる。それだけの男だ。だが、子供が生まれ、七年の歳月が流れてみると、それなりにひとつの暮らしのまとまりが出来た。その平凡な暮らしに、志野は安らぎを感じることもあったのである。

太四郎のことを思い出すこともほとんどない。あの、兄・達之助との殺し合いのような木剣試合のあと、間もなく妻を迎えたという話を耳にしたくらいだ。達之助の方も、志野が嫁入りしてから間もなく妻帯し、いまは二児の父親で、城勤めに精勤している。

夜、志野が庭にいる親子を呼びに出ようとしたとき、夫の声がした。

「星を見たか。よし、今度はそこにある石を見ろ。石も、星のようにはっきり見えてくるものだ。そう見えるまで、眼を凝（こ）らせ」

はい、父上と言う誠助の声がした。日ごろの無口が、ずいぶん熱心に喋（しゃべ）っていること、と志野はおかしくなった。だがそのとき、志野の内部で何かが動いた。

以前、兄から洩れ聞いたことが脳裏によぎり、これまでの日々、思い当たることがなくはなかった。「それは親子がただの遊びに耽（ふけ）っている声のようでもあったが、また暗殺者の家系の血を伝える秘儀の声のようでもあった。膨らんでくる疑惑の中に志野は茫然と立ちつくしていた」で終わっている。

藤沢作品には珍しい、どんでん返しの、ホラー気味のサスペンス作品となっている。

4

シリアスな作品が続く中、少々、コミカルな仕立てとなっているのが「酒乱剣石割り」。

弓削（ゆげ）甚六は作事組の微禄の藩士だ。小柄で風采は上がらないが、腕は立つ。

ばされる。

雨貝道場で、師範代・中根藤三郎との試合は技倆伯仲、好試合であったが、最後、弓削が吹っ飛ばされる。

試合後、居室で、お忍びで試合を見ていた次席家老・会沢志摩に、道場主の雨貝新五左エ門がいう。「しかしここ一番という、かりに絶体絶命の試合にのぞんだとき、弓削甚六の剣は、中根の剣を上回ること必定です」と。

その言は、会沢には不可解に聞こえたが、雨貝はこう説明した。道場に伝わる秘剣・石割りを、難なく会得したのは弓削の方だった。それは天賦のなせるものであろう、と。

ただし、と雨貝は付け加える。弓削は「飲み助」であり、かつ「荒れる」酒であるという。会沢は思う。「きゃつめに、酒を禁じよう。そうすれば使いものになるかも知れん」——と。

道場からの帰り道、手もと不如意の甚六は中根を「へべれけ小路」に誘うが、すげなく断られ、とぼとぼと家に帰る。

女房の安江は「大女」で、しまり屋である。薄給をやりくりして、多少の蓄えもしているしっかりものだ。

晩メシのおかずは、変りばえしない干魚と山菜の漬け物。たまにはいきのいい魚も喰いたいと甚六は思うのだが、安江は一文も無駄にしない。山菜も安い時期に買い込み、自分で漬けたものだ。が、いまさら文句をいってもはじまらぬ。黙々と食べる甚六であった。

甚六には、喜乃という妹がいる。甚六にはまるで似ていない美形だ。組頭・稲垣与市兵衛宅へ女中奉公に出向いていたさい、総領の「坊ちゃま」八之丞に弄ばれていた。関係はいまも続いていて、今夜もまだ帰っていない。きつく意見したらどうかと安江はいうのだが、「十八の娘を紐でつないでおくわけにもいかんじゃないか」と、甚六は思うのだった。

齢が離れ、親との縁が薄かった妹を、甚六は可愛く思っていた。それだけに余計、稲垣家の当主に「坊ちゃま」を取り締まってもらいたく思うのだが、うっそうと樹木がしげる屋敷を思い浮かべるだけで足がすくみ、一杯やらなければ乗り込めそうになかった。

甚六は次席家老・会沢志摩に呼び出される。用件は、藩の内紛にかかわって、藩主の側用人をつとめる松宮久内、その倅で近習組の左十郎の謀殺だった。松宮親子は、回船問屋・西国屋と結託して遊興を重ね、「君側の奸」とされてきたが、甚六にとって政争は無縁、遠い人だった。

会沢によれば、執政間で親子を誅することに決したとのことで、剣名高き左十郎の成敗は、藩命として甚六にゆだねるという。次席家老はこう付け加えた。使命が終わるまで、禁酒を命じる――と。

そんな日、騒ぎがあった。甚六が料理屋・菊水の番頭より知らせを受けて駆けつけると、離れの座敷で、若侍たちが喜乃を凌辱していた。「坊ちゃま」や左十郎の姿もある。甚六を見て、左十郎が言った。

「おのおの方に紹介しよう。これが雨貝道場の遣い手で、かつ飲んだくれで知られる弓削甚六だ。よく人に飲み代をたかる癖があるから、諸兄も用心された方がいい」――と。

甚六と若侍たちの乱闘となったが、甚六は後頭部に左十郎の手刀を受け、昏倒する。気が付くと男たちの姿は消えていた。妹を抱き上げ、二人は帰路につく。酒の抜けた、日頃の甚六は、イマイチ冴えず、ぱっとしない男であった。

〝親子成敗〟の日、甚六は城内の長廊下で左十郎を待ち構えるが、委縮していた。家に戻った喜乃は泣いてばかりで、安江は安江で喜乃にかかった医者代が高かったとこぼす。気持が滅入ってもいた。

不意に甚六は廊下を走り、賄所(まかないどころ)に飛び込んだ。

「酒があるか」

甚六は気味悪くおさえた声で言った。甚六の顔は蒼白で、眼は険悪な光を帯びている。料理人頭と思える中年の男が、ございますと言った

「出せ」

「失礼ながらあなたさまは?」

「つべこべ言わずに出せ。もはや時刻がない」

気圧されたように、男はうしろにさがり、戸棚から徳利を出して来た。

甚六は徳利を振った。量は十分だった。仰むいて、一気に喉に流しこんだ。快美な感覚が喉をすべり落ち、甚六は石のようにこわばっていた四肢の筋肉が、しなやかに目ざめるのを感じる。料理人頭が、何かわめきながら徳利に手をのばして来たのを、邪険に突きのけながら、甚

六は喉を鳴らして飲みつづけた。

松宮左十郎がやって来たとき、甚六は十分に出来上がっていた。「ご家老のお申しつけだ。斬る」。廊下で、二人が交える刃の音が響くが、甚六はのびのびと動く。秘剣・石割りは「構えれば破り、仕かければ撃つ」。構えては先を取り、打ち合っても先を取る。常に一瞬早く、敵の隙を見切って撃ち込むのである。

対決は甚六が勝り、左十郎を斃す。気分は上々だ。「次は稲垣の屋敷だ。ケリをつけてやるぞ」とつぶやく。ラスト、「上等の気分は、まだ終ったわけではなかった。廊下の出口に向かいながら、甚六はウーイとおくびを洩らした」とある。

5

「盲目剣谺返し」はシリーズ最終作であるが、余韻深い。

三村新之丞は、藩校の秀才で、木部道場でも麒麟児といわれる逸材だった。近習組にあって、藩主の毒見役をつとめたさい、料理人が古い笠貝を使ったことが要因で失明する。

妻の加世は孤児の出で、親戚に養われて大きくなった。つつましく、ひかえめな女である。徳平は新之丞が生まれる前から三村家に奉公し、この家で老いた老僕である。

盲人の暮らしにも慣れてきたころ、新之丞は加世に「男の影」を感じるようになる。加代は月に一度、眼の病に奇効があるという寺にお参りに出向くが、帰りが遅い。従姉の以寧は、茶屋などが並ぶ染川町で、夫が加世の姿を見かけたと耳にし、新之丞に告げる。

目が不自由になっても、新之丞は庭に出て木剣を手にする日があった。方向を見失い、ぶざまに倒れることもあったが、少しずつ感覚が戻ってくる。そんな新之丞を加代がかいがいしく世話をする。二人の心は離れてはいなかった。

が、やはり、加世は過ちを犯していた。新之丞は、嫌がる徳平に命じ、加世のあとをつけさせた。「花井」という茶屋から男と加世が相前後して出、さりげない会釈をして別れていった姿を目撃したという。男は、近習組頭の島村藤弥。名門の家柄で、一刀流・宮井道場の高弟でもあった。一方で、「聞こえた女好き」で、醜聞もさまざまにあった。

新之丞が詰問すると、長い沈黙の後、号泣しつつ、加世は不貞を認めた。

毒見をした新之丞が高熱を発して寝込んでいた時期のこと。加世と徳平に、もはやご奉公がかなわぬ、腹を召すから刀を寄こせといい張った日があった。思いあぐねた加世は、上司の島村を訪ね、家名の存続を願った。

やがて、禄はそのまま留めおくという沙汰が下る。沙汰は加世の貞操で贖(あがな)われたのだった。お前さまを死なせたくはございませんでした、たとえ、この身はどうなろうと――。

新之丞は徳平を呼んで告げる。

「この女子を、ただいま離縁した。すぐに荷をまとめて、この家から立ち去らせろ」

「しかし、旦那さま」

と徳平がいった。

「もはや、夜も更けておりますが」

「徳平、もうよい」

と加世が言った。静かな声にもどっていた。

「旦那さまは、わたくしの命を助けてくださるとおっしゃる。有難くお受けします」

加世の身支度は、半刻もかからなかった。徳平が見送って、二人が家を出て行く気配を新之丞は黙然と聞いた。

　そのときになって加世に帰る家がなかったことに気づいたが、その気遣いを新之丞は強いて押し殺した。あれはおれを欺き、裏切った女だと思おうとした。だが不思議に、加世を憎む気持は少しも湧かず、寂寞とした孤独な感じが胸をしめつけて来るばかりだった。


　数日後、新之丞が庭で木剣を振っていると、元の道場仲間で、近習組でも仲のよかった同僚、山崎兵太が訪ねて来た。足もとに散らばる虫の死骸を見て、山崎は息をのむ。暗黒の世界でもモノが見えるのか。秘剣・谺返しを会得したのか……。

　谺返しは木部道場の秘剣とされてきたが、当代でその太刀さばきを見た者はいない。新之丞が免許を授けられたとき、師匠から「倶ニ死スルヲ以テ、心ト為ス。勝ハ厥ノ中に在リ」「必死スナワチ生クルナリ」と教えられたが、谺返しとは多分、技を超えたなにものかだと思われた。おれの

「虫打ち」はただの技にすぎない……。

山崎は家名相続をめぐるいきさつを調べてくれていた。家禄安堵、生涯療養は藩主の裁定で、島村の介在などありえないという。加世はたばかられていたのだ……。

新之丞は島村の屋敷に徳平を差し向けた。授けた口上は、「明後日暮六ツに、馬場わきの河岸でお待ちいたす」。加えて「盲人とみて侮(あなど)るまい」と。

刻限通り、河岸に、島村は現れた。

「盲人を相手に果し合うのは気がすすまん。しかし立ち合わねば気が済まぬというなら、遠慮はせん。いいな?」

新之丞は、人の気配で島村を感じ取っていたが、いきなり殺気に包まれた。島村が刀を抜いたのだ。新之丞も抜いた。殺気の気配が移動する方に身体を向ける。そして、突如、島村は気配を断った。が、殺気は残っている。

——この勝負、負けたか。

だが、狼狽はすぐ収まった。勝つことがすべてではない。武士の一分が立てばそれでよい。

新之丞は、暗黒の中にゆったりと身を沈めた。心を勝負から遠ざけ、生死から離した。一度は死のうとした身だと思ったとき、死も静かに心を離れて行った。新之丞は暗黒と一体となった。凝然と佇(た)ちつづけた。

その重いものは虚空から降って来た。さながら天が落ちかかって来たかのようだった。新之丞は一歩しりぞきながら、無意識に虚空を斬っていた。左腕にかすかな痛みを感じると同時に、新之丞は島村の絶叫を聞いた。重いものが地に投げ出された音がつづいた。

遠くの物陰にかくれていた徳平によれば、島村は馬柵に登り、鳥のようにとまり、そこから降ってきた。そこを、新之丞の刀が一閃したという。

島村は絶命していた。新之丞の剣は、気配を探る間もなく、相手の動きに反応しておのずから動いていた。あれが谺返しか――。が、そのことを確かめるすべはない。それに、もはやひとと剣を交えることはあるまいと思えた。

――徳平の手料理にもあきたとこぼす新之丞に、徳平は「女中を一人、雇われませ」という。やがて女中がやって来た。ちよという名で、百姓屋の寡婦という。徳平がしゃべり、女はほとんど声を発しなかった。

台所から物をきざむ包丁の音が聞こえてきた。それだけで男二人だけだった家が、急に明るさを取りもどしたようだった。

―ふむ、徳平め！

その夜、床についてから、新之丞は苦笑した。ちよという名で、いま台所わきの小部屋に寝ている女が、離縁した加世だということはもうわかっていた。汁の味、おかずの味つけ、飯の炊き上がりのぐあいなどが、ことごとく舌になじんだ味だったのである。

数日後、台所から蕨の香が洩れてくる。新之丞は女に声をかけた。

「今夜は蕨たたきか」

と新之丞は言った。

「去年の蕨もうまかった。食い物はやはりそなたのつくるものに限る。徳平の手料理はかなわん」

加世が石になった気配がした。

「どうした？　しばらく家を留守にしている間に、舌をなくしたか？」

不意に加世が逃げた。台所の戸が閉まったと思うと間もなく、ふりしぼるような泣き声が聞こえた。

離縁されたさい、加世には実家がなく、行くあてがなかったはずである。ここまで、どこでどう、暮らしていたのか……。本篇には一行も記されていないが、もちろん徳平は把握し、折りを見て家に戻すことを主人に諮ろうとしていたのだった。

まんまとしてやられたという意味で、読者もまた、徳平め！　と思うのである。

第十章　ハードボイルド調──「彫師伊之助捕物覚え」シリーズ

1

　暮れ六ツ（午後六時）の鐘を聞くと、伊之助は彫り台にかぶせていた胸を起こし、道具箱に鑿（のみ）や木槌（きづち）をしまった。そして立ち上がると膝（ひざ）の木屑（きくず）をはらい、前垂れを取った。〔中略〕
いそがしかろうがいそがしくなかろうが、六ツになればさっさと仕事を切りあげて帰る伊之助は、どうみても半ぱな職人というしかなかった。そういう意味では、伊之助はこの仕事場に似あわない人間だが、そのことで伊之助に文句を言う者はいない。
　文句を言わないのは、伊之助をあまりあてにしていないということだったが、伊之助にはそれが気楽だった。とりあえず喰って、店賃（たなちん）を払うだけの仕事を探すつもりで来た彫藤（ほりとう）の仕事場に、三年近くも腰を据えているのは、その気楽さのせいだと言ってよい。伊之助は、誰にもあてにされたくないと、日ごろ思っていた。

『消えた女――彫師伊之助捕物覚え』の冒頭である。

藤沢周平の作品の中で、はじめて読んだ長篇が本作だったと思う。ハードボイルド調のリズミカルな文体に背を押されるように、どんどんと読み進んで、魅了された。

伊之助はかつて、「剃刀(かみそり)の伊之」「清住町(きよずみちょう)の親分」と呼ばれた凄腕(すごうで)の岡っ引だったが、恋女房がこの稼業を怖れ、嫌い、そのせいであったのか、男をつくって無理心中した。以降、伊之助は二度と十手を持つまいと決めた。前歴を伏せ、版木彫り職人に戻ったが、傷痕は「胸のなかのどこかに、火傷(やけど)のあとのようにべっとりと」残っていた。主人公が、消えない喪失感を宿していることが、本書に固有の味わいを付与している。

仕事場を出た伊之助は、自宅へと帰っていく。秋の日、通りから見える柿が色づいている。家で待っている者はいない。通りを歩きつつ、飯を喰っていくか――と思って、幼馴染み・おまさが営む飲み屋に足が向く。が、店の前で地面に水を打つおまさの姿が目に入り、ふっと気分が変わってそのまま通り過ぎてしまう。数日前、おまさがひどく酔って、何かを言いかけた。おまさの言いたいことは伊之助にはわかっていたが、それを聞くのは億劫だ。女に対して臆病となり、面倒は避けたほうがいい――と思って、気が変わったのである。

裏店の住処(すみか)に着くと、こんな心持ちになっている。

「――飯を炊かなくっちゃならねえな。そう思いながら、伊之助は戸を開けた。おまさの店に寄らずに帰ったことが、いまになって少し悔やまれるようだった。おまさが外に出ていたりしなければ、すっと入って行ったかも知れないのだ」。
ごくなんでもない、人の心の微妙な動きであるが、わかるよな……と思って読んでしまう。ハードボイルド調に加えて、このような趣ある心理描写が随所にあって、一層引き込まれていく。

思いがけないことに、家に客人が待っていた。元岡っ引の弥八で、いまは回船問屋の倉番をしている老人だ。

かつて、伊之助に捕物を仕込んでくれた人である。若き日、伊之助が彫安という彫師のもとで版木を彫っていたころ、近所で物取り騒ぎがあって、弥八の仕事を助けた。やがて、手伝うことが重なり、引退する弥八のすすめで、清住町の後釜の岡っ引となった。弥八に見込まれたのであるが、伊之助からすれば、「地味でおとなしい人柄でいながら、町の悪とむかい合うと、一歩もひかない気魄を見せる弥八に惹かれ」たからでもあった。

弥八には、おようという娘がいた。伊之助もその子供時代を知っている。母親が亡くなり、やがて娘は「色気づき」、由蔵という博奕打ちの遊び人と付き合うようになっていく。もう弥八の意見に耳を貸さず、家を出てしまう。

駄賃をもらった子供が、門前仲町の飲み屋の女から預かったという簪を弥八に届けにきた。簪にはこよりが結びつけてあり、一行、こう記されていた。

「おとっつあん　たすけて」

いったん、親子の縁を切ったと思っても、娘は娘だ。弥八は裏店に住む由蔵を訪ねるが、おようはおらず、もう新しい女と暮らしていた。門前仲町の店は、軒行燈（のきあんどん）の下に、でかい甲羅の、死んだ亀が不気味にぶら下がっていた。この界隈は、夜になれば岡っ引でも踏み込むには二の足を踏む地だ。

「捜してやってくれねえか、伊之」

伊之助はためらい、躊躇するが、弥八に「手をあわせ」られ、腰を上げる。

彫藤の親方、藤蔵（とうぞう）に嫌みをいわれつつ仕事場を抜け出し、門前仲町のあやしげな店に出向き、裏店に住む由蔵にも会う。薄く紅（あか）い唇をした、女にもてそうな男だった。由蔵はしらばっくれるが、この男はおようの失踪にかかわっていて何かを知っている。「知ってるだけのことは吐かせてやるぜ、若えの」。伊之助の捕物への意欲が徐々に戻ってくる。根が探索好きなのだ。そのあたりの呼吸がよく伝わってくる。

2

本作『消えた女』（連載時の題名は『呼びかける女』）の初出は、『赤旗』日曜版で、一九七八年一月一日～十月十五日の間、連載されている。最終回、藤沢は「『呼びかける女』の連載を終えて」と題するエッセイを寄せている。

それによれば、『オール讀物』新人賞を受賞したさい、『赤旗』のSさんが訪ねて来て、「いずれ本紙に小説を」といわれたとある。「私は感激した。まだ海のものとも山のものともわからない新人に、そう言ってくれたSさんのことを忘れなかった。Sさんにしてみれば、多少は社交辞令もまじえて、そう言われたのかも知れないが、新人というものはそういう言葉にはげまされて、何とか一人前になって行くのである」と記している。

Sさんとは澤田勝雄。長く赤旗編集局に在籍し、藤沢の母方（たきゑ）の縁戚に当たり、交流が生まれたという。澤田は後年、藤沢へのインタビューをもとにした『とっておき十話』も『赤旗』日曜版に掲載している（大月書店より『藤沢周平　とっておき十話』として刊行）。

『呼びかける女』の連載を終えて」で、藤沢は「じつは私なりにある試みをやらせてもらっている。つまり時代小説の中で、ハードボイルド物のような味を出せないものか、実験をしてみたのである」と記しているが、なるほどと首肯するのである。

藤沢が内外のミステリー小説の愛読者であることは知られてきた。エッセイ「魅力的なコンビ」（『IN★POCKET』一九九三年一月号）では、マイ・シューヴァル、ペール・ヴァールー夫妻の共著、スウェーデンの警察小説「マルティン・ベックシリーズ」を例に引きつつ、「小説のおもしろさ、ことに記憶に残るほどのおもしろさというものは、ストーリイもさることながら、その中に生きた人間が描かれているかどうかで決まると言っても過言ではあるまい」と述べている。このあたりに触れると、一層首肯するものがある。私もまた、当シリーズに登場するベックはじめ個性ある刑事たちのファンであったからだ。

本作でいえば、伊之助は無論であるが、まずは相方のおまさ。伊之助とは子供時代、裏店の路地で盥(たらい)の行水に一緒につかった仲だ。やがて伊之助は彫師の家に奉公に行き、おまさは父がはじめた飲み屋を手伝う。父が病身になってからは一人で店を切り盛りしてきた。

店は、飯台と樽の腰かけが一列にのびるだけの狭い店だが、酒と肴(さかな)の味はいい。

伊之助が恋女房を失った後、淡い付き合いが復活し、おまさの店で飯を喰ったり酒を飲んだりするようになる。互いに憎からず思いつつ、女との面倒は二度とゴメンだと思う伊之助の腰は引け気味だ。「利口な女だが、おまさはただの女でもあった」。吹っ切れない伊之助に、いらだちをぶつけることもある。

物語の後半、伊之助は匕首(あいくち)を振りかざす悪党どもと乱闘となり、全身に傷を負う。なんとか住処にたどり着き、隣家の女房が呼んでくれた医者に手当てを受けると、おまさを呼んでくれと頼んで眠りに落ちる。目覚めて思う。「家の中に女がいるってえのは、やはりいいものだ」と。二人の仲はやがて、落ち着くところに落ち着いていく。

あるいは彫藤の親方、藤蔵。眼は馬のように大きく、丸顔を真っ赤にして鑿を振るう。

一人娘をとっくに嫁に出し、ばあさんと呼ぶ女房と二人暮らしで、外に金を喰う妾(めかけ)を囲ってるわけでも何でもないのだから、根っからの仕事好きというほかはなかった。とにかく山ほど仕事を抱えて、いそがしいいそがしいとこぼし、伊之助たち職人をどなりつけていれば満足なのである。

伊之助が探索で早引きや遅刻をし、八丁堀の同心が顔を出したりすると途端に機嫌が悪くなる。短気で、鑿を投げつけたりもする。逆に、伊之助が居残り仕事をしていると、「ばあさんが熱いうどんをつくったから、喰って帰りな」と言ったりもする。「根は善人」なのだ。

あるいは、通称「てんぐ安」や「鼻六」と呼ばれる摺(す)り師たち。てんぐ安は無口で、愛想のない四十男だ。伊之助が版木を届けると、すばやく一枚一枚に眼を走らせ、刷りに支障ないとわかると「あいよ」とだけいって受け取る。上にあがれともいわない。

鼻六は無論、酒焼けからきた呼び名だ。短気もので、彫りが悪いと、「こんな彫りじゃ、あっしは摺れませんぜ」といって、版木を仕事場の床に叩きつけたりする。そんな折りは、藤蔵が一杯おごってご機嫌を直してもらう段取りとなる。鼻六の本名はだれも知らない。藤蔵が仕事場で、「女房も知らねえのじゃねえか」と真顔でいったので、これは大笑いとなった。

変わった連中だよ――と伊之助は思う。


鼻六は気性がはげしく、てんぐ安や馬鹿市はおとなしいが、彼らにはどこか共通するものがあった。口数が少なく、仕事熱心だった。

つき合う男たちが、そういう連中だということは、伊之助の気持をなごませる。身構える必要もなく、よけいなお喋(しゃべ)りをする必要もない。しっかりした仕事のものをとどければ、それで心が通じた。

あるいはまた、「新田の辰」。表向きは材木屋だが、深川に三つの賭場を持つ暗黒街の顔役だ。相撲取りあがりとかで、皮膚のたるんだ大男である。

伊之助が辰のもとを訪れる。賭場通いの由蔵を公然とつけ回すには胴元の黙認が必要だ。岡っ引時代、表沙汰にすることを見送った、〝抱き落とし〟と呼ぶ賭博詐欺の一件を取引材料に持ち出す。

「いまでも、おれが半沢さんに持ち出せば、とっつぁんの手がうしろに回るぜ。一枚嚙んだどころじゃねぇ。お前さんが先に立って指図した仕事だからな」

「おれを脅す気かい」

辰の笑顔の上に、何とも言えない凶悪な表情がひろがった。伊之助は無表情に見返して言った。

「そのつもりさ」

男二人がにらみ合った気配に、辰の肩を揉んでいた女が、手をひいて身体をすくめた。

「いい度胸をしてら」

不意に辰は言った。甲高い笑い声をはさんだ。

「版木彫りにはもったいねぇ」

「…………」

「よかろう。朝に中盆の富之助が来るから、おめえさんには手を出すなと言っておこう」

迫力ある問答である。

登場人物を思い浮かべていると、江戸の町々に息づく、生きた人物像が立ち上がってくる。

3

伊之助は賭場通いの由蔵をつけ回す。由蔵が裏店のねぐらを出、賭場にたどり着くまでの地名や道筋が細かく書き込まれている箇所がある。

屋根船が、新大橋の下をくぐって上流の方に……由蔵は逆に、小名木川にかかる万年橋の方に……籾蔵の長い塀のそばを過ぎると、深川元町の町通りに……川端を歩きつづけ、やがて万年橋を渡った……渡り切ると、小名木川に沿って左に曲がった……。たどり着いたのは高橋の手前、海辺大工町の無住の古寺だ。奥まった部屋で賭場が開かれ、男たちの黒い背の向こうで、立ち並ぶ百目蠟燭の火が燃えている――。

藤沢が天眼鏡を手に、江戸の古地図を広げている写真が残っているが、そのようにして記していったのであろう。

由蔵をつけ回して半月。賭場を出た由蔵が料理屋に立ち寄り、間もなく出てきた。後を追う伊之助が橋に差し掛かった折り、後ろから「何か危険なものが迫ってくるいやな気配」がして欄干に身を寄せる。頬かむりをした男が走りすぎ、前を行く由蔵にぶつかったと見るや、「心の臓」を一突きにしていた。殺し屋だった。

番屋に寄り、元の上司で定町廻り同心、半沢清次郎に報告し、深夜、家に戻って夜具にもぐり込む。

だが眠りはすぐにはやって来なかった。閉じた眼の裏を、由蔵のむざんな死体が横ぎる。そして、由蔵を刺して、夜の町にまぎれこんで行った男の、黒い風のようだったうしろ姿が浮かんでくる。

「味なことをしやがるぜ」

伊之助は、不意に闇の中に眼をひらき、闘志をそそられたようにつぶやいた。岡っ引のころのはげしい気分がもどって来たようだった。

料理屋の離れにいたのは、材木商・高麗屋のおかみ・おうので、どうやら〝役者買い〟をしていたらしい。おうのが由蔵の金主なのか……。

この時期、同心の半沢は、深川一帯を荒らす怪盗「ながれ星」を追っていた。高麗屋も被害者で、おようがここで通い女中をしていたことがわかるが、ある日を境に姿を消していた。主人の次兵衛は、如才のない、冷ややかな感じの男だった。

半沢は伊之助に、捜査のしやすいように「臨時の手札」を出そうといってくれたが、伊之助は首を振る。十手を持たないことは心に決めたことであるからだ。

伊之助は人に会い、事件の深層に迫っていく。料理屋や高麗屋の小女や使用人に会う際は、すばやく紙に包んだおひねりを手渡す。女中頭や賭場の中盆には一分銀だ。伊之助の情報収集は執拗にして緻密である。

そんな中、伊之助は、おまさの店に顔を出す職人風の男が、倒産した材木商・秩父屋の三男・栄之助で、彼がながれ星らしいことに気づく。その証言からもつれた糸がほどけていく。

高麗屋の天井裏に忍び込んだながれ星は、下の座敷で、客の元作事奉行がおうのを凌辱するおぞましい場面を目の当たりにしていた。次兵衛は目撃した女中のおようを追放し、奉行との癒着をさらに深めていく。おうのが男狂いをはじめるのはこれ以降であるが、次兵衛はおうのの背後に、密かに殺し屋・兼吉を忍ばせていた。

かつての秩父屋の倒産も、次兵衛と作事奉行が仕組んだ策謀だった。次兵衛は息のかかった飲み屋に伊之助を誘い込み、刃物を手にした男たちに襲わせるが、伊之助はかつて習得した制剛流の体術で立ち向かう。双方、負傷し、対決は痛み分けだった。

暗闘が続く日、悪党たちの仲間割れで、次兵衛が兼吉に刺殺される。これでまた、おようをたどる糸がぷつんと切れてしまう。

残された手がかりを求めて、伊之助は次兵衛の過去を知る新田の辰を訪ねるが、次兵衛は「凄腕の女衒」で、「女を売りさばくのに、他人の助けはいらねえ」男だったという。糸はやはり切れていた。

4

季節は秋から冬となり、やがて年を越し、春の兆しが見えてきたが、捜し人の探索は依然、未解決のままだ。

この間、伊之助は江戸の町を歩き続けた。徒労感にとらわれつつも踏みとどまったのは、幾度か、川面の向こうから、あるいは闇の向こうから、おようの呼びかける声を耳にしたような気がしたからである。

彫藤の仕事場に、女たちの姿を描く版下絵が持ち込まれた。その一枚に、伊之助は眼を奪われる。おようだった。伊之助は絵をつかんで絵師を追い、描いた場所を訊き出す。根津の切り見世という。見世近く、路地奥の長屋の一室に、おようが寝ていた。

「わたしが誰か、わかるかね。伊之助だ。迎えにきたぜ」

おようはしばらく黙って伊之助を見つめた。そしてつぶやくように言った。

「伊之助さん?」

そうだとうなずくと、おようの眼から、吹きこぼれるように涙がしたたりはじめた。おようは起き上がろうとしたが、頭も起こせなかった。しかし手をのばして抱きあげると、細い腕に驚くほどの力をこめて、伊之助の首にしがみついてきた。子供のように軽い身体だった。

外に出ると、険しい表情の男たちが立っていた。その女をどうするつもりだと問われ、伊之助は「もらっていく。これは深川の高麗屋という悪党に、親にことわりもなしに売られてきた女だ」と答えて、にらみ返す。ラスト、こうある。

「文句があったら、瓢簞堀そばにある彫藤という店にきな。おれァそこの職人だ。逃げも隠れもしねえぜ」

気魄に押されたか、それともおようは、ここでもう使いものにならないのか、伊之助が路地を抜けて表に出ても、男たちは追って来なかった。

おようはふるえながら、しっかりと伊之助の首に手をからませて眼をつむっていた。空き駕籠が来るのを待ちながら、伊之助は早春のひかりの中に立ちつづけた。

早春のひかりの中に立ちつづけた――という一文が残った。いまもふとした拍子に口ずさんでいる折りがある。

5

「彫師伊之助捕物覚え」はシリーズとなり、第二作『漆黒の霧の中で』（『小説新潮スペシャル』一九八一年冬号～八二年秋号）、第三作『ささやく河』（『東京新聞』ほか数紙、一九八四年八月一日～八五年三月三十日）と続いていく。

『ささやく河』は、深みのある、痛切なる復讐ミステリーである。

伊之助の日々は以前と同じだ。彫藤で働き、折々、「おまさの店」で夕食をとる。おまさとの関係は、他人でなくなって三年になる。形だけでもきちんとしたほうがいいと思いつつ、裏店で一人暮らしを続けているのは、気ままな暮らしが性に合っているからだ。

ひょんなことから見知らぬ老人をしばし家に預かっていた。白髪の、半ばぼけている老人で、同情心からであったが、老人は時折、ふっと油断のならない眼つきをする。ただものではあるまい――と思うときもあった。

老人・長六が、小間物問屋・伊豆屋彦三郎と立ち寄った三笠屋という料理茶屋からの帰り道、懐に三十両という大金を持ったまま何者かに刺殺される。老人は「島かえり」だった。

旧知の、酒好きの同心・石塚宗平と常磐町の岡っ引・多三郎に頼まれ、伊之助は捕物を手助けしていく。長六に縁があったこと、それにやはり、捕物が好きなのだ。親方の藤蔵のご機嫌をそこねつつ探索にのめり込んでいく。

彦三郎は、如才のない、ふてぶてしい感じの商人だった。伊之助を下っ引と見て適当にあしらいつつ、問いには準備していたかのように答える。若いころ、長六と彦三郎は簪などを作る錺店・伊勢安の職人仲間だった。十八年ぶりに現れた元同僚の、老いて零落した様子に同情し、奮発して三十両という大金を手渡したというのだが、額が多過ぎる。

夕刻、伊之助は彦三郎の店から出て来た番頭を摑まえ、話を訊き出す。事件が起きる前、長六は数日、通りを挟んだ店の前に黙って立ち続けていたという。無言の脅しだ。厄介払いだったとすれば金額の説明がつく。なめやがって、いまに裸にしてやるさ——伊之助は彦三郎に闘志を燃やすのだった。

長六と彦三郎が会食した料理屋・三笠屋の女中の証言では、同時刻、ひとつ置いた隣の部屋で、男が一人、食事をしている。酒を注文しながら飲んでいない。縁側に、捨てた酒の匂いが残っていた。

伊之助は長六の過去を洗い出し、事件の手がかりをつかんでいく。長六は大金を持って賭場に入りびたった時期がある。老人の財布を奪って大怪我をさせた「追い落とし」で島送りになったが、カネは本所の種物屋・山崎屋に押し入った強奪殺傷事件で得たものではないか。

賊は三人組で、長六、彦三郎、それにいま賭場の貸元となっている鳥蔵が浮かび上がってくる。彦三郎が小間物問屋を開く資金もそこで得たのやもしれない。さらに三人組は逃走の途中、橋上にいた幼児を川に投げ込むという二重の凶悪事件を起こしていた。

うるさくつきまとう伊之助に、彦三郎は刺客を放つが撃退されてしまう。柳橋の船宿で、彦三郎と鳥蔵が密かに会った夜、今度は彦三郎が刺殺される。鳥蔵が黒幕なのか——。が、伊之助が面談すると、白髪の二枚目、鳥蔵はかすかに怯えてもいた。だれかが復讐を企てている……。

伊之助宅で居候する前、長六は作兵衛店という長屋に住んだが、大家の幸右衛門（幸七）は「上品でもの静かに見える男」だった。元は糸問屋の手代で、往時の押し込み事件のとき、川に投げ込まれた幼児の父親であり、幼児の母も後を追って入水(じゅすい)している。

事件後、幸右衛門は新たに糸屋・和泉屋として店をかまえ、後妻をもらい、後継ぎを得て隠居した。さらにその後、家を出、作兵衛店の大家となり、密かに長六のご赦免(しゃめん)願いを細工し、身柄の引き受け人となっていた……。

伊之助たちの探索は進むが、いまになってなぜ、幸右衛門は二十数年前の事件を掘り返しているのか。動機がわからない。

「殺意」の章では一転、幸右衛門の一人称となり、復讐劇の動機、準備、工作などが解かれていく。世の成功者とはなったが、不治の病に侵され、我が人生はなんであったかという痛切な思いにとらわれる。後妻のおたみは過去にこだわらない明るい人柄をしていたが、所詮、交わることのない夫婦だったと思う。息子の徳之助も同じ穴のむじなだ。


おれが死んでも、誰も悲しむまい。

幸右衛門は、眼の前にひろがる闇のように黒い虚無の思いが、胸の中にしっかりと根をおろしたのを感じた。

——おれの一生は……。

要するに何だったのかと思った。答えはすぐに出て、空虚な胸の中にこだました。おれの一生は失敗だったのだ。いまの暮らしも、その前のあのあわれな親子との四、五年の暮らしも。

人生の終焉に立ってよぎるのは、悲劇的な死を遂げた親子のことだ。彼らの鎮魂のためにも、やり残したことを成さねばならない……。

幸右衛門は、山崎屋で起きた事件の被害者、蔵吉の弟・作次を味方に引き込み、情報取集にあたらせ、長六、彦三郎を手にかけ、さらに鳥蔵を抹殺せんとする。

一方で、最初に伊之助が自身を訪ねてきたさい、虚実おりまぜた話をしたのだが、手腕を見抜き、この男はいずれ事件の核心に迫ってくるであろうことを予感していた。

現に、先頃、道ですれ違った娘が、いやに熱心に自分の顔を見ていた。彼女には見覚えがあり、料理茶屋・三笠屋の女中で、面体を確かめるためであろうことを感じていた。きっと伊之助のさしがねであろう。

物語の終盤、伊之助は、心情として、幸右衛門の思いを遂げさせてやりたい思いに傾いていく。そのことを同心の石塚に見抜かれ、「裁きはお白洲にまかせることだ」といわれるのであったが……。事件は、幸右衛門と鳥蔵の相打ちという形で終結する。

ラスト、伊之助は石塚と同行し、本所を去って細々と種物屋を営む山城屋の二代目に、事件後も脅しを続けてきた鳥蔵が死んだことを報告する。そのさい、鳥蔵がかつて店にいた奉公人であったことも耳にする。

事件は落着した。「死んだ幸右衛門のことがわずかに気持を重くしていて、伊之助は今夜はまっすぐおまさの店に行こうかと思っていた」という文で終わっている。

本作での伊之助の役どころは、迷路の解明者というところで、過去を引きずる陰影ある人物という側面は薄れている。

おまさとのやすらぎある関係、彫藤という仕事場、事件の追跡と解明。それに、この間の年月が自然と、胸奥に巣くう古傷をふさいでいったのだろう。それはどこかで、藤沢の過去の人生模様と重なるものもあったのだろう。

私好みの文体・趣・余韻という点を加えていえば、本シリーズは中期・藤沢周平を代表する秀作だと思う。

第十一章　青年医師の季節——「獄医立花登手控え」シリーズ

1

南の島々へ旅した折りのこと。「獄医立花登手控えシリーズ」全四巻、『春秋の檻』『風雪の檻』『愛憎の檻』『人間の檻』の文庫本を旅行鞄に入れたことを憶えている。粗筋は承知しつつ、細部はほどよく忘れている。旅先でのよき寝物語本になってくれると思えたからである。

初出は『小説現代』で、一九七九年から八三年にかけて、計二十四回にわたって掲載されている。

主人公は青年医師、立花登。羽後亀田藩の、微禄の下士の出身で、少年期より医師を志し、藩の医学所に通った。母の弟、叔父の小牧玄庵の名声に感化されたところもあった。母によれば、玄庵は俊才のほまれ高く、医学を学び、独力で江戸に出、開業するに至ったという。叔父の歩みは、登に「一篇の甘美な物語」と映っていた。

思い高じて、江戸の叔父に手紙を書いたところ、間を置いて「来たければ来てもよい」との返事が来た。やや肩すかしの感はあったけれども、登は「行手の江戸の方角の空に虹がかかっている気がした」のだった。

それから三年――。

甘美なる物語は消えていた。寄食先の叔父宅は浅草御門外の町中にあって、広いだけの古びた家だ。怠けもので酒仙の徒たる玄庵、玄庵を尻に敷いて口やかましい叔母、美少女ながら高慢ちきな娘の三人家族。

玄庵は、はやらない医者だった。医術は古く、診立て（みたて）も投薬もひと昔前のやり方だ。片田舎の小藩出身の登でさえ、和蘭（オランダ）医学のはしくれはかじっていたが、叔父は勉強不足で、時流から取り残されていた。

登は叔父宅に来た翌日から代診を担い、やがて小伝馬町（こでんまちょう）にある獄舎の担当医も引き継ぐ。ここでさまざまな出来事や事件に巻き込まれながら、困惑し、立腹し、哀歓を覚え、苦い思いを噛み締め……の月日を送っていく。それがストーリーの軸糸となっている。

登は柔術家でもある。少年期から習練を重ね、江戸では起倒（きとう）流の鴨井（かもい）道場に通い、免許とりの高弟になっていく。

藤沢はエッセイ「やわらのこと」（『IN★POCKET』一九八四年十一月）で、登の使う柔術に触れている。

江戸期、荘内藩には柔術の達人がいて、老齢になってなお、だれにも組み伏せられることがなかったという。起倒流の極意、無拍子は「敵に応じて速やかなること石火の如く、勝ちをとること素手で強蛇をつかまえるに同じ」とあって、「柔よく剛を制すは夢とも思えません」とある。本シリーズで立花登が使う技は「いい加減なもの」だそうだが、毎回「今度は主人公にどんな技を使わせようかと考えるのは楽しみでした」とも記している。

当シリーズ、締めの部分において、登が悪党どもを投げ飛ばす、爽快なる連作物語となっている。

2

「雨上がり」は『春秋の檻』の第一話。

夜、立花登が牢の見回りを終え、詰所で医書『生生堂傷寒約言』を開いていると、牢屋同心より、東の大牢で病人が出たという知らせが入る。牢に出向くと苦し気なうめき声が聞こえ、診察すると「先生に頼みてえことがあって、お呼びしたんだ」という。男女間のもつれから「博奕場の男」を刺し、すでに島送りが決まっている勝蔵だった。

頼みとは、伊四郎という男を訪ね、自分の分け前十両を代理人として受け取り、おみつという女に手渡してほしい、というものだった。勝蔵に手を合わされ、登は引き受ける。

勝蔵を捕らえたのは、腕利きの岡っ引・藤吉で、藤吉によれば、勝蔵は元桶屋職人で、おみつに惚れ、身を固めて博奕から足を洗うつもりでいたという。

登が伊四郎の住む裏店を訪れると、昼間っから男女が睦み合っている気配がする。登が勝蔵の分け前を受け取りに来たというと、障子の陰から、伊四郎の情婦であろう女が顔を出し、こういった。

「あんな島送りになっちまうひとに、大枚の金をやることはないよ。それじゃあたしの取り分が減っちまうよ」

伊四郎は、十両は賭場のいかさまを手伝ったさいに得たカネで、仲間たちの了解が必要であり、出直してくれという。

三日後、再訪すると、伊四郎たちは小判十枚を用意はしていた。登が懐に収めると、仲間の一人が「島送りに金をくれてやることはねえさ」といって、後ろから登に襲いかかり、首を絞めてきた。怪力だったが、登は腕のツボ「尺沢(しゃくたく)」をとらえ、陰嚢(ふぐり)を肘打ちし、肩越しに投げる。伊四郎も匕首(あいくち)を突き出してきたが、こめかみに当身(あてみ)を打ち込む。さらに表に出ると、待ち構えていた浪人者が斬りつけてきたが、登が手もとに飛び込んで手刀を決め、背負い投げを打って決める。

翌日、登は勝蔵から聞いた深川の裏店におみつを訪ね、驚く。なんと伊四郎の情婦と思った女がおみつだったのだ。それでも約束は約束だ。登は十両を渡し、口移しで証文を書かせ、懐に収めて家を出る。おみつが追いかけてきて、「あのひとには、言わないでください」という。

「伊四郎とは、前からかね」

おみつはうなずいた。

「勝蔵と知り合う前からなんだな」

おみつは、ええと言ったが、急に登を振りむくと、早口に言った。

「でも勝ちゃんとは、本気で所帯を持つつもりでした。本当です」

「…………」

「あたしも勝ちゃんも、足を洗おうとしたんです。でも、うまく行かなかった。二人とも、運がないんだ」〔中略〕

そこは町角だった。登は、はじめて女にむかってやさしい気持が動くのを感じた。

「勝蔵には、黙っていよう」

と、登は言った。


勝蔵は、おみつが書いた稚拙な証文を喰い入るように眺め、懐の奥深くにしまった。三宅島に渡る流人船は永代橋から出る。船を見送りつつ、登は思っていた。証文を出しては眺め、おみつの面影を描いて、男は歳月を送るのだ、と。

登が踵(きびす)を返して帰ろうとすると、橋のはずれに、人影があった。遠目には、若い女とだけわかる。女は小さく消えて行く流人船の方をじっと見て動かなかったが、やがて姿を消した。若い女が流人船を見送りに来たのは、たしかなことに思われた。おみつであるはずがないと思ったが、おみつかも知れないという気もした。男女の仲のことは、登にはまだわからなかった――。

人々の春秋と愛憎をからませつつ、一話一話、物語が進行していく。

以下は、連作物語の後半に登場する「女の部屋」(『人間の檻』)からの引用であるが、同じ「島送り」の場面がある。畳表問屋・大黒屋の若い手代・新助が、店のおかみを守らんとして人を殺め、牢に入り、勝蔵と同じように島送り（八丈島）の裁きを受ける。おかみが牢に、食べ物や胴着を差し入れに来たと登が新助に話すと、うれしそうだった。ただ、登はこうも思うのだった。

――だが、年が明けて……。

春になれば海のむこうから、流人をはこぶ船がやって来る。それまでの喜びだと登は思った。新助が島に連れ去られたあとは、大黒屋の人びとも、次第に新助を、そして奥の部屋でひとが殺されたことさえも忘れて行くことだろう。その忘却のすばやさこそ、人の世というものだった。残らずおぼえていては、ひとは生きてはいけない。

体験を重ねていく獄医の、また幾多の春秋をくぐり抜けた著者の感慨を込めた思いというものであろう。

3

物語に、ほどよいアクセントとユーモアを与えているのが、登が寄食する玄庵一家である。叔父の玄庵は、町医者としての技量も人気もいまひとつ。口うるさい叔母から逃れんとして、ついつい家を出、酒友の医師、吉川恒朴のもとへと出向く。互いに、飲みつつ女房の悪口を言うのが

「人生無上の快」であるかのようなのだ。

登にとって叔父は〝堕ちた偶像〟であるが、そればかりでもなかった。叔父の馴染みの患者は貧乏人がほとんどであったが、支払いの多寡で患者を区別することはない。叔父にとって医は仁術であり、「その一点でひそかに尊敬」もしていたのである。

叔母の松江は、寄食する登を下男扱いにした。やれ水を汲め、庭木の枝を切れ、屋根の雨漏りを直せ、ドブさらいをせよ……と、登の顔を見れば用事をいいつける。

登が家で食事をとるのは非番の日であるが、場所は台所。おきよ婆さん相手で、おかずにも差がついていた。獄医の手当も叔母が管理し、登に手渡されるのはわずかで、医学書の購入もままならない。ただ、ふと気持のあるところを見せてくれる折りもあった。

従妹(いとこ)のおちえは十六歳の不良娘。母に倣って「登!」と呼び捨てにする。同世代の、みき・おあきといった仲間と遊び歩いている。いつか登は、おちえから薬種屋の息子につけ文を渡してくれと頼まれ、さすがにバカバカしくなって破り捨てた。

雑誌で掲載がはじまった時期、藤沢の長女、展子(のぶこ)は高校生だった。思春期特有の突っ張りがあって、母を案じさせたりもした。藤沢はおちえの人物像を描くにさいして娘の姿を拝借していたらしい。展子が本シリーズを読んだのは後年であったが、立ち居振る舞いがよく似ている——と思ったものである。

玄庵は女房に小言を言われるとすぐに酒席へと退散していく。ユーモラスな後ろ姿が、どこか父に似通っていたとも思う。父の場合、二階の仕事場へ、ではあったが——。

「牢破り」は『春秋の檻』の第七話。

路上で、登の前に二人の男が立ちふさがった。小さな鉄(かね)の鋸(のこ)を示し、大牢に入っている金蔵に手渡してくれという。おちえの身を預かっており、断れば命はないと脅す。登が帰宅すると、叔母は青い顔をして、おちえが昨夜(ゆうべ)から帰っていないというのだった。

誘拐した一味は、牢内の下男も仲間に引き入れていた。登は時間稼ぎをしつつ、おちえと一味の接点を探っていく。藤吉親分の協力を得、おちえをかどわかした連中は押し込み強盗を働いた一味で、おちえは無住の寺に閉じ込められているとわかる。

一味は大勢であり、柔術道場の仲間、新谷弥助(しんたにやすけ)の助力も得て、登たちはおちえ奪還を期して寺に乗り込む。悪党どもを叩きのめしたラスト、こうある。

> おちえは思ったよりも元気な顔をしていた。だが大股に歩み寄る登を見ると、みるみるべそをかいて、わっと泣き声をあげながら走り寄って来た。
> 登は無言でおちえの頬を張りとばした。そういう扱いは予期していなかったらしい。おちえは泣くのをやめて、きょとんとした眼で登を見上げたが、今度は前よりも大きな泣き声をあげて、登の懐(ふところ)にしがみついて来た。
> その様子を見て、新谷が笑うと、藤吉たちも笑った。登も苦笑して、おちえの肩を抱えると本堂の入口の方に歩き出した。男たちは笑い、おちえの泣き声だけが、ますます高くなって行

く。

この事件以降、おちえは「登兄さん」と呼ぶようになり、二人の間に香ばしいものが育まれていく。

4

牢周辺で見聞きすることは、重苦しく、気分が落ち込むことが多い。夜勤明けの登は、叔父の家に向いつつ、「おちえは家にいるかな」と思う日がある。

——気持が参っているとみえる。

と登は自分を顧み、舌打ちした。牢屋勤めには、一点耐えがたいような部分がある。ふだんは馴れで、深く気にもとめないが、今度の房五郎〈同心に拷問を加えられている囚人〉のようなことが起きると、その耐えがたい部分があからさまに顔を出して、じわじわと気持を侵しにかかる。身も心も滅入って来るのだ。いまがその時期だった。だからあの若いだけ、きれいなだけのバカ娘が救いの女神のように思えて来たりするのだ。

叔父夫婦はもう、登をおちえの婿にして、老後は左うちわと決めているようだが、登は登で、はやらない家業を継ぐのはごめんだという気持がある。が、この家に寄食していると、どこかであきらめの気持もなくはない。

なにかと口やかましい叔母も、汚れ物を洗い、繕い物もしてくれる。そういえば、月の小遣いも一分増やしてくれえた。おちえも、以前と比べればすこしは行状が改まってきたようだ。

今日は幸い、叔母が出かけている。おきよ婆さん相手に昼メシを食べ、行水を浴びて昼寝しようと、盥（たらい）を持ち出して井戸端に据える。

「登兄さん、背中流しましょうか？」

不意におちえの声がした。ぎょっとして振り向くと、玄関口におちえが立っていた。流しましょうかと言ったが、そのつもりで出て来たらしくおちえは赤い襷（たすき）で袖口をたくし上げている。日に照らされて、真白な二の腕が見えた。

ごしごし洗ってくれて、おおいにさっぱりする。夕方までひと眠りだ。が、おちえは八ツ（午後二時）には母が帰るという。「や、こうしてはおられん」と立ち上がると、おちえは「きゃっ」といって逃げて行った。

「老賊」は『風雪の檻』の第一話。

牢内に、無宿者たちを収容する「二間牢」があって、「底光りする眼」をした、捨蔵（すてぞう）という病持ちの老人がいた。盗みで牢暮らしが長引いているのは無宿者のせいだろう。

　登の診断では、腹部に腫物があり、養生牢の「溜」へ移ることを勧め、同意を得る。一方、捨蔵からは、娘のおちかと孫を探してくれ、と頼まれる。手を合わされ、登は探索を引き受ける。

浅草・阿部川町の長屋に住んでいたおちかを訪ねるが、すでに引っ越していた。おちかの夫は下駄職人で、亡くなって以降、おちかは下駄の鼻緒の内職で生計を立ててきたようだ。

　おちかは幾度も転居を繰り返している。なぜなのか。さらに登の以前に、おちかの行方を捜している「小柄で痩せた男」がいたという。登もまた、つけられている気配を感じることがあった。誰なのか……。

　二間牢の牢名主・長右衛門より、捨蔵老人の意外な一面を知らされる。入牢してきたさい、「ツル（金）」として五両という大金を差し出し、その後も、カネ回りは潤沢だった。外との太いパイプがあるようだという。

　さらに、微罪で「四十くらいの、痩せて、ちっこい男」が入牢してきて、老人と内緒話をしていた。間もなく牢から出ていったが、そのときになって、高名な悪党「守宮の助五郎」であったことに気づいたという。二人は何を話し合っていたのか……。

　本章は藤沢作品の持ち味の一つ、ミステリー仕立てともなっている。

　藤吉親分の下っ引、探索上手の直蔵の手を借り、ようやくおちかの居所を突き止める。さらに引っ越しを重ね、雉子町の長屋に住んでいた。

登が長屋におちかを訪ねると、随分と警戒されつつ、話を聞かせてくれた。が、すでに幼児期に父を亡くし、おとっつぁんなどいないという。登は啞然とする。ただ、面長で眼つきの悪い老人――というと、「阿倍川の長屋にいた甚兵衛さんですよ」という。そして、人を殺したおそろしい人だというのである。

三年前の夜半、種物屋が二人組に襲われ、三人が殺され、八十五両が奪われた。たまたま下駄屋からの帰り道で、おちかは、月光の明かりで手拭いを取った一人の顔を目撃する。同じ長屋に住む、甚兵衛だ、と。

翌朝、甚兵衛から脅され、早々におちかは転居するが、以降も見張られている感触があり、引っ越しを繰り返してきたという。

強い疑惑が登にわいた。甚兵衛＝捨蔵で、もう一人が「守宮の助」だったのではないか。おちかの行方を見失った彼らは、登を使って〝代理追跡人〟とし、その跡をつけていればおちかにたどり着くと……。

おちか宅に引き返すと、戸の羽目板に、ヤモリのごとく張り付いている黒い人影がある。「守宮の助五郎だな」。登が声をかけると、人影は反転し、鋭く匕首を突き出してきた。攻防が続くが、最後、登は激しい気合とともに、助五郎を数軒先の地面に叩きつけた。

奉行所に引き渡された助五郎は無言を続け、捨蔵は溜で亡くなった。捨蔵の奇妙な頼み事の真意は何であったのか。不明の部分を残しつつ、おちかが晴れ晴れと、阿部川町の長屋に戻って行ったのが救いだった。

5

本シリーズを読んでいくと、当時の牢獄のありようがのみ込めてくる。

牢内で、座布団を重ねた上に鎮座して威張っているのが牢名主。以下、添役、角役、二番役、三番役……と続く。三番役は、病人の世話や薬を取りつぐ。新入りは、牢名主にツル（金）を差し出す。充分でなければ、牢内で折檻され、病死と届けられて済んでしまう場合だってある。

外部からの差し入れは、袖の下が必要であるが、旨いもの、甘いもの、酒、煙草、筆、墨、針、糸……なども可能だ。牢の世界もまたカネ次第というわけなのだ。

牢の住み人はさまざまであることを登は知っていく。

無実の罪に泣いている者がいた。思いがけない事情から、考えもしなかったような罪を犯してしまい、終日茫然としている囚人がいた。中には、罪を犯すことなど屁とも思わない、煮ても焼いても喰えない悪党もいた。

牢内は悪党たちの情報交換の場であり、獄医の登がそれを耳にすることもある。「見張り」は『人間の檻』の第二話。

近々、釈放される作次という小悪党の癰の治療に当たったさい、牢内話を耳にする。先に牢を出た二人組の内緒話で、彼らは牢を出れば浅草三間町の真綿問屋に押し入り、そのさい元鳥越町のいた。

「とりぞう」を仲間に引き入れる手はずになっているという。その名を聞いて、登には浮かぶ男がいた。

酉蔵は傘張り職人で、玄庵に怪我の手当てをしてもらったことがある。怠けもので、頼りない男ではあるが、根は「善良な市民」である

登は一膳飯屋で働く女房のおとしを診たこともあるが、払いが溜まっていることを気に病み、体調を崩しても「若先生」のところに来るのを遠慮する小心な庶民だった。登から往診に出向き、胃ノ腑の荒れを押さえる薬を調合し、払いはいつでもよいといって帰る日もあった。

牢内話を耳にした以上、ほうってはおけない。登が酉蔵を訪ねて問い詰めると、案の定、十両で押し込みの見張り役を引き受けたと白状する。「嬶ァもぐあいが悪いしよ。薬代だってたまっちまったし、少しはうまい物も喰わせたいと……」といってべそをかく。なあに、主たる動機は遊び金ほしさであろうが、まんざら嘘でもあるまいと思う。

藤吉親分によれば、登に密告したことが伝わったのか、作次が二人組に殺されたという。酉蔵が見張りを断れば、同じ憂き目に遭うやも知れぬ。ここは思案を要する……。

押し込みの夜。二人組が盗みを終え、真綿問屋の塀を乗り越えて現れた。登は真っ先に、塀ぎわにすくむ酉蔵を摑まえ、派手に投げ飛ばした。酉蔵は悲鳴を上げ、立ち上がると一目散に走って闇に消えた。これなら示し合わせた筋書きとは思われまい……。その後、藤吉たちが現行犯で二人組をお縄にかけた。

一件落着後、叔父の診療部屋でおとしの声がする。溜まっていた薬代、百文だけを持ってきたと

いう。登が顔を出すと、酉蔵がよく働くようになり、どういうわけか前より少しやさしくなったという。ストーリー、つくりの巧みな人情話ともなっている。

6

本シリーズの最終話は「別れゆく季節」（『人間の檻』）。

前章「女の部屋」で、叔父の玄庵は登に、大坂で蘭方の看板を上げている友だちがいる——と切り出した。竹馬の友で、藩の医学所でも江戸でも机を並べ、その後、長崎で蘭方を学んだ秀才だという。彼のもとで二年、修業する話がまとまりつつあるがどうか、というのだ。

登にとっては願ってもないことだ。大坂への遊学はカネがかかるが、叔母はこう言い添えた。「登さん、あなたが恥をかかずに済むほどのたくわえはありますよ。心配せずに行ってらっしゃい」

さらに、付け加えた。おちえを娶り、小牧の家を継ぐこと——である。歳月を経て、登もまたそのことを応諾する気持になっていた。おちえを好ましく思うようになっていたのである。

おちえはもう、すっかりその気だ。近頃は、妙にしとやかになり、稽古事に精を出したりしている。「浪花女は情がこまかいそうですからね。気をつけてね」といったりする。登が大坂に旅立つ前夜、二人はこっそりと契りを結んだ。

出立が近い日、登が微罪で大牢にいた職人の兼吉という男を診ていると、その男は仮病で、こんな脅し文句を口にした。

「おいら、明日牢を出るのだ。ご赦免だよ。そうしたら、はばかりながら先生を狙うぜ。気をつけた方がいいな」

大物の盗賊「黒雲の銀次」が捕まって死罪となったのは、一味の逮捕・自白からであったが、それにかかわった登とおあきに復讐するというのだ。おあきは往時、おちえの遊び友だちで、「若先生」の登に好意を寄せていた。

不良娘だったおあきは、銀次の手下、伊勢蔵の情婦だった時期がある。伊勢蔵は牢内で殺人を犯して登に捕らわれ、奉行所の責めの過程で銀次の棲み家を白状している。

月日を経て、おあきは豆腐屋・豊太のかみさんにおさまり、前垂れ姿で店を手伝っていた。注意を促しがてら登が訪れると、旨い焼いた油揚げを喰わしてくれた。どうやら落ち着いた日々を送っているようだ。

兼吉は銀次の弟で、かつての銀次の手下たちを束ねていた。おあきがかどわかされ、北本所の荒れ寺に軟禁されているとわかる。登、新谷、力もちの豊太、藤吉親分らが寺に向かい、一味との乱闘の末、おあきを救出する。

豊太に背を抱えられて去るおあきを、登はじっと見送った。何かがいま終るところだと思った。おちえ、おあき、みきなどがかたわらにうろちょろし、どこか猥雑でそのくせうきうきと楽しかった日日。つぎつぎと立ち現われて来る悪に、精魂をつぎこんで対決したあのとき、このとき。

若さにまかせて過ぎて来た日日は終って、ひとそれぞれの、もはや交(まじわ)ることも少ない道を歩む季節が来たのだ。おあきはおあきの道を、おちえはおちえの道を。そしておれは上方に旅立たねばならぬ。


青春の日々は素早く去っていく。やがて旅立つときを迎えるが、周りにはもう仲間の姿はなく、新たな道を独(ひと)り、踏み出して行かねばならない。それが人の世の定めだ。そして、青春の意味するものがよぎるのである。

本シリーズ「獄医立花登手控え」は、東北の小藩から上京し、江戸の市井で過ごした登の青春記である。勤め先の牢周辺、さまざまに起きた出来事は、人の世の陰(かげ)りを含んだものが多かったが、知り、学び、吸収すべきものも少なくなかった。甘酸っぱい、甘美なることもなくはなかった。そんな日々を経て、人として、医師として、登がひとまわり大きくなっていく様が綴られている。

青年医師の、真っ直ぐな心ばえが、本シリーズの読後感をよきものにしている。

第十二章　戦国上杉の政治戦――『密謀』

1

藤沢周平の歴史小説『密謀』は、『毎日新聞』夕刊で連載された（一九八〇年九月十六日〜八一年十月三日）。

主人公は、越後・上杉謙信の衣鉢（いはつ）を継いだ上杉景勝（かげかつ）および執政をつとめた直江兼続（かねつぐ）。戦国末期、羽柴（豊臣）秀吉が「小牧（こまき）・長久手（ながくて）の戦い」で徳川家康と対峙、戦闘では押されつつも政治的勝利を収め、関白となって権勢を振るう。さらに時を経、秀吉亡き後に起きた天下分け目の戦い「関ヶ原」に至る十数年を、上杉の動向を軸に描いている。主題は、上杉という位置から見た、中央との政治戦である。

執筆の動機について、藤沢はエッセイ「『密謀』を終えて」（『毎日新聞』夕刊一九八一年十月六日）でこのように記している。

まずは山形・米沢への思いである。

上杉は秀吉政権の末期、越後から会津へ、さらに「関ヶ原」後、米沢へと移される。藤沢は山形・鶴岡の出身で、日本海に面した鶴岡から見れば米沢は南東部の盆地だ。直接的な馴染みは薄かったが、県内という親近感があり、漠然(ばくぜん)としつつ、上杉の裔(すえ)の城下町に畏敬の念を抱き続けてきたとある。

少年期から藤沢の中にあった上杉の像は、「戦国時代最強の軍団」というものだった。景勝は「沈着勇猛な武将」であったし、兼続はこの時代、屈指の器量人で、「知勇兼備」の人だった。さらに麾下(きか)の将士は、謙信以来の軍法を受け継ぎ、伝統の精強さを失ってはいなかった。

しかるに、関ヶ原の戦いを迎えたとき、上杉は北方・東方の最上義光(よしあき)・伊達政宗勢との局地戦に手間取り、肝心の中央での戦いに参戦していない。結果、西軍に与(くみ)した敗者として、お家廃絶はされなかったものの、会津百二十万石から米沢三十万石に減封された。最強の軍団がなぜ〝不戦敗〟したのか。本作は、「長年の疑問、興味に、私なりの答えを出してみたい気持に駆られて書いたものである」と記している。

戦国期の武将たちは「利」——領土的野心と保全——によって動くが、上杉の藩祖・謙信はめずらしく、「義」というものを掲げた人だった。それでいて、幾多の戦いに敗れることがなかった。その基調は景勝の代においても受け継がれている。

生涯、女色を近づけなかった謙信に実子はなく、景勝は養子（母は謙信の異母姉）である。謙信が急死したさい、景勝ともう一人の養子・景虎（小田原の北条氏康の子）との間に後継をめぐる「御館（おたて）の乱」が起きる。

少年期から景勝に仕えてきた兼続は、景勝側に立つが、判断を後押ししたのは「顔」だったとある。景虎が洗練された貴公子だったのに対し、景勝は「土くさい顔」をしていた。加えて、極端に無口だった。「近侍する小姓たちが、ついに一語も聞かずに日を終わることもめずらしくない」。戦場で、上杉の兵たちは敵将よりもなお寡黙な主君を怖れたとある。

景勝は小柄で風采も上がらず、自分から口をひらくことは絶えてない。挙措（きょそ）まで荒く土くさかった。だが兼続は、やや陰鬱（いんうつ）な景勝の顔に、まぎれもない越後の顔をみるのである。

屈強な越後兵を率いる大将はかくたる風情の男でなければならぬ――。兼続は景勝に、亡き謙信の姿を重ねていた。

兼続もまた、もの静かな人だった。旧名、樋口（ひぐち）与六。上杉家歴代の重臣、直江家が絶えようとしたさい、景勝の命で、跡を継いだ。弱冠二十五歳。「白面美貌の若者だが、眼に人を威圧する光があり、この若者がいま、上杉家第一の智謀の将であることを疑うものはいない」。

兼続は読書好きで、平日は早朝と深夜、漢籍に親しんでいた。その風姿は、「窓の下で書物を読んでいる。時どき、さっき家臣がさし入れた火桶に手をのばし、書物をめくる音を立てるほかはみじろぎもしなかった」とも点描されている。詩人でもあった。

景勝と兼続の関係性については、こんな一文も見える。

景勝も権謀術数の中に上杉の統治者となった人間である。猜疑（さいぎ）の心はひと一倍深い。ただ一人、景勝は兼続にだけは心を許して来た。二人が戯（ざ）れて田園の交わりという、子供のころからのつき合いによって、主従にして友といった交わりが保たれている。

乱の勝者となった景勝と兼続は、以降、越後における上杉の統治を揺るぎなきものにしていく。ただ、謙信がそうであったように、景勝もまた中原（ちゅうげん）の覇者になることには淡白な人だった。

そんな折り、居城・春日山城の兼続宛に親書が届く。差出人は秀吉の側近、石田佐吉（三成）。三成と兼続は同年齢、ともに若い補佐役だった。

2

三成よりの親書は、「もはや一城を争ぅ時勢にはこれ無く」「天下の事およそは定まりつつある形にて」「東国は北条氏政、北国は上杉景勝、西国は毛利輝元にまかせてしかるべし」……などとあって、景勝の上洛と秀吉との会見を促すものだった。好意であり、また恫喝（どうかつ）でもあった。

首肯するところ多しではあったが、上杉からすれば抵抗感が伴ぅ。兼続は黙って手紙を景勝に見せると、景勝は「黙読してしばらく考えに沈んだあと、やはり黙って兼続に手紙を返した」とある。

二人の気分は一致していた。戦国の世も移りつつあり、状況判断としては異論ない。けれども……。秀吉に会うとは、それが同盟ということであれ、膝下に跪き、臣従を誓うことを意味する。「謙信の家の誇り」「武門の意地」「雪国の反骨」がうずいているのだった。

幾度か上洛を引き延ばすが、三成は筆まめで、その誘いも執拗だった。浜松（家康）の上洛より遅れることがあってはまずいことになる……。

天正十四（一五八六）年五月二十日、上杉景勝は四千の兵をひきいて春日山城を出発し、上洛の途についた。

加賀に入ると、三成が出迎えに来ていた。三成と兼続は幾度も手紙をやりとりしてきたが、会うのははじめてである。互いに相通じるものがあったようである。

上洛の道中、上杉内部で「誅殺」が起きるが、火種は秀吉が蒔いている。

秀吉は周辺大名たちに良き家臣を見ると、無性に「わがもの」にしたくなる癖をもつ。家康における石川数正がそうであったように、上杉における有力部将、河田実親、上条政繁にも手を伸ばしていた。秀吉の誘いを応諾すれば、上杉から見れば寝返り、裏切りである。

景勝と兼続は、敦賀の大谷吉継に能の接待を受けた場で、河田を討ち取る（上条は追放）。戦国期の苛烈な断面模様を見るようである。

巨大な新城、大坂城内で景勝は秀吉との対面を果たす。景勝一行は、秀吉一流の、下にも置かぬ歓待を受け、政治的儀式は終わった。

景勝上洛や河田誅殺は史実である。藤沢はエッセイ「試行のたのしみ」(『藤沢周平短篇傑作選巻四』文藝春秋、一九八一年)で、『密謀』に触れつつ、歴史小説への自身の態度について書いている。

『密謀』には創作部分がかなりを占めるが、「当時の史的事実については可能なかぎりの正確さを心がけたつもりである」と記している。

景勝と秀吉の初対面については、異聞がある。上杉上洛の前年、越中の佐々成政を降した秀吉が、上杉側が守る越後・越水城下に少人数で現れ、唐突に景勝との面会を求めた。上杉からすれば仰天の事態で、秀吉を討ち取る絶好の機会でもあったが、義を重んじる景勝はそれを見送り、自身も少数の供回りだけで当地に出向いて会見した。「越水の会」——と呼ばれるものである。

この挿話について藤沢は、「小説の側から言えば、この場面はかなり食指が動く」「兼続、三成ともに二十六歳。二人が会ったことが史料でたしかめられる時期よりほぼ一年も早く」「出会いの状況が劇的であり、後年の交際の深まりを予想させて暗示的でもある」と記す。

ただし、「上杉のことでは責任ある記事をのせている『米沢市史』は、『この際、景勝、秀吉対面の事実なし』とそっけなく切り捨てている」とも書いている。当然、本作でも「越水」云々については触れていない。小説的には魅力ある逸話ではあっても、その採用に藤沢は禁欲的な書き手だった。

3

創作に割かれているのは、「与板の草（忍び）」である。本作の冒頭は、浜松などで家康の動向を探っていた草たちが帰郷する場面から書きはじめられている。

直江兼続の所領地・与板の山里に、代々、陰扶持をもらいつつ直江家に仕えてきた草たちが住んでいた。

草たちをたばねる頭を喜六という。「百姓づら」「小太りで丸顔」「柔和な眼」をした男であるが、兼続が使ってみると、大いに有能で役に立つ。草たちは、諜報活動はむろん、戦場での戦働きもする。

戦国期、有力大名たちは情報収集に忍びを使った。情報戦に後れることは即、死活問題につながるからだ。お話的な物語ではよく、超人的な技をもつ忍びの者が登場するが、本作の草たちは比較的地味で、その分、リアリティーがある。

創作ではあれ、藤沢の目線というものを感じるページがある。

浜松に残っていた最後の草、与惣次が帰郷する。家康と秀吉の間で進んでいる婚姻話の情報を兼続に伝え、台所に下がって婢が握ってくれる味噌をまぶした握り飯を喰うシーンがあるが、こう思ったとある。米の飯は、なんとうまいものじゃな——と。

山奥の村では、米の飯を腹いっぱい喰うなどということは思いもよらない。日常の糧は、山畑からとれる稗と粟に、わずかに米をまぜるだけだった。まぜる米がなくて、稗、粟、それに黍だけということも珍しくない。

草もまた、日頃は山里で暮らすつましい農民だ。与惣次は握り飯を八つも食べて婢に笑われるが、それでも控えたつもりだった。「し残した仕事」があったからだ。帰路、家康配下の伊賀者にずっとつけられていた。村に入る前、与惣次は伊賀者を斃す。

喜六たちが帰郷したさい、行き倒れていた武家の子女と出くわし、少年と少女を救出して山里へ連れ帰る。少年・静四郎は喜六のもとで、さらに京の剣豪のもとで修業し、剣客として草の活動を助けていく。

少女・まいは兼続の正室・お船にあずけられ、笛の名手となる。さらに三成に乞われ、佐和山城で暮らしていく。

物語の折々、喜六の片腕・徳平、娘・うね、愛人・もと、もとの子・小助、拗ね者・宗千代……ら、多彩な草の面々が登場する。うねのお気に入りは静四郎だ。

上杉に必要な情報は、秀吉政権の安定度であり、虎視眈々と次をうかがう家康の動向である。越後で、浜松で、大坂で、京・伏見で……表と裏の争闘が続く。創作のページが挿入されることによって、重厚な歴史小説に軽妙なエンターテインメント色が付与されている。

4

年月は過ぎ行く。

「越後の腫物（はれもの）」新発田（しばた）重家との戦い、秀吉の九州平定、小田原・北条氏の滅亡、京の聚楽第（じゅらくだい）や伏見城の築城、朝鮮への出兵……。

会津中納言（景勝）は五大老の一人となり、越後から会津へ――望んだことではなかったが――加増移封され、米沢は直江山城守（やましろのかみ）（兼続）の所領地となった。

景勝の初の上洛からいえば十二年後の慶長三（一五九八）年、秀吉が京・伏見城で死ぬ。上杉にとっては、「一代の英雄」を惜しみつつ、「積年、頭上を覆いかくして来た雲が切れて、青天をのぞんだ気持」ではあった。

戦雲は一気に濃くなり、喜六は草の集まりで、伏見・大坂での活動員として、腕利きの徳平、与惣次、松蔵、小助、宗千代ら、それに剣客として静四郎を選ぶ。

小助の母、もとの声に静四郎は顔をあげた。

「それで、お頭も行くのかえ？」

「あたりまえじゃ、このバカ女が。わしが行かんで誰が指図するぞ」

「したが、お頭も、もう齢じゃ」

「ばか言え。まだ若い者には負けぬ」

「そんなら、おれも行く」

と、もとが言った。すると間髪をいれず、草の間から声がした。

「それでは、お頭が気の毒じゃ」

草たちはどっと笑った。どうやら喜六は、近ごろもとの尻に敷かれてでもいるらしい。

藤沢のもつ、いたずらっ子のようなユーモアがふと出た数行であろう。かくして、女忍びのもと・うねがメンバーに加わる。


幼い秀頼に天下を継承させんとして、秀吉は大名間の勝手な婚姻の禁止など、遺訓を残していた。が、内府（徳川家康）はどこ吹く風と無視し、秀吉の股肱（ここう）の武将たち、加藤清正、福島正則、黒田長政、細川忠興らを取り込み、五奉行の一人、治部少輔（じぶしょうゆう）（三成）と鋭く対立する。さまざまな動きがあって後、三成は領国、近江・佐和山へと去り、天下の行方は力による決着へと移行していく。

上杉の基軸は、上杉の頭上に主はいらず、上杉は上杉で行く——というものだった。

兼続は佐和山に三成を訪ね、最後の密談を交わす。三成は鋭敏な頭脳と政治的洞察に長（た）けた切れ者であり、徹底した家康嫌いだった。

兼続にとって三成は、油断ならぬ相手であり続けてきたが、「敵中の知己と語るといったある種の親密な感情をもたらす」相手でもあった。上杉は家康の上洛要請に応ぜず、会津に押し寄せるであろう徳川連合軍と対峙する。その間に三成が上方で挙兵し、「内府を東西からはさみ討つ」――と。

本作の表題ともなった『密謀』であるが、藤沢はエッセイ「鳥居元忠の奮戦」（『歴史と人物』一九七六年十二月号）では、「密約があったかのようでもあるが、確定した証拠はない。そして上杉の行動は、必ずしも三成と関連するものでもない。ただ、密約はともかく、この両者〔三成と兼続〕に、この時期ある種の暗黙の諒解があったかも知れないという気はする」と記している。

喜六ら与板の草たちは情報収集を続け、大坂では家康配下の忍び、服部半蔵の手の者との死闘となる。静四郎とうねも大いに奮闘するが、宗千代、もとが斃される。喜六はもとのひとつかみの遺髪を小助に手渡し、「おっかあの髪じゃ、死によったわ」といった。

慶長五（一六〇〇）年三月、景勝は父・謙信の二十三回忌法要の回状を回し、配下の諸将を会津若松城に集めた。

兼続が昨今の情勢と上杉の方針を語り終えると、それまで身じろぎもせず、「塑像のように」坐っていた景勝が、すっくと立ち上がった。将士の中には、寡黙、無表情な主君の声を、これまで一度も聞いたことのない者もいる。座中に強い緊張が走った

「〔中略〕そも、徳川内府とは何者ぞ」

不意に景勝は怒号し、言葉を切って一座をにらみ回した。立ったままの小柄な姿が、満身に

みなぎる怒気のために、ひとまわり大きくなったように見えた。
「もとは三河の一土豪に過ぎぬ。太閤死するや伏見の城を乗っ取り、つぎに大坂の城を乗っ取り、さきには加賀の前田を罠にはめて降し、天下を私しよう構えだが、この上杉については思うままにはさせぬ」〔中略〕
「景勝、かつて合戦十数度におよぶといえども、いまだ敵に敗をとったことはない。諸子、われを援けよ」
大広間には、一瞬にして戦気がみなぎったようだった。

翌月、上洛しない上杉を問責する家康の使者が会津に来るが、景勝は上洛を拒絶、使者は家康を痛罵する兼続の返書を大坂城に持ち帰った。


「この家康」

家康はみずからの怒りを煽り立てるように、大きな声を出した。

「もはや六十になるこの齢まで、かほどに、無礼な言辞をつらねた書状は見たことがないわ。これを見よ、会津中納言はぜひにも戦したいと申しておる」

家康は、一番近い場所にいる増田長盛に、兼続の返書を投げつけた。それは怒りの発作としてはさまになったようだった。

5

上杉軍は、押し寄せるであろう家康軍を会津の地で待ち構えた。決戦予定地は白河口の革籠ヶ原。この地を家康の墓場とする――。

大坂を出た家康は、鷹狩りなどしてゆるゆると動き、ようやく江戸に入った。何かを待ち構えている風でもあった。やがて、三成挙兵の報が伝わると、会津ではなく、西へと向かった。三成にあえて時間的余裕を与え、反徳川の勢力を結集させた上で決戦に持ち込む。家康にとって危険な賭けであったが、その賭けなしに天下を握ることはできない――。

かの「密謀」は、形としては半ば成立した感があるが、事成らずに終わった。九月十五日、美濃・関ヶ原の戦いが一日で終わってしまったからだ。北方の地で、最上・伊達勢との泥沼模様の戦を指揮していた兼続は、景勝からの急使で、三成率いる西軍が敗れたことを知る。

「――関ヶ原か。この遠さよ」――兼続の溜息が聞こえるようである。

兼続は撤退戦を切り抜け、会津へ戻る。まだ勝負はついていない。江戸へ転進し、内府と雌雄を決し候えと進言するが、景勝は兼続の手をふり払って、こう言ったとある。

「おれをみろ、与六〔兼続〕」

と景勝は言った。

「わしのつらをみろ。これが天下人のつらか」

兼続は撃たれたように景勝を見た。景勝の顔には、怒りのいろも悲しみのいろもうかんでいなかった。景勝は落ちついていた。

「わしは武者よ」

と景勝はうそぶくように言った。

「戦場のことなら、内府はおろか鬼神といえども恐れはせぬ。しかし天下のまつりごとはまた格別。わしは亡き太閤や内府のような、腹黒の政治好きではない。その器量もないが、土台、天下人などというものにはさほど興味を持たぬ」


天下を争え——兼続は、いったんは景勝に迫ったが、景勝は冷静に、大局的判断を下した。二人の判断の相違は、兼続が〈詩人〉でもあったことにかかわりがあるのかもしれない。

これ以前、家康軍が会津ではなく西方に向かったさいも、家康追撃を進言する兼続に対し、景勝は「武門の意地はつらぬいた」「かたがた大坂に対する義も、いささか立った」「約定は守った」とし、進言を退けている。

後世から振り返っていうなら、景勝の判断は妥当なものだった。

さらにいえば、天下取りという政治舞台で舞うのは、義でも武勇でもなく、「欲望の寄せあつめ」の競い合いであるとするなら、そのことにおいて上杉には本来的に欠くものがあったのやもしれない……。

城内で、和睦――事実上の降伏――の可否を決める諸将会議が開かれた。同じ広間に、家康軍との決戦を期して諸将が集められたのは春であったが、「関ヶ原」を挟み、季節は十一月になっていた。

暗鬱な雲が頭上を覆い、木木は残る木の葉をふり落とそうとしていた。氷雨が野山を叩き、時おりさしかける日射しは、日一日と淡くはかない色を帯びた。そして夜はすばやくおとずれて、暗く長い夜がはじまる。会津は冬を迎えようとしていた。

和睦案に異をとなえる諸将たちに、兼続は「この兼続が、またわが殿が、戦に臆(おく)して内府に降を乞うと思う者はいるか?」「われらが名を惜しむのはよい。しかし謙信の家の名をいかがするか?」「わが胸のうちも諸将に同じことよ。やる方ない無念の思いは、なお胸にあふれてやまぬ。しかしながら天下の大勢は、すでに決したのである。殿は忍ぼうと仰せられた。われらも殿にしたがって堪えねばならぬ」と説いた。

会議の間、景勝は「みじろぎもせず、いつもの無表情な顔を前にむけていた。ひと言も口をはさまなかった」とある。

その後、内府との和睦交渉は進み、上杉は会津を召し上げられて米沢へと追いやられるが、家名は残り、藩は幕末まで存続した。

各地で奮闘した矢板の草たちも、やがて村に戻ったが、新しい領主は山里にある不審な村を焼き払った。喜六は生き残ったものの、老い、徳平に頭の座を譲る。

静四郎は佐和山の城が落ちる寸前、妹のまいを助け出している。久々、山里に現れた静四郎に、うねはまとわりついて離れない。徳平の赦(ゆる)しを得たとかで、二人は肩を並べて去って行く。「親不孝めが……」。喜六は嘆きつつ、ほっとした気分もないわけではない——と記して、藤沢は筆を置いている。

上杉の運命を決めた二人、景勝と兼続の資質は異なるが、人物像としていえば、ともに剛毅(ごうき)でかつ、深沈(しんちん)とした気配が漂う。それは、著者の好みの人物像が投影されていたのだろう。読後によぎるのは、藤沢の、北国への身がらみとしてあった愛着である。

上杉・米沢藩については、藤沢作品の掉尾(ちょうび)、江戸期の中興の祖、上杉鷹山(ようざん)を主人公とする『漆の実のみのる国』で再度、結実する。

会津から米沢に押し込められた米沢藩は、財政難にあえぐが、長い苦闘史を経てようやく、財政再建の明かりが灯る。その根雪となったのは、兼続の残した殖産振興策だったといえなくもない。そのことは最終第十九章で触れたいと思う。

第十三章　短編の成熟——『驟り雨』ほか

1

藤沢周平の作品を、作風の変容という意味で眺めると、前・中期を分かつのは『用心棒日月抄』であろう。この前後から藤沢は、『橋ものがたり』『消えた女——彫師伊之助捕物覚え』『春秋の檻——獄医立花登手控え』『隠し剣　孤影抄』といった長篇や連作を書いていくが、併せて、雑誌からの依頼で短篇も手がけている。長女・遠藤展子のいう「断り下手」のなせることでもあったろう。前期の短篇と比べ、中期のそれが主題や主調音において異なるわけではないが、作家としての年輪を経て、作品の趣に一枚、深みが増しているように思える。

士道小説二篇、市井小説二篇を取り出し、寸評してみたく思う。

まずは士道小説『山桜』。初出は『小説宝石』一九八〇年二月号。

花ぐもりの日、野江は墓参りに出向いた。帰り道、丘の斜面に太い桜の木が見え、三分咲きの、花弁の薄い山桜が咲いている。見上げるうちに、ひと枝ほしくなった。実家に持ち帰って壺（つぼ）に活けたら美しかろうと思えたのだった。

野江の日々は暗いものだった。結婚生活は破綻していた。

父は上士で、郡奉行。初婚は、津田という家に十八の日に嫁いだが、二年目に夫が病死し、子供は授からず、実家に戻った。

再婚先は磯村という家であったが、勘定方に勤める夫の庄左衛門にも、家風にも馴染めなかった。磯村家は、城下の商人相手にカネを貸し、夜になると家族が額をあつめて算盤（そろばん）をはじくような一家だった。さらに常々、野江を「出戻りの嫁」と軽んじていた。

——頭上の枝に手を伸ばすが、とどかない。その時、ふいに男の声がした。

「手折って進ぜよう」

二十七、八歳の長身の武士で、武士は野江のことを知っていた。

「浦井の野江どのですな。いや、失礼。いまは磯村の家のひとであった」

「……」

「多分お忘れだろうが、手塚でござる。手塚弥一郎」

あっと野江は、眼をみはった。

津田和之助が病死して実家にもどって後、ぽつりぽつりと再婚話が持ち込まれた。手塚弥一郎はそのうちの一つで、近習組に勤め、去水流という剣の名手であると耳にした。ただ、野江は気がすすまなかった。剣客と聞いて、なんとなく粗暴な男のように思えたこと。それに、野江の母が、母一人、子一人の家は嫁が苦労するでしょうといい出し、話は流れた。

はじめて会った手塚は、粗野な感じはまったくなく、眼は男にしてはやさしすぎるようなおだやかな光をたたえていた。


「いまは、おしあわせでござろうな？」

「はい」

「さようか。案じておったが、それは重畳（ちょうじょう）」

弥一郎はもう一度微笑を見せ、軽く手をあげると背をむけた。今度は大股に遠ざかって行った。


野江は実家に立ち寄り、桜木を活けつつ、それとなく母に手塚の名を出すと、まだ独り身であるという。さらに、若き日、弥一郎が道場に通っていた時、破れ窓から通りを歩く野江を見て、見初（みそ）めていたともいう。

――そんなに以前から……。

と野江は思った。茶の湯を習ったのは、十七のときだ。活けた桜の花のむこうに、手塚弥一郎の笑顔がうかんでいるのを感じながら、野江は自分が長い間、間違った道を歩いてきたような気がしていた。だがむろん、引き返すには遅すぎる。

こうも思っていた。

弥一郎が、ひそかに自分を気遣ってくれていた。それだけで十分だ、と。今日の出会いが、しばらくは自身をはげましてくれるだろう、と。弥一郎は、しあわせか、と鋭く問いかけてきた。それに対し、しあわせだと答えるしかなかった自分があわれだった……。

手塚弥一郎が、富農と結託して豪奢（ごうしゃ）に暮らす「藩の大デキモノ」組頭を斬り、獄舎に収監されたという出来事を野江は夫から耳にした。一文も得するわけではない、ばからしい話だ——という。この男に、弥一郎の心情がわかるものか……。「あの男と何かわけでもあるのか」と問われ、思わず「言葉を、おつつしみなさいまし」と反論していた。間もなく、野江は夫から離縁の「去り状」を受け取った。

弥一郎の処分は、執政の間で意見の対立があり、藩主の帰国を待って裁断を仰ぐことになったという。

また春がやって来た。野江はふと思い立って、桜の枝を手に、手塚の家を訪れた。柔和な顔をした婦人は、山桜を見ると眼をほそめ、野江を認めると、こう言った。

弥一郎からあなたのことはしじゅう聞いていたこと、磯村のような家に野江が嫁いだことを憤慨していたこと、そして自身、「いつかあなたが、こうしてこの家を訪ねてみえるのではないかと、心待ちにしておりました。さあ、どうぞお上がりください」と。

履物を脱ぎかけて、野江は不意に式台に手をかけると土間にうずくまった。ほとばしるように、眼から涙があふれ落ちるのを感じる。とり返しのつかない回り道をしたことが、はっきりとわかっていた。ここが私の来る家だったのだ。この家が、そうだったのだ。なぜもっと早く気づかなかったのだろう。

人は往々にして、大切なことを、回り道をした後に気づき、知る。もう、とり返しのつかないときになってから——。だからこそ認識し得るのか。そうであったとしてなお、道が開ける場合もあるのか……。さまざまな思いに誘われる。

2

士道小説のもう一篇は『小川の辺（ほとり）』。

海坂藩・郡代（ぐんだい）次席の佐久間森衛（もりえ）は、農政の立て直しとして、旧来の姑息的な改革をご破算にし、抜本的な改革をうながす上書を藩主に差し出した。直情径行型の佐久間らしい行動だった。正論であり、藩政に容喙（ようかい）する侍医にして「政治顧問」、鹿沢尭伯（ぎょうはく）の排除を促していて、執政会議でも賛意を呼び、処分は「謹慎」にとどまった。ただし、藩主の怒りを招く行為だった。

そんな空気を察してか、佐久間は脱藩し、上意討ちと決まる。討手（うって）に指名されたものが病に侵され、帰郷した。月番家老は新たに、戌井朔之助(いぬいさくのすけ)を指名する。剣名高き佐久間を討ち取れるものは朔之助以外、ないというのだ。

朔之助は三百石を喰(は)む上士で、直心流の高弟であるが、いったん、「このご命令は受け兼ねまする」と辞退する。佐久間に嫁いだのが、妹の田鶴(たず)であったからだが、「主命だ」といわれ、退路が断たれたと観念する。

藤沢作品の主人公の多くは微禄の下士であるが、本作はめずらしく、上士のエリートである。田鶴は生来、気性激しく、少女期より兄の朔之助とともに道場に通い、相当の腕前となっていた。討たれる夫を黙って見逃すとは思えない。兄妹が相食(あいは)む争闘となる可能性もあった。

いまは家督を朔之助に譲ったが、往時、郡代も勤めた父の忠左衛門は「そのときは斬れ」というのだが、母の以瀬(いせ)は、そもそも兄妹に剣術を学ばせたことが間違っていたと、夫をなじるのだった。

佐久間夫妻が江戸近郊の「行徳(ぎょうとく)の渡し場付近」に隠れ住んでいるとの情報を得ていた。「若旦那さま、お連れ頂ければ、お役に立てると存じます」という若党(わかとう)の新蔵を連れ、朔之助は出立する。新蔵の父も若党で、新蔵は戌井家で生まれ、朔之助や田鶴とは兄弟同様に育った。道場にも一緒に通った。大人になるにつれ、新蔵は身分の差をわきまえ、慎み深くなり、垣根を越えることはなかった。

新蔵が同行を申し出たさい、朔之助は「田鶴が心配か、新蔵」「手むかってきても、田鶴を斬ったりはせん。だが心配なら、連れて行ってもいいぞ」と、答えている。

どういうわけか、田鶴は兄の朔之助よりも新蔵になついた。子供時代、三人が川で遊んでいた日、突然の豪雨で水かさが増し、田鶴が溺れそうになったが、田鶴がしがみついていったのは兄ではなく新蔵だった。

旅の間、新蔵はずっと考えていた。佐久間と朔之助が斬り合うのは致し方ない。が、田鶴を巻き込みたくはない。自身が探索役となり、田鶴が留守のときをうかがって事に及べば……。

小川の辺にある隠れ家に、新蔵は田鶴の姿を見かけ、こう思う。あのひとも苦労された――と。濃厚な記憶が残っていた。二年前、田鶴が嫁に出る前のことだ。新蔵が納屋で縄を綯（な）っていると、田鶴が現れ、戸を閉めて、こう言った。「私も嫁に行きたくないの。でも仕方がない。新蔵の嫁にはなれないのだもの」。そして、新蔵の手を自分の胸に導いた……。「あのひとは、花のようだった――」という記憶を残した。

道中を新蔵とともにしながら、朔之助はふと思う。新蔵は、田鶴に思いを寄せていたのかも知れん、と。

だが、そういう推量は不快ではなかった。田鶴のことは、新蔵にまかせておけばいいのかも知れない。昔からそうだったのだ……。そう思うと、幾分心が軽くなるのを感じた。

激闘の末、朔之助は佐久間を斃（たお）す。引き揚げようとしたところに、田鶴が現れ、隠れ家から刀を持ち出し、斬りかかってきた。朔之助は手傷を負いつつも田鶴の刀を巻き上げ、田鶴は川に落ちた。振り返ると、新蔵が脇差を抜いていた。田鶴を斬ったら、俺に斬ってかかるつもりだったのか……。

新蔵は、川岸の草にとりつきつつ泣いている田鶴を引き上げ、介抱する。「二人の方が本物の兄妹のように見えた」。二人はこのまま国に帰らないほうがいいのかもしれない……。ラスト、朔之助は新蔵を呼んでこう言う。

「田鶴のことは、お前にまかせる」

朔之助は、懐から財布を抜き出して渡した。

「俺はひと足先に帰る。お前たちは、ゆっくり後のことを相談しろ。国へ帰るなり、江戸にとどまるなり、どちらでもよいぞ」

お前たちと言った言葉を、少しも不自然に感じなかった。実際朔之助は肩の荷が下りた気がしていた。笠をかぶり、田鶴に斬り裂かれた着物の穴を掻き繕ってから、朔之助は歩き出した。身体のあちこちで傷がうずいた。

橋を渡るとき振り返ると、立ち上がった田鶴が新蔵に肩を抱かれて、隠れ家の方に歩いて行くところだった。橋の下で豊かな川水が軽やかな音を立てていた。

本作は、人間のもつ、不思議な相性とつながりに触れている。朔之助はカタブツでありつつ、そのことを受け入れる柔らかい心をもっていた。

本作をはじめて読んだ折り、どういう結末になるのか、ラストに至るまで、予測がつかなかった。田鶴と新蔵にとって、この先、ほのかな明かりが灯る終わり方となっている。初期の藤沢作品なら悲劇的な結末になったような気もするが、そうはしなかった。それもまた、作家の年輪のもたらすものといっていいか。

3

市井小説の一篇は『おつぎ』。初出は『問題小説』一九八二年六月号。

父・弥助の急死後、畳表問屋の戸倉屋を継いだ三之助は、料理茶屋・梅本で開かれた同業の寄合いに出向いていた。

戸倉屋の商いは苦境にあった。父が仕入れの見込み違いから大損をし、借金はそのまま三之助に引き継がれ、返済に追われていた。宴席で同業者から「亀甲屋さんとの縁談は、その後すすんでいますかな?」と、からまれつつ問われたのも、借金にかかわりがあった。

亀甲屋は業界一の老舗で、戸倉屋が残している借金も二百両と最大だ。利息を持参し、元金の返済延期を頼み込むと、亀甲屋利右衛門は「せいぜいがんばって働きなさいよ」と、鷹揚な構えを見せたものだ。ただ、その代わりというわけか、「とかくのうわさがある娘」を押しつけてきていた。

やり手の同業者、美濃屋と母のおしげがすすめている縁談話で、それが亀甲屋の娘おてるなのだ。おてるは一度嫁入りしたものの不縁となり、さらに芝居の役者に入れ揚げ、その子を堕したとのうわさもある。〝傷もの〟ではあるが、おてるを嫁に迎えれば、借金は棒引きにされ、その後の商いもなにかと好都合になる――と、美濃屋は匂わせていた。

料理茶屋での会合で、三之助は人に見られている気配を感じた。小麦色の肌をした、勝気そうな眼をした女中で、見覚えがあるように思ったが。思い出せない。帰り道、彼女が誰であったかに気づく。おつぎだ——と。

幼いころ、川岸に、粗末な小さな小屋があって、川掃除をつとめる老人が住んでいた。老人はけわしい顔をした「よそ者」であったが、やがて、おつぎという名の孫娘が同居するようになり、子供たち同士、遊ぶようになる。

三之助が覚えている老人と少女の風景がある。老人が長柄(ながえ)の鎌(かま)を使って、川の中に引っ掛かっているものを流し、首の細い少女が祖父の作業を見詰めている。

老人と子供は言葉をかわすでもなく、一人は黙黙と身体(からだ)を動かし、一人は黙って立っているだけだったが、その光景から三之助が漠然と感じ取ったのは、ひとのしあわせというようなことだった。そこには商いの儲(もう)けだの行儀作法だのと、けわしい言葉がやりとりされる三之助の家にはない、不思議な平安があるように思われたのである。

あのしあわせをこわしたのは、おれだ——

三之助には、ある悔恨があった。

種物屋の隠居が金を奪われて殺されるという事件が起きた。容疑者として、岡っ引が老人を捕らえた。川岸の小屋にあった隠居の巾着(きんちゃく)を証拠としたのだが、その日の夕、三之助は事件現場の方から走って来た男が、小屋に何かを投げ込んだところを目撃していた。おつぎに会い、こう言った。

「もしじいちゃんが帰って来なかったら、おれ、明日にでもおっかさんに言って、番屋に連れて行ってもらうよ。そのことを話してやるんだ。だから心配いらないよ」

おつぎの顔に赤味がさして来た。おつぎは坐ったまま三之助に手をさし出した。三之助がその手を握ってやると、おつぎは無言のまま眼に涙を溢れさせた。

だが、三之助は、番屋に行かなかったのである。母にきつく止められ目撃した黒い人影が恐ろしくもあったからだ。その後、老人は奉行所の仮牢で病死し、おつぎは母親に引き取られて姿を消す。事件から十年余が過ぎていた──。

料理茶屋の梅本で、三之助が往時のことを謝ると、おつぎは「それは無理ですよ」と、小さな声で言い、かすかな笑いを顔に浮かべた。

三之助を気遣ってか、「だって若旦那はまだ子供だったんだし、お上は子供の言うことなどはお取り上げにならないでしょうから」とも言った。

この店では、おつぎは酌取り女中ではなく、台所で下働きをしているという。また会いたいという三之助に、おつぎはじっと黙っていた。ようやく「三之助さんとは身分が違いますから……」と口にする。おれの身分なんてものも、あやしいものさという三之助に、「でも、身分ていうのも大事なのよ。そのことを忘れていると、あとで辛い思いをするから」というのだった。

おつぎの母はすでに病死していたが、深川の新石場で女郎をしていたという。

「これっきりかね。それとも、また会ってくれるかい？」

おつぎは坐り直して三之助を見つめた。そして黙って手を出した。言葉のかわりに手をさし出す癖が残っていた。三之助がその手を握ると、おつぎはぱっと顔を赤らめた。

「これが返事だね？」

三之助が念を押すと、おつぎは黙ってうなずいた。


おつぎと付き合う一方で、三之助は美濃屋の顔を立て、おてるとも会う。あけっぴろげで、役者との一件も本当のことだったという。「あたしを嫁にして得なことがあるとすれば、お金ね」ともいう。目鼻たちの派手な美人ではあったが、荒廃の影も現れている。ここに来るんじゃなかった——と三之助は思っていた。

梅本に出向くと、番頭が出てきて、おつぎは店をやめ、行き先は不明という。美濃屋と母の小細工に違いない。だが、今度ばかりはそうはさせない——。

おつぎをさがすのが先だ、と三之助は思った。どこに行ったにしろ、おつぎはこの深川の町のどこかにいるはずだとも思った。三之助にさえ身分などという言葉を口にしたおつぎは、美濃屋のような商人の、ほんの少しの脅しにふるえ上がって身をひく気になったに違いなかった。

――しかし、今度は……。

裏切れない、と三之助は思った。もう一度、おつぎを裏切るようなことになれば、おれは人間ではない。

三之助は、おつぎが身を潜めているであろう深川界隈を探しはじめる。

人はときに、約束を破り、裏切る。都合によって、忠告によって、あるいは怯懦(きょうだ)によって。時を経て罪が忘れられていく場合もあるが、自身の胸奥に残る記憶が消えることはない。同じことを重ねれば、それはもう人間失格だ――。

4

さらにもう一篇の市井小説は『驟り雨(はしりあめ)』。初出は『小説宝石』一九七九年二月号。

主人公の嘉吉(かきち)は盗っ人だ。夜半、神社の軒下にひそみ、道の向こう側、大津屋という古手問屋(ふるてどんや)にしのび込もうとしていたが、地面にしぶきを上げるような驟り雨が到来し、しばし、雨のやむのを待っていた。

嘉吉の本職は「研ぎ屋」である。砥石(といし)、やすりなど商売道具を収めた箱を担って町々を歩き、庖丁(ほうちょう)、鎌(かま)、鋏(はさみ)などを研いで回る。呼び入れられ、家の中で仕事をしていると、しのび込める家か否かの見当がつく。

見込みありと踏めば、仕事を引き延ばし、台所に入れてもらって弁当を使ったりする。大津屋の場合、茶の間の仏壇の下に、その日の売り上げを収める金箱（かねばこ）があるらしいことまでつかんでいた。ただ、別段、盗みの探索のために研ぎ屋をしている意識はなく、研ぎは研ぎで身を入れ、こちらが本業だとも思っていた。

突然、降り出した雨は続かないだろう。夜空にどこか、薄い明るみがある。裏木戸のかんぬきがおりない細工もすでにしてある……。

人声と足音がした。若い男女だ。


不意に沈黙が落ちて、あたりが雨の音に満ちたのは、男と女がそこで抱き合ってでもいる気配だった。話の様子では、同じ店でいい仲になっている若旦那と奉公人が、それぞれ用で外に出たついでに、途中で落ち合ってよろしくやって来たということでもあるらしかった。嘉吉は胸の中で舌打ちした。

――ガキめら！　早く失せやがれ。


「きっとおかみさんにしてくれる？」「もちろんだとも」「もしもよ、赤ん坊が出来たらどうするの？」「まさか」「また会ってくれる？」「ああ」……男女の痴話言（ちわごと）が続いていくが、やがて女が去り、続いて男の姿も消えていた。

雨は小降りになり、まだ雨音はしているがそれもだんだんに弱まっている。

――やんだら、入るぞ。

そう思ったところ、鳥居の前に男の姿が二人見え、ひそひそ話をしている。口調からして堅気（かたぎ）ではない。賭場（とば）でのいかさま行為の取り分をめぐる口論で、険（けわ）しい言い合いとなり、やがて取っ組み合いをはじめた。匕首（あいくち）が光り、絶叫がした。

上になった男が立ち上がり、足早に闇の中に消えて行く。さらに、下のもう一人、死んだと思われた男が立ち上がり、ふらふらと歩き出す。


――その調子だ。しっかりしろい。

嘉吉はうしろから声援を送った。べつに男を気遣ったわけではない。くたばるなら少しでも遠くへ行ってからにしろと思っただけである。盗みを働く晩の嘉吉は、冷酷非情、石のように情知らずの男になっている。

雨はほとんどやんでいた。時は四ツ半（午後十一時）。いよいよと思ったところへ、今度は、提灯を手にした女の声が聞こえた。

「おちえ、ここで少し休んで行こうか」

ひどく弱よわしい声だった。すると、芝居の子役のように澄んだ声が、おっかさん、まだ痛むかえ、と言った。

嘉吉が首をつき出してみると、二十半ばといった見当の女と、六つか七つとみえる女の子が、ひと休みすると決めたらしく、手をつないで境内に入ってくるところだった。嘉吉はじれて、泣きたくなった。


女は病人のようだが、なかなかの美形だった。病人じゃしょうがねえや、と思う。二人の会話が洩れ聞こえてくる。どうやら店賃がとどこおり、助けを得ようと、家を出た「おとっつぁん」のところへ行ったものの、若い「おねえちゃん」と暮らすおとっつぁんに追い返された——というような話なのだった。嘉吉は、どんな野郎だと腹を立て、「おはる」のことを思い出していた。


かつて嘉吉は腕のいい鍛冶職人で、親方からのれんわけしてもらうことも決まっていた。先々のことを、身籠もった女房のおはると語り合っている時はしあわせだった。が、「突風のような不幸」に襲われる。高熱を発したおはるが腹の子もろとも死に、張りを失った嘉吉は、深酒をし、仕事場もやめてしまう。

そんな日、何かの祝い事で、紅白の幔幕を張りめぐらした家があり、笑い声がする。幸せなやつらが、不幸せな人間を嘲笑っている……。胸奥にうずく「暗い怒り」を抑えることができなかった。その夜、嘉吉はその家にしのび込んではじめてカネを奪った——。

母と子の会話を聞きつつ、嘉吉は涙ぐんでいた。ふっと死んだおはると子供が話しているように聞こえたのである。

一休みして、のろのろと歩き出した母親がのめって地面に膝をつくと、「そうら、言わねえこっちゃねえ」と、嘉吉は大声を上げ、軒下から道にとび出していた。

嘉吉は、女を助け起こした。子供が眼をまるくしているのをみると、そちらの頭もなでてやった。

「怪しいもんじゃねえ」「おいらは嘉吉といってよ。深川の元町で研ぎ屋をしてる者だ。まっとうに暮らしてる者だから、安心しな」

そういうと、警戒気味だった母親も、精魂つきたのか、やがて嘉吉の背に身を預けた。ラスト、こう記されている。

> 女を背負い、片手に子供の手を引いて、細ぼそとした提灯の明りをたよりに歩いていると、嘉吉は前にもそんなふうに、三人で夜道を歩いたことがあったような気がして来た。ついさっきまで、息を殺して大津屋にしのびこむつもりでいたなどとは、とても信じられなかった。雨はすっかりやんで、夜空に星が光りはじめていた。

雨脚が強まり、また弱まっていく中、そのつど邪魔者が現れ、去り、また新たな邪魔者がやって来る。嘉吉はいらつきつつ、盗賊としての気持を高めていく。が、病弱の母と子の出現で、思いは過去に誘われ、一気に心境が塗り替わってしまう。驟り雨の降り具合を伴奏曲とする構成が巧みである。

四つの作品に通底するのは、哀切な情感だが、登場人物はそれぞれ定められた価値観のもとで生きつつ、そこから一歩、踏み出していかんとする気持も持ち合わせている。読者にふっと、自身にもあり得たかもしれないと思わせる迫真性がある。

さらに、とりわけ「驟り雨」がそうなのだが、なにかの契機と出会うことで、心の振幅が振れ、まるで異なる心境になっていくことだ。本来の自身へと戻っていく、あるいは人はいつでも変わりうる——著者はそう語りかけているようでもある。

藤沢周平はきちんと締め切りを守る人だった。この時期、複数の連載を抱えつつなお、高水準の短篇を書き続けた。もとより、個々の作品を生み出すにはおおいに呻吟（しんぎん）したであろうが、天性、尽きせぬ物語づくりの泉をもつ作家だった。

中期の作品群、『橋ものがたり』にせよ、「用心棒」「隠し剣」「獄医立花登」といった連作シリーズにせよ、一話ごとに区切りのあるオムニバス的な編成となっていて、短編の集積といえなくもない。改めて、藤沢は短編の名手だったと思う。

第Ⅲ部

第十四章　大人の物語――『海鳴り』

1

藤沢周平の〝後期作品〟の嚆矢は『海鳴り』であろう。中年坂を歩む主人公が、はて自身の人生はなんであったたか、これからどうすべきかと自問しつつ、悩み多き日々を送っていく。やがて、ひとつの決断に至る様を、市井ものの長篇小説として描いている。

初出は『信濃毎日新聞』夕刊などで、一九八二年七月～八三年七月の間、連載されている。藤沢、五十代半ば。どこかで自身の心境を投影する作品でもあったろう。この後、人生後半期のテーマを主軸とする作品が続いていく。

本作で意図したものについて、藤沢はエッセイ「新聞小説と私」では、「いかにも地味な小説だった」としてこう続けている（『三友月報』一九九一年八月十五日）。

もちろん『海鳴り』の書き手である私には、江戸時代の中年男女の、いまふうに言えば不倫だが、むかしは命がけの行為だった密通をテーマに、人間の愛と人生の真相をさぐってみたいという意気ごみがあったわけだが、新聞小説としてはいささか所帯じみて花に欠ける作品であることは否めなかった。

これはあまり読者には喜んでもらえないだろうなと思いながら書き出したのだが、話が途中まですすんだころから、意外にも女性読者からたくさんのお便りをいただいた。こういうことは私としてはめずらしいことで、大いに力づけられたことを思い出す。

主人公は、紙問屋を営む小野屋新兵衛。小僧から叩き上げた商人で、仲買いを経て小売店を持ち、やがて問屋株を入手し、江戸の「紙問屋四十七軒」のメンバーとなる。

四十代後半。働き盛りであるが、頭髪に白いものを見、身体の無理がきかなくなってきた。心ノ臓の不調を覚えるときもある。老いの兆候だった。

人はだれも老いる。いずれは自身もそんな日々を迎えることを承知しつつ、他人事のように考えているものだが、現にその印(しるし)を見ると、「見知らぬ世界が口をあけて」待っているように感じるのだ。

いずれは来る老いと死を迎えるために、遊ぶひまもなく、身を粉にして働いたのかという自嘲は、振りかえってみればあまり当を得たものではなかったが、そのころの新兵衛を、一時しっかりとつかまえた考えだったのである。ひとは、まさにおだやかな老後と死を購うためにも働くのだ、という考えは思いうかばなかった。

見えて来た老いと死に、いくらかうろたえていた。まだ、し残したことがある、とも思った。その漠然とした焦りと、ひとの一生を見てしまった空しさに取り憑かれ、酒と女をもとめてしきりに夜の町に駕籠を走らせた。

――だが、救いなどどこにもなかったし……。

歳とともに、人は「し残したこと」に思いをやるが、そのようなものを押し殺して歩んでいく者もいれば、それを埋めんとしてあがく者もいる。新兵衛は後者だった。

一時期、店にいた女おみねを妾にして囲ったことも一因となって、女房のおたきとの関係は冷えたままだ。息子の幸助は不出来で、店のカネを持ち出して遊び事に興じ、深川の遊女と心中未遂などもも引き起こしてしまう。娘のおいとはまだ子供だ。

外から見れば、新兵衛は成功した新興紙問屋の主人であったが、個の内側に立ち入れば荒涼たるものが吹いていていた。

小僧時代、同じ店で奉公し、いまも親しい関係にある鶴来屋の主人、益吉との酒席で、新兵衛はこんな心情を吐露している。

「……そんなことで四十になるまで過ぎて来たわけだ。女房のため、生まれて来た子供のため、そして奉公人に不満がないようにと、そんなことで過ぎたのだ。そして、気がついてみると、髪が白くなっていたんだ」

「……ろくに遊びもせず、夢中でやって来たが、こんなもんかと思ったんだよ。これで、あとは年取るだけか、とね。変にさびしかったな。あんたはそういう気持になったことがないのか」

「……あとは老い朽ちるだけかと思ったら、何か忘れ物をしたような気がしたのだ。そのとき多分、わたしは過ぎ来し方も見たが、行先も見てしまったんだね。何かさびしい気がしたなあ」

　そういう心境は、目指したものを達成した男のぜいたくだと益吉はいう。新兵衛自身そうかもしれないと思う。小野屋を立ち上げ、新興問屋の一軒ともなった。確かに、さびしいという感慨は、ゆとりがもたらす「ぜいたくな感傷」かも、と。だが、しかし……。

　このような〝感傷〟は、老いを自覚しはじめた世代によぎる、普遍的な思いであるのかもしれない。

2

　料理茶屋で開かれた紙問屋の寄合いが終わり、玄関先は帰り客でごった返していた。新兵衛は、没落気味の問屋で酒癖の悪い塙屋(はなわや)彦助にからまれ、駕籠を拾い損ね、通りに出た。

　悪酔いしたのか、帰り客の女がうずくまり、周りを男たちが囲んでいる。一人は女の懐に手を差し入れたりしている。女は、老舗の紙問屋、丸子屋の内儀・おこうで、知らないふりはできない。

新兵衛が声をかけ、男たちは立ち去ったが、おこうをどこかで休ませないといけない。付近に飲み屋兼「連れ込み宿」があり、とりあえず、そこへおこうを抱きかかえて連れ入った。

新兵衛が介抱すると、やがておこうは正気を取り戻す。こんなところで長居をしていると、どんな噂話が広まるかわからない。このことは二人の秘密にしておきましょうと新兵衛が言うと、おこうはうなずいた。おこうは、澄んだ眼をもつ、素直な女だった。新兵衛は支払いを済ませ、先に店を出た。


新兵衛がおこうの介抱に宿を使ったことを邪推した彦助が恐喝してくる。事実無根であったが、「一瞬だが、あのとき飲み屋の二階で、おこうの白い胸を前にひとには言えぬ妄想にふけった」のも事実であった。恐喝には、新兵衛がとりあえずカネで片をつける。

それをおこうに報告した帰り道——。


「新兵衛さん」

うしろで、おこうの声がした。

「もう、これっきりですか?」

なぜか哀切なひびきをふくむその声が、新兵衛を立ちどまらせた。立ちどまって振りむいた新兵衛の前に、おこうの白い顔がゆっくり近づいて来てとまった。そのまま、二人は動かなくなった。

「また、お会い出来ますよ、おこうさん」

　長い沈黙のあとで新兵衛が言った。言いながら、闇に無数の火花が散るのを感じた。新兵衛は手をのばした。いま、ひとの道を踏みはずすところだと思った。だがその恐怖も、のばした指に触れたおこうの身体のあたたかみに打ち消された。


おこうは新兵衛の〈空洞〉を埋めてくれる人だった。以降、二人は自然と逢瀬を重ねていく。人はだれも、なにがしかの重荷を背負って生きている。おこうにも事情はあった。石女(うまずめ)とされ、夫の由之助や姑(しゅうとめ)とのいさかいは絶えない。夫は外で子をつくり、家にまで入れようとする。ここでも家庭は破綻していた。

今風にいえば〝ダブル不倫〟の物語であるが、不義密通は死罪にもなった江戸期のこと。抜き差しならぬ切迫感を帯びて、覚悟性において今風ではない。

本書には、海や川の情景が幾度も登場するが、表題ともなった「海鳴り」はこんな風に記されている。新兵衛の奉公時代、商用で小田原からの帰り道、大磯に差しかかったさいの情景である。


　そして空は、よく見ればゆっくりと一方に動く黒雲に埋めつくされているのだった。街道には、ほかに人影はなかった。歩いているのはそのころはまだ新助と言っていた、新兵衛ただひとりである。

笠を押さえながら、新兵衛はいくぶん心ぼそい気分になりながら歩いていた。そのとき新兵衛は、見えるところにくだけては散る磯波とはべつの音を耳にした。音は沖から聞こえて来た。
そのときはじめて、新兵衛は海に眼をやったのだが、思わず声を出すところだった。沖の空は、頭上よりも一層暗く、遠く海とまじわるあたりはほとんど夜の色をしていた。音はそこから聞こえて来た。寸時の休みもなく、こうこうと海が鳴っていた。重重しく威嚇するような、遠い海の声だった。

荒れ模様の予兆をはらんだ海と天空が、不気味な音調を伴って動き出そうとしている。この先、物語の行く末の波瀾を暗示するごとき描写である。

3

藤沢周平に、「小川町」というタイトルのエッセイがある（『文化評論』一九八二年八月号）。埼玉の比企郡小川町は、江戸期より楮を原料とする伝統的な手漉き和紙（細川紙）の産地として知られるが、エッセイでは、本作の連載を前に、取材に出向いた日のことを記している。

肩書のない名刺に戸惑われ、名刺代わりに、当時NHKで放送されていたドラマ（「立花登　青春手控え」）の原作者ですが……と口にしてさらに戸惑われつつ、県の製紙工業試験場を見学し、伝統的な手漉きを行っている工場を訪れ、和紙製品を求めたりしたと書いている。

こういう取材行の蓄積でもあろう、本作では江戸期における和紙製造と業界の模様が詳述され、主人公への理解度が増していく。

新兵衛は、新規の問屋として出発した頃、冬季は漉屋（すきや）・仁左衛門宅に泊まり込んだ。楮の伐採、ふかし、晒（さら）し、叩き、漉く……という工程を学び、紙の品質の向上をはかっていく。寒風の中、身体はこごえ、指は真っ赤になる。

およそ一年を経て、仁左衛門のもとから紙荷が送られてくる。「新兵衛はいとおしむように、仁左衛門の紙を指で撫でた。土蔵の小窓から射しこむ光に、紙の沈んだ光沢がうかび上がり、指の腹は、強靭（きょうじん）でそれでいて滑りのよい紙の感触をとらえていた」とある。〝できたて〟の紙が匂い立ってくるようである。

比企郡など武蔵国三郡は和紙の産地で、荷は漉屋から仲買いを経て問屋へと渡り、江戸の帳屋（ちょうや）、建具屋、呉服屋、傘屋、合羽（かっぱ）屋などの小売店に卸されていく。「問屋四十七軒」は強力なギルドで、この間の流通をさらに一元化する「一手販売」を企図する大店の動きもあって、業界内の競争は熾烈だ。

小野屋は、小川村の漉屋たち、また仲買い・兼蔵との懇意な関係を強めながら良質の細川紙を確保し、業界での地位を高めてきた。新兵衛はなかなかの商い上手であった。

新兵衛はぞっこん、おこうに入れ込んでいく。

男が女に求める夢は貪欲である。男はつねに、どこかに生涯の真の同伴者がいるのではないかと夢みる。そしてそれが結局は夢でしかなかったことを悟るころには、男はもはやどうあがきようもないほど老いてしまって、やがて死にむかって歩むのだ。

——だが、おこうは……。

新兵衛にとっておこうは、夢見る存在の具現であった。もとより、おこうとの交情は、甘美と充足だけをもたらしてくれたのではない。新兵衛の周辺、不可解な動きが進行していた。

小野屋が昵懇にしてきた卸し先に、法外な値をぶつけて割り込んでくる問屋が現れる。産地からも、かつて新兵衛と張り合った古手の仲買い・長兵衛の不可解な動きが見られる。大店の有力者たちに呼び出され、新兵衛が一手販売に反対で、漉屋たちをあおっていると、故なき非難を浴びせられたりもする。

悪意、あるいは仕掛けられた罠。だれかが背後で糸を引いている——。浮かぶのは、大店で、切れ者といわれる丸子屋・由之助だ。丸子屋は長兵衛と行き来があり、恐喝してきた彦助とも関係がある。それは内儀おこうと新兵衛の関係を知る故のことであるのか……。

両国で花火見物をともにした夜、新兵衛は自身の家庭の事情をおこうに打ち明ける。

おこうは身体を寄せると、新兵衛の背にそっと手を置いた。いたわるようなしぐさだった。

「新兵衛さん、いっそ駆け落ちしませんか？」

不意におこうが言った。変にうきうきした声だった。

「あたくし、どこまでもご一緒しますよ」

「この齢で、駆け落ちですか」

新兵衛は苦笑した。だが、それも悪くないなという気もした。地の果てまでもと思い、江戸をのがれて行く二人の姿を思い描いてみたが、そのうしろ姿はそんなに不幸には見えなかった。

また夜空が明るくなり、巨大な火の花が闇をいろどるところだった。


おこうの人物像は、終始、新兵衛の目線を通して描かれていて、内面に潜むものは新兵衛ほどには伝わってこない。

おこうは、男から見てこうあってほしいという女性像を体現している。一見、控え目ではかなげ風ではあるが、内部に情念の炎を宿している。節目節目、二人の関係を決めていったのは新兵衛よりむしろ、おこうの方だった。世の男女、存外、そんなものかもしれないと思う。

4

新兵衛とおこうを脅した塙屋彦助が再び、恐喝者として現れる。二人の密通の確証を握ったとかで、「一時金として二百両頂戴して、あとは月々五十両ずつ」という途方もない要求を突き付けてくる。彦助は、看板は掲げているものの紙の商いは閉じており、新規の〝恐喝業〟を企図しているのだった。脅しを教唆したのは丸子屋であったという。

人の弱みに付け込んで、この先いくらでも脅せると踏んでいる、とんでもない悪党だ――。新兵衛の堪忍袋の緒が切れた。人通りのない、大名屋敷が続く河岸の通りで取っ組み合いとなる。新兵衛の腕が背後から彦助のあご下に食い込み、首を絞める格好となって彦助は地面に横転した。

死んでいる――。のち、瀕死状態だったとわかるのであるが、組み合ったさい、新兵衛の羽織の紐が〝遺体〟の下に残った。やがて容疑者の一人として新兵衛が浮かび、老練な岡っ引きの捜査の手が迫ってくる。

新兵衛は江戸から逃れることを決め、おこうに告げると、一緒に行くという。二人は決断した。

小野屋は一代で終わっても仕方ない。もはや店にも家庭にも未練はない。だが……。新兵衛の家庭への思いは複雑だ。

「……家は決して、完全で居心地がいいだけの容れ物ではないだろう。人びとはその中で、お互いに殺したいほど憎み合ったりする。だが、それだけでなく、時には打ちとけて笑い合うことだってあるだろう。そのときは殺したいと思ったことも忘れて、どうしてあんなに憎み合ったのかと訝しく思うのだ」

「……平凡で、さほどの面白味もない、時にはいらだたしいようなものが、じつはしあわせというものの本当の中身なのではなかろうか」

「……おこうと結ばれたときの、家もいらない妻子もいらないと思った火のような昂りは、家にとっては有害無益、ほんとうのしあわせとは異質のものだったのではなかろうか。それとも家はまぼろしで、おこうこそ真実、家と妻子を捨てたその先に、まだしあわせというものはあるのだろうか。はたしておこうはその証しなのだろうか」

平凡な日常を捨てると決めると、逆に、疎（うと）ましかった日々がふと違うものとして映ってきたりもするのだ。

新兵衛にはわからなかった。ただ、いま別れようとするときになって、煩（わずら）いばかりが多かった家、新兵衛のことを疑いもせずに、どっしりと坐って縫物をしていたおたきの姿などが、底光りして見えて来たことはたしかだった。もっとも、平凡でなつかしいその光景は、別れると心を決めたからそのように見えて来たもののようである。

――しかし……。

もう遅すぎる、と新兵衛は思った。

一旦、決断しつつも逡巡する男の〝未練心〟を伝えている。だが、人は、二つの人生を同時に生きることはできない。読み進んでいくと、本作の主題は、江戸の時空間を借りつつ、老いを自覚した世代の、生き方の選択を問うものであることが伝わってくる。

新兵衛は、小僧から叩き上げ、ひとかどの商人になった。ただ、ひどくむなしい思いにとらわれるときがあった。多くの者は、それに慣れ、あるいは飼い殺して歩んでいく。

そうではなく、空洞を埋めんとして、新しい人生を選択し、踏み出していく者もいる。新兵衛のごとく――。果たしてカシコイ選択かどうかは不明であるが、それを咎めることのできるものはいまい。

5

終盤、新兵衛とおこうは、仲買いの兼蔵が見つけてくれた秩父ではなく、新しい地、おこうの乳母が暮らす常陸・水戸へと向かう。二人の「通り手形」もおこうが用意していた。

だれも知らぬ、水戸の御城下に逃げ込んでしまえば、と新兵衛は思う。やがて探索の手もゆるみ、人々が二人のことを忘れ去ってくれるかもしれない……。

水戸城下の片隅に小さな帳屋でもひらいて、ひっそりと二人で暮らすということも出来ないわけではない、と新兵衛は思った。逃げ切れるかどうかは依然として賭けだったが、新兵衛はこれまで江戸を逃げ出すことしか考えていなかった頭の中に、はじめてかすかな前途ののぞみが芽ばえたのを感じた。

万が一、二人の逃避行がうまくいったとしても、熱に浮かされるごとき情熱はやがてはさめていく。それが世の常であるが、人は幻想とわかっていてもなお夢見る生き物でもある。

一読者としては、二人に良き未来が訪れることを願いつつ、世のツジツマとして、それではいささか甘すぎるかとも思う。

そのことはもちろん、藤沢も承知していて、エッセイ「『海鳴り』の執筆を終えて」では、本書の結末に触れている（『河北新報』一九八三年六月二十九日）。

打明けると、私は『海鳴り』を書きはじめた当初、物語の主人公である新兵衛とおこうを、結末では心中させるつもりでいた。だが、長い間つき合っているうちに二人に情が移ったというか、殺すにはしのびなくなって、少し無理をして江戸からにがしたのである。小説だからこういうこともあるわけだが、そうしたのはあるいは私の年齢のせいかも知れない。むごいことは書きたくなかった。せっかくにがしたのだから、作者としては読者ともども、二人が首尾よく水戸城下までのがれ、そこで、持って行った金でひっそりと帳屋（いまの文房具店）でもひらいて暮らしていると思いたい。

なるほど、本作の結末は著者の淡い願いを込めたものだった。

本作の読み方はさまざまにあろうが、私は多分に、〈オジサンの夢〉としての大人の物語として読んだ。人はときに、凡々たる日常からの脱出を夢見る。本作で藤沢は、小説家としての夢想的冒険を試みたのだろう。

夢を選んだ新兵衛であるが、いささか未練がましい尻尾は引きずっていて、道中でふと、瀕死の床にいるという彦助はどうなったか、あるいは、おたきはまた茶の間で縫物をはじめただろうか、と思ったりもする。

そんな気配を察してであろう、おこうはきっぱりこう言うのだ。

「でも、江戸のことは忘れてくださいね。おねがいです」

いや、強き者は女性であって、それが世の常なのであろう。そんな〝普遍の教え〟が伝わってくる。

第十五章　権力への階段――『風の果て』

1

　先頃、桑山又左衛門（往時名・上村隼太）は、「最後の政敵」杉山忠兵衛（往時名・鹿之助）を屠り、首席家老へと上り詰めた。そんな又左衛門を「奸物」とののしる「果たし状」を届けてきたのは、「娶らず禄を喰まず、ついに髪に霜を置くに至った野瀬家の厄介叔父」市之丞だった。果たし状には、五日後の夕七ツ半（午後五時）、六斎川べりの三本欅の下まで来い――とあった。

　野瀬市之丞の手紙を読み終わると、又左衛門は手紙を机の上に投げ出し、眼鏡をはずして呆然と行燈の灯を見つめた。ばかめ、と思った。〔中略〕

「ばかものが」

又左衛門は、今度は声に出して市之丞を罵った。そして、立つと障子をあけて廊下に出た。

まだ雨戸をしめていないので、部屋から洩れ出た光が庭に落ちて、その光の中にぱしゃと鯉がはねたのが見えた。水面を飛ぶ虫を捉えたのだろう。

藤沢周平著『風の果て』の冒頭近くの記述である。『週刊朝日』（一九八三年十月十四日号〜八四年八月十日号）で連載された。主人公の又左衛門は、下級武士の出身ながら、風雪を経て首席家老まで歩を進めた。権力への階段を上り、その果てに見たものは何か——を描いている。

往時、上村隼太、杉山鹿之助、野瀬市之丞、加えて三矢庄六、寺田一蔵の五人は片貝道場に通う同門生であり、気の合う仲間だった。

帰り道、道場の大先輩で、かつて執政をつとめた楢岡図書の屋敷に立ち寄る日もあった。楢岡は博識で、凶作と国役、長四郎堰など新田の開発、藩財政の疲弊、国元と江戸屋敷の費え、「御賄い」……など、藩の課題や各種情報を聞かせてくれた。御賄いとは、藩士から一時的に禄米と扶持米を取り上げ、最小限の米と雑用金を支給する非常措置である。

もっとも若者たちは、美形の娘・千加の差し出すお茶が目的でもあったが。

五人の中で、鹿之助は、父が失脚中とはいえ、歴代、家老職に就いて藩政を動かしてきた名門・杉山家の出で、楢岡は父の盟友でもあった。いずれ藩政を担う逸材として、間もなく、鹿之助は杉山家の家督を継ぎ、やがて千加を娶った。

残りの四人は、いずれも下士出身の「部屋住み」で、婿の口を探す身の上だ。隼太の場合、次男坊で、歳の離れた、堅苦しい長男夫婦のもとで肩身狭く暮らしていた。

上士と下士は同席せずが習わしであったが、「鹿之助はその種の偏見を持たない、気持ちのいい男」だった。道場仲間と茶屋酒を飲む日もあったが、費用の半分は自分持ちとし、しかもそのことを四人には気づかせない気くばりもする。

――物語は、桑山又左衛門のいまと追想が相互に記述され、過ぎし年月が明かされていく。又左衛門がそうであったように、道場仲間にもそれぞれ、人生の「わかれ道」があった。

2

桑山又左衛門が上村隼太と名乗っていた若き日、「急に思い立って」大楡山(おおぐし)の麓(ふもと)に広がる広大な台地、太蔵が原に出かけたことがある。楢岡の話が耳に残っていたからだ。

楢岡によれば、開墾すれば四、五千町歩の農地になる可能性があるが、谷深く、水を引く方法が見つからず、放置されてきたという。もしその手立てが見つかれば藩を救う道となる……。青年らしい「夢みるたのしみ」、あるいは「青春の気負いと鬱屈(うっくつ)」のなせることでもあった。

太蔵が原で、たまたま視察中の桑山孫助と出会う。孫助は浜側にある長四郎堰を手がけて成功させた郡奉行(こおりぶぎょう)であったが、太蔵が原の開墾には否定的だった。水を引く困難性に加え、地味はよいが、斜面の土質がもろく、無理に土木工事をすれば土砂が崩れ、下方の村まで被害を及ぼすだろうという。

これ以前、孫助の娘と隼太の婚姻話が持ち上がっていたが、隼太側が辞退していた。が、この若者が気に入ったのか、帰り道、孫助は隼太を小料理屋に誘う。隼太が酔った孫助を自宅に送っていくと、娘の満江と引き合わせたりした。やがて、婿入りの話がまとまる。

世評、孫助は「やかまし屋」で通っていたが、「脛毛が摺りへるほど」に村々を歩いていて、農政を熟知する藩士だった。隼太にとって、学ぶべきもの多しの舅だった。満江との夫婦仲は円満というわけではなかったが。

隼太が桑山家に婿入りして二年半ほどたった日、藩が太蔵が原の開墾事業に乗り出す。主導したのは家老・小黒武兵衛であったが、主目的は藩財政の危機をあおり、「御賄い」を実施するための露払いともいわれた。事実、後の凶作時に御賄いが実施され、藩士たちは借金と内職を強いられていく。

開墾の困難を熟知する孫助は慎重派で、強行せんとする小黒家老を批判、疎まれて郡奉行職を解かれ、北端の地の代官に飛ばされてしまう。

開墾は藩を挙げての大事業となり、多くの若手藩士は長期にわたって工事の手伝いを命じられた。隼太や、普請組の下級藩士に婿入りした藤井（三矢）庄六もそうで、彼らは山中の開墾小屋で暮らした。

作業は難航した。台地に鍬を入れる前に、原野の埋没林を除去し、迂回する水路づくりからはじめねばならず、まったくの土木、あるいは木こり仕事だった。

堰をつくる作業の指揮を小黒の倅、勝三郎が執っていた。尊大な男で、現場では、用心棒や取り巻き連中に囲まれ、がみがみと文句や苦情をいう。隼太と口論になるときもあった。

堰工事を行っていた一帯で、大規模な山崩れが起きる。人が亡くなり、下方の村でも被害が出、事業は中止に追い込まれる。孫助の予測が当たったのである。

五人の道場仲間では、宮坂（寺田）一蔵に、さらに野瀬市之丞に、大きな「わかれ道」が生じていた。

一蔵は「宮坂の後家」に婿入りしたが、後家は「身持ち」悪く、そのもつれで一蔵は上士を斬り、脱藩してしまう。討手の一人に選ばれた市之丞が一蔵を討つが、凄惨な模様となり、市之丞の何かが破壊されたようである。

事の顚末を耳にしつつ、隼太は思う――。

太蔵が原で桑山孫助に会ったことが、そのあとのおれの運命をきめたように、市之丞は一蔵の討手に選ばれたことで、尋常の生き方を奪われてしまったのだ、と。以降、市之丞は一層の拗ね者となった。隼太は、自分たちの「青春の終わり」を覚えるのだった。

3

肝を患う義父・孫助が隠居し、隼太が家督を継ぐ。隼太は「郷方廻り」となり、田畑の見回り、作柄の検見、年貢率などを学んでいく。農民もまた、富農から貧農までさまざまで、村々によって風俗や習慣も違う。郡奉行助役見習、郡奉行助役……隼太は、農の現場を知る〝叩き上げ〟となっていく。

この時期、藩は「大凶作」に見舞われるが、隼太はいち早く、「早稲の作付け奨励」と「上方からの米の買い付け」を計る上申書を提出、飢饉を救う一助となり、代官へと昇進する。農民たちの「強訴」拡大を防いだのも、現場を熟知するが故だった。

藩内は杉山派と小黒派の抗争の季節を迎えていた。久々、隼太は杉山忠兵衛（鹿之助）に呼び出され、藩主側近の用人の警護を依頼され、引き受ける。用人はかつて、義父・孫助と交流があり、開墾の助けとなるよう、江戸在住の若い「町見（測量師）家」を紹介してくれた。

長崎で異人に学んだという町見家の案内役として、隼太は太蔵が原を歩く。護衛を引き受けてくれた市之丞に開墾の可能性について問われ、隼太はこう答えている。

「自信なんか、あるものか」「だが、おれは太蔵が原を美田に変える夢を捨て切れないのだ」——と。

さまざまな測量器具を手に、二日間、山を歩いた町見家は、水を得る可能性を見つけたようだった。日にちを置いて、上部に流れる谷川から水を取る取水口の図面を送ってきた。隼太はまず病床にある義父に図面を見せた。

「図面は二枚です」

隼太は図面をひろげた。

「間歩（まぶ）〔隧道（ずいどう）〕で引く場合と、石組みで崖の方から引く場合とを、それぞれに精密に図面に書きわけてあります」

「どれ、拝見」

と孫助が言った。手は夜具の中に入ったままである。

隼太は行燈を枕のそばまで引き寄せると、孫助が寝たままで見えるように、顔の前に図面をひろげてやった。孫助は無言で見つめていたが、一枚を見終わるとうながしてもう一枚も丹念に見た。

だが、それだけのことにも疲れが来るらしく、もうよいと言うと、眼をつむった。隼太はもとのように図面を折り畳み、行燈を枕もとから遠ざけた。

「あの男は、天才らしいの」

目をつむったまま、孫助が言った。


頓挫（とんざ）したまま放置されていた開墾計画が息を吹きかえす契機となる。

政争は、杉山派が多数を制し、「政変」となる。城下の要所に藩士が立ち、刃傷沙汰も起きる。隼太や市之丞は杉山側に立って働いた。〝闇の剣客〟市之丞には「陰扶持（かげぶち）」が支給されているようで、忠兵衛からか……と隼太は後に思うことになる。

小黒は追放され、僻地への「郷入り」となり、忠兵衛が筆頭家老に就任、抗争の決着がついた。隼太も代官から郡奉行へと昇進する。

太蔵が原の開墾について、隼太は忠兵衛より「執念は見上げたものだが、あきらめろ」といわれる。藩政は、借金の整理、青苧と漆の植え付け、藩校の設立など、火急の支出に追われ、不急の開墾に回す金など一文もない、というのだ。

隼太は、対案を用意していた。廻船問屋で豪商の羽太屋重兵衛に、開墾事業を請け負わせるのである。羽太屋は「潰れ地」入手に熱心であり、条件によっては乗ってくる。ただ、開墾が軌道に乗れば、藩内に破格の大地主が生まれることも意味するが。

やがて孫助が亡くなり、隼太は桑山家代々の通称、又左衛門を継ぐ。

三年後――。

又左衛門は忠兵衛に連れられ、「お上（藩主）」に拝謁する。太蔵が原の現状について聞きたいという。この時点で、「およそ三百町歩余」が耕され、畑物は育ち、稲作もはじまっていた。やがて二千町歩ほどの土地を開く道筋をつけたい……。

よくやった――というおほめの言葉をもらい、藩主の現場視察も実現する。又左衛門は、農政の統括者、郡代に抜擢され、月一度開かれる執政会議にも出席するようになる。

本書を読み進んでいくと、現代の会社組織のごとく、藩という法人のあり様がのみ込めてくる。門閥や人脈もさることながら、結果を残す者がのし上がっていく。

さらに四年後――。

大蔵が原の開墾地が千町歩を超え、良質の米を産出するようになる。藩は、開墾地の新田からとれた米がはじめて船積みされて上方に出荷されたのを祝って、一律五石の、家中からの借り入れ米の返済も行われた。

又左衛門は、家老に次ぐ藩政の執行者、中老の一員となる。「権力の内側に入った」のだった。

4

又左衛門の禄高は一気に加増、広い屋敷へと移る。祝いの客たちが門前市をなし、城下の商人たちは、進物の品に添えて百両前後の金子（きんす）を包んで来る。黙って受け取り、適宜散じるのが上に立つ者の「器量」であった。

家老・中老、また藩主家の血を引く名門の当主から酒席に呼ばれたりする。人間社会の常、派閥への誘いもある。そんな席で、彼の中老就任に反対した執政がいたという声が届いてくる。忠兵衛だという。又左衛門にとって、人脈からすれば意外であるが、実は意外ではなかった。

「……………」

やはりそうかと、又左衛門は胸がつめたくなるような気がした。忠兵衛はやはりおれの中老昇進を喜ばなかったのだなと思い、だがそういう忠兵衛の気持ちが、何となくわかるような気もした。

忠兵衛か……。

若いころ、物わかりのいいくだけた友達づらが出来たのは、腹の中に小ゆるぎもしない上士意識を隠していたからに違いない。あの笑顔はその意識の裏返しだ。その忠兵衛が、おれと肩をならべて藩政をみることを喜ぶはずがない。

二人が即、あからさまに対立したわけではない。忠兵衛が主導する執政会議において、多くの案件に又左衛門も賛同していく。忠兵衛はにこやかに「又左、たまには遊びに来い」と誘い、又左衛門も「いずれおひまを見はからって」と応える。

が、しかし、いずれ政敵として抜き差しならぬ日が来ることを二人ともが知っていた。人間の関係性が、地位と立場によって変容していく必然について著者はたっぷりと書き込んでいる。

やがて又左衛門は家老に昇格するが、多くの案件で二人は見解を異にしていく。

農地の「新竿打ち直し（再検地）」をめぐる対立もその一つ。長年、藩は検地を行っておらず、余歩、縄延び、隠し田などを調べ、税収増に結び付けるというのが忠兵衛の主張。現況、百姓たちは隠し田によってかろうじて息をついている、検地を強行すれば必ずや騒動が起きるというのが又左衛門の主張。対立は、政論の相違に加え、出身や来歴もからまる権力闘争だった。

執政会議では忠兵衛が多数を制していたが、月一回、組頭、大目付、郡代、郡奉行、町奉行などが加わる大会議では又左衛門の影響力も十分ある。新竿打ち直しは流れた。

二人は、互いの弱みと落ち度を探り合う。忠兵衛は、長く太蔵が原の開墾に関わってきた又左衛門と羽太屋の関係を、又左衛門は、かつての政変で忠兵衛が小黒派に仕掛けた罠(わな)を洗い直す。藩主も出席した大会議の場で、又左衛門が持ち出した「御金蔵の鉛銀」の流用が決定打となった。これを上方商人からの借銀の利子払いに充てたのは忠兵衛だったが、藩三世・仁世公の「戦支度の用が出来たときに遣うべきこと」という遺言に背(そむ)いていた。そう指摘されれば、誰も顔を上げられない。

忠兵衛が「はめられた」――という言葉を吐くと、藩主は立ち上がり、無言のまま出て行った。政争に敗れた忠兵衛は、その後、御役御免、隠居を命じられる。

これ以前、藤沢周平の士道小説の主人公は微禄の下級藩士たちであり、藩の上層部は忌避すべき対象だった。権力への道を歩むものを主人公としたのは本書がはじめてである。浮かんでくるのは、著者の作家的な年輪である。

本作の連載時、藤沢は五十代後半である。作家の基軸にあるものは動かしようがないが、未踏の領域へウイングを広げたい――。そういう思いがあったのではないか。いつの世にも政争はあり、争いには制御しにくい感情が伴い、時の権勢は移り変わっていく。権力をめぐる抗争は常に〈人間〉を描くにおいて好素材であり、人の世を見つめてきた作家としての蓄積はすでに充分である。

加えていえば、歳月の中で変容する、藩士という社会的存在をトータルに描きたいとする希求があったのではないか。

出自と門地に重きが置かれる藩社会ではあるが、能力があり、結果を残す者に道が開けていくことに変わりはない。階段を上るにつれて保持する権限は拡大していく。濃淡はあれ、誰にも野心はあるものであって、地位が意識をつくっていく。

そこには多分、善悪はないのだろう。本書で藤沢は、忠兵衛を悪玉、又左衛門を善玉として描いてはいない。「御金蔵の鉛銀」云々にしても政争の具であって、他に方策がなければ誰が執政でも手をつけざるを得まい。五十歩百歩なのだ。

5

又左衛門は、私的に金を流用したことも、権力を振りかざして他人を圧迫したこともない。自身にあったのは、「ひとにあがめられるというぐらいのこと」であったが、それでもなお、権力の座にあることは「白状すれば言いようもなく快いことだったのである」。それもまた、人というものが自然と行き着く境地であろう。

市之丞は又左衛門を「奸物」とののしって「果たし合い」に挑んできた。馬鹿げていると思う。けれども、その日の早朝、自身に向かって、こんな思いも浮かべる又左衛門なのだった。「しかし貴様だって、あまり立派なことは言えまい」「市之丞の言うことにも一理はある」と。

執政入りして十一年、家老になって六年。藩政を担う日日は、辛いこともあったが、大方は気分よく過ごしてきた。執政たちとの争論も、それはそれで充足を覚えた。お茶屋で口にする美食や若い女子の酌にも馴れた。有能な若い家臣たちにこっそり金銭的援助を行うこともあったけれども、総じていえば、居心地よきことだったのである。

その地位に至りついた者でなければわからない、権勢欲としか呼びようがないその不思議に満たされた気持ちは、又左衛門のような、門閥もさほどの野心もない人間をも、しっかりとつかまえて放さなかったのである。

市之丞に見抜かれたのは、そういうことだろうと又左衛門は思った。忠兵衛は権力を遠慮なく行使してはばからなかったが、おれは留保した。それだけの差でしかないと見抜いたのだ。そして忠兵衛とおれの争いは、どちらが権力の座に生き残れるかを賭けた私闘にすぎなかったのに、残ったおれが正義漢づらでおさまり返っているのは許しがたいと考えたのではないか。

「そのとおり、五十歩百歩よ」

又左衛門は大声を出した。

三本欅が聳える河原で、果たし合いがはじまった。双方、五十代。市之丞は白髪となり。又左衛門もまた老いていた。互いに息切れし、手傷を負ってではあったが、又左衛門が勝ちを収めた。

古い道場仲間、庄六には経緯を伝えておきたく思い、又左衛門は普請組の組屋敷に庄六を訪ねる。市之丞との果たし合いの前にも出向いたのだが、そのさい庄六は堤防の普請に出ていて留守だった。家に入ると、味噌汁のいい匂いがする。庄六の女房は「ふっくらして明るい」人柄をしていた。すすめられるままに上り框に腰を下ろし、大根汁を馳走になったりした。

普請組の禄高は低く、又左衛門は庄六に、郷目付配下への転任をうながしたことがあったのだが、「普請組の仕事が性に合っている」と断ってきた。女房によれば「人間が頑固なだけですよ」というのであるが、人の幸・不幸は、地位や禄高の多寡で決まるわけではない、と又左衛門は思ったものだった。

五人の道場仲間の中で、庄六は地味な存在であり続けたが、著者の価値観を体現する人物であったのかもしれない。

――このたびは、庄六は家にいた。傷の手当を受けた又左衛門が、果たし合いのいきさつを伝えると、庄六の工事場にも市之丞が訪ねてきたという。死病に侵されており、「ひょっとしたら、おぬしに斬られて死にたかったのかも知れん」と口にした。

「庄六、おれは貴様がうらやましい」

と又左衛門は言った。

「執政などというものになるから、友だちとも斬り合わねばならぬ」

「そんなことは覚悟の上じゃないのか」

庄六は、不意に突き放すように言った。

「情におぼれては、家老は勤まるまい。それに、普請組勤めは時には人夫にまじって、腰まで川につかりながら掛け矢（大型の木槌）をふるうこともあるのだぞ。命がけの仕事よ」

「……………」

「うらやましいだと？　バカを言ってもらっては困る」


庄六が又左衛門に発した言葉は、藤沢の内なる声でもあったろう。


数日後、桑山又左衛門は太蔵が原の南端に立っていた。

往時、二十代半ば、この地で、義父となる桑山孫助と出会った日からいえば、長い月日が経っていた。若者が抱いた夢は実現されたといっていいだろう。不毛の地だった台地に、二千五百町歩の田畑が開墾され、新しい村々が生まれた。羽太屋が請け負う開墾の鍬は、いまも北へとのびている。ただ、それだけ耕地が増え、比例して藩が豊かになったかといえば、そうとはいえない。「御賄い」のような非常手段こそ必要としなくなったが、江戸・大坂・近江など藩外からの借財は増えこそすれ減ることはなかった。藩の財政状況を根本から改善するには至らなかった。羽太屋を太らせるだけだという忠兵衛の言い分にも一理あったとも思う。

ラスト、こう記されている。


又左衛門は顔を上げた。澄み切った空を顫わせて、風が渡って行った。冬の兆しの西風だった。強い風に、左手の雑木林から、小鳥のように落ち葉が舞い上がるのが見えた。

――風が走るように……。

一目散にここまで走って来たが、何が残ったか。忠兵衛とは仲違いし、市之丞と一蔵は死に、庄六は……。

――庄六め。

この間は言いたいことを言いやがった。茫然と虚空を見つめていた又左衛門は、ふと村の方から羽織、袴(はかま)の数人の村びとがこちらにむかって来るのに気づいた。村役人が家老の巡視とみて、休息をすすめに来たのだろう。

桑山又左衛門は咳ばらいした。威厳に満ちた家老の顔になっていた。

権力の座にすわる意味、味、あるいは虚しさ……。得たもの、支払ったもの、失ったもの……又左衛門の胸に去来するものは、初老に入った藤沢によぎる、人間存在と世の盛衰に対する〈遠い視線〉でもあったろう。

第十六章　史実に沿って――『市塵（しじん）』

1

本書で、藤沢周平の歴史小説として取り上げた作品に『逆軍の旗』『密謀』があった。戦国末期の明智光秀、豊臣期から「関ヶ原」にかけての上杉景勝（かげかつ）・直江兼続（かねつぐ）を描いたものであるが、本作『市塵（しじん）』は江戸中期、六代将軍・徳川家宣（いえのぶ）、七代将軍・家継（いえつぐ）の治世下、儒学者にして政治顧問をつとめた新井白石（あらいはくせき）が主人公である。初出は『小説現代』で、一九八六年九月号から八八年八月号まで、二年にわたり連載された。

前二作と比較すれば、色調は地味模様である。合戦も草の者（忍びの者）も登場しない。白石は日記や自伝を含めて多くの著を残しており、史実に沿った記述は精緻である。藤沢らしい情景や内面の描写はあれ、小説としての創作部分は控えめだ。

連載時、藤沢の年齢は五十代終わりから六十代にかけてである。重ねてきた暦（こよみ）の蓄積とかすかな老境の気配が伝わってくる作品ともなっている。

白石は少年期より学才に秀でていたが、主家に恵まれず、二度の浪人時代があり、市井に私塾を開いて糊口をしのいだ時期もある。ようやく、師・木下順庵の斡旋で甲府藩に「四十人扶持（七十二石）」で召し抱えられたとある。三十七歳の日である。

甲府藩主・綱豊（後の家宣）に、中国の通史『資治通鑑綱目』などを進講する侍講となるが、白石の学識領域は広く、朱子学、史学、和語（日本語）、地理学などに及び、詩人（漢詩）でもあった。

物語は、元禄期の五代将軍・綱吉の娘、鶴姫が病死したという情報を、綱豊の側近、用人の間部詮房より白石が知らされることからはじまっていく。

五代将軍・綱吉は「生類憐みの令」で知られるが、なんとも悪法だった。生類の対象はイヌ・ネコ・ウマにとどまらず、ドジョウやウナギを売り歩いた者が牢に入れられ、顔を刺した蚊をつぶしただけで処罰された者もいたという。

庶民たちは、狂歌や落書で憂さを晴らした。別段、幕政とのかかわりはなかろうが、この時期、大火、地震、富士山の噴火など天地の異変が続いた。

綱吉には世継ぎがおらず、鶴姫が産むであろう男子に期待が寄せられたが、望みが消え、にわかに甥（兄の子）綱豊が筆頭の後継者となる。

間部は「これから申すことは、いささか他聞をはばかる」と断った上で、「殿はいずれ将軍世子となられ、西ノ丸にお入りになる。つぎには将軍家にのぼられるだろう。その殿を補佐するのは、不肖それがしと勘解由（かげゆ）〔白石〕どの、貴殿だ」と口にする。

間部は、補佐の才に長（た）けた、腹の据わった男だった。白石のもつ学識に裏打ちされた政策を間部が上にあげ、遂行する、そこから当代とは異なる政治の形をつくっていきたい、という。天下の仕置き――。もとより、白石の望むところだ。

それまで白石と間部は近しい関係にあったが、役目上のことで、ともに政治を語ったという記憶はなかった。「にもかかわらずあの人物はと白石は思っている。このおれが心のうちに隠している、どす黒いほどの政治に対する好奇心を見抜いたらしい」のであった。

2

綱豊（以降、家宣と表記）が甲府藩邸から次期将軍の居住地、江戸城西ノ丸に移った頃の進講の模様はこのように記されている。

白石の初進講は、一月十一日になった。間部から差紙（さしがみ）が来て、白石は指定どおりに九ッ（十二時）過ぎに西ノ丸に出仕したが、家宣が本丸に行ってまだ帰らないので八ッ半（午後三時）ごろまで御医師部屋で待った。その後土圭（とけい）ノ間で間部に会って講義の中身を打ち合わせ、御座ノ間に通って進講した。講義したのは中庸の二十八章である。

家宣は御座ノ間の下段に坐っている。白石は熨斗目に半袴、足袋はぬいで素足という姿で縁側に座を占め、閾のそばに書物を置いて講義した。縁側の右手には陪侍の小姓たち、左には間部詮房がいてともに講義を聞くというふうで、桜田の藩邸にいたときとは進講の形も様変りした。

初進講がそれで終り、そのあと土圭ノ間から桐ノ間の御縁までしりぞいて、そこで間部、村上主殿、村上友之進らと現在書写にかかっている書物のことで意見をかわしているうちに日暮れとなり、時服を拝領した。熨斗目と水松茶の亀綾であった。

かように、日々の詳細な様子が記されたページが結構ある。白石を描くには、日記や自伝『折たく柴の記』など、史実をベースにした記述がベターという判断があったのだろう。精読するには少々、肩が凝るが——。

五年後、家宣は本丸に入る。家宣は学問を尊び、度量があり、果断な一面も持ち合わせていた。白石には「英明の君主」になれる人物と映っていたが、惜しむらくは病弱だった。

間部と白石が政権の中枢を仕切っていく。およそ新政権は前政権の否定から舵取りをはじめるが、家宣政権もそうだった。白石がさまざまに立案し、間部が家宣への橋渡し役を担う。「生類憐みの令」は廃止された。

白石が改革を主導した事例のひとつ、李王朝、朝鮮通信使の来日の模様は、当時の隣国との関係を伝えていて興味深い。

来日の名分は、新将軍の就任祝賀だ。使節団は、「正使、副使、従事官の三使を中心に、第一級の文人、医師、画家などを選び、総人数は四百七十名から五百名ほどになるのが通例」で、「六隻の外航船のうち三隻は将軍家、御三家、幕府高官、さらに往復の宿館でそれぞれの藩主にさし出す贈り物を満載した貨物船だった」とある。

船団はまず、北九州沖の藍島（あいのしま）に着くが、黒田藩が用意した食料は「一日に活鶏三百余羽、鶏子（卵）二千余個で百物またこれに準じた」とある。やがて一行は瀬戸内を寄港しつつ東へと向かう。大坂の港に至ると、淀川を上（のぼ）って淀よりは陸路となり、各藩の接待を受けつつ、江戸へと向かう。日本側の総出費は百万両に達したとある。

当時、朝鮮と日本の関係は対等ではなく、日本の使節団が訪朝しても、釜山浦にとどめられ、首都・漢陽から出向する接慰官の接待を受けるのみだった。こうした差の背景には、「朝鮮使節団がもたらす文化の圧倒的な先進性に対する敬意」があったとある。

対朝鮮外交の日本側窓口は対馬（つしま）藩で、藩儒者の雨森芳洲（あめのもりほうしゅう）は中国語・朝鮮語に堪能で、白石とは木下塾の同門生である。白石は雨森経由で詩集（漢詩）を使節団の高官に献呈し、学識をほめられて面目をほどこしたこともある。

ただし、外交交渉における白石はふてぶてしい強者で、儀礼の簡素化、経費の節減、対等の関係性を目指した。徳川将軍は「国王」か「大君（たいくん）」か、朝鮮の国書における称号「懌（えき）」をめぐる紛糾にさいしても一歩も引かないタフなネゴシエーターだった。「豪気」「青鬼」といった異名を授かっていく。

3

旧来の幕府体制から見れば、白石は「成り上がり」であり、「儒者上がりの政策屋」である。随所で守旧派とぶつかるが、最大の政敵となったのは勘定奉行の荻原重秀だった。

荻原は財務畑を歩んできたエキスパートで、佐渡奉行も兼務した。綱吉時代、幾度か金銀貨の改鋳を差配し、幕府金庫に莫大な出目（差益金）をもたらした。

荻原は幕府財政を救う「錬金術師」であり、同時に自身の私腹も肥やしたと噂された。銅銭の十文銭も改鋳されたが（宝永通宝）、寛永通宝に比べると薄っぺらく軽い。庶民たちは旧銭との交換をいやがった。改悪であり、後に通用停止となっている。

荻原は幕政の収支には大雑把だったが、老中連中も財務のからくりはよくわからず、事実上、幕政における最高実力者だった。

白石と荻原はまるで体質が異なっていた。白石は一度、御納戸金から私的に三十七両を借りたことがあったが、五カ年で年賦返済している。白石からすれば荻原は「汚吏」であり、城内の廊下で出くわすと「この奸物め！」と思い、荻原もまた冷ややかな視線を白石に向けた。

白石は幾度か、荻原糾弾の弾劾書を書くが、いまひとつ、不正の証拠がつかめない。荻原人脈は大奥にもはりめぐらされていた。ようやく、銀貨改鋳での偽りの報告が家宣の怒りに触れ、罷免される。

白石・間部は貨幣の質を旧来にもどすが、物価が高騰し、「正徳小判」への切り替えは思ったほど進まない。おそらく、商品経済が進行する中、貨幣の量的拡大を求める時代的構造があったのだろう。

白石は将軍家の学問を司（つかさど）る林家とも衝突する。

林家の始祖は、朱子学の大家、林羅山。家康・秀忠・家光・家綱の四代に仕え、武家諸法度（ぶけしょはっと）を起草し、江戸期の諸制度と儀式のおおもとを定めた。私塾・弘文館（後の昌平坂学問所）を開設し、林家は代々幕府儒官の最高位、大学頭（だいがくのかみ）を名乗ってきた。林家から見れば、白石など在野の一儒者に過ぎない。

武家諸法度は、参勤交代など幕政の基本を定め、各藩の城郭の無断修理、結党、私婚を禁じ、さらに、文武弓馬、質素倹約をすすめ、好色や博奕（ばくえき）の戒めなど、武家の規範を示す〝根幹法〟である。将軍の代が変わると、根幹は踏襲されつつ、新法度が公布されるのが常で、家宣も間部を通し、白石に改正案の草案作成を命じた。通例でいえば、林大学頭当代の仕事だ。「林家とのいくさになる」と白石は覚悟する。

林家から古式にのっとった草案が提出される一方、時代の流れに沿った新しい内容、形式の白石試案が出される。家宣は白石案を採用し、林家の憎しみを買う。

家宣が亡くなったさい、幼主・家継の「服喪」について、林家より異論が出される。間部が大奥に工作し、白石案の、喪服はつけないが心中で喪に服するという「心喪」が通る。これまた白石と林家の軋轢の現れだった。

さらに、家継が亡くなり、吉宗の代になると、白石制作の武家諸法度はことごとく廃棄され、綱吉時代の文言が復活する。林家の復権だった。

三年余、将軍職にあった家宣が病没する。幼児・家継への継承を仕切ったのは間部で、「幼主を抱いて」体制の継続をアピールしたとある。ただ、家宣という後ろ盾を失い、間部・白石の権勢は衰えていく。家継の時代も三年余で終焉している。白石は還暦をむかえていた。

八代将軍に、紀州出身の徳川吉宗が迎えられる。時代は新時代へ移り、間部・白石は一気に遠ざけられていく。

間部は大名として、高崎へ、ついで越後・村上の封地に赴任するが、天賦の才は主君を輔翼することにあったようで、一国を治める領主の手腕はさほど発揮せぬまま、当地で没していく。

白石は家宣時代に家禄千石の直臣となり、広い屋敷に移り住んでいたが、世が代わり、屋敷替えを求める使者がやって来る。普請方より指定された新居住地は、畑地で、家も建っていない。とりあえず借家を探さねばならない。

いったい、この新井筑後守を誰だと思っているのかと腹が立っていたが、しかし白石はこのとき、三年前の初冬のころに病死した柳沢吉保のことを思い出した。

綱吉の政権下で、まさに飛ぶ鳥を落とす権勢をふるった人の死を、人はろくにうわさにもしなかったのである。ついこの間まで、城で権勢をふるっていたなどといっても、職を引いてしまえば陸に上がった魚同然、みじめなものだと思った。

——はて、それにしても……。

どこかに一時引越すとしてもその費用、内藤宿六軒町とやらに家を建てる掛り費用を何としよう、と思ったとき、白石の胸に一時代が過ぎてしまった者の悲哀が沁(し)みわたるように溢(あふ)れて来た。

過ぎ去りし権力者は弊履(へいり)のごとく捨てられ、早々(はやばや)と忘れられていく。それが世の習いだ。憤りは徐々に、諦念(ていねん)となっていく。白石はとりあえず、深川に借家を見つけ、移り住む。「市塵」——雑踏、賑わい、塵(ちり)の舞う市井で、白石にふたたび、一儒者として生きる日々が訪れる。

4

なぜ新井白石であったのか——。藤沢のエッセイ類に目を通しているとヒントに当たるものがある。鶴岡にあった小さなサークル「松柏会(しょうはくかい)」の会報である。「「泥亀(でいき)漫想」の時代——高山正雄さんと私」(『松柏』一九九〇年四月号)は、若き日の、故郷の思い出に触れたエッセイであるが、こんな一節が見える。

たとえば私は去年、江戸中期の碩学新井白石を主人公にした『市塵』という本を出した。しかし私は白石の著作物である『藩翰譜』〔諸大名の家伝〕を小説の資料として読むことはあっても、いまだかつて白石に興味を持って勉強したということは一度もないのである。それにもかかわらず、新しく歴史小説の題材を決めるときになって、中身はともあれ、ふと儒学者である新井白石というふうに気持が動くということは、高山さんや犬塚先生にお会いしたということ、あるいは過去さまざまなお話を聞いたという事実を抜きにしては、何とも説明がつかないことのように思われるのである。

「松柏会」は、経書や農事に関する勉強会が主たる活動であったが、藤沢は少年期に入会している。誘ったのは、旧黄金村役場の助役・高山正雄で、二人は生涯、親しい交わりを続けた。「犬塚〔又太郎〕先生」は、漢学者（郷土史家）であるが、ともに博学の読書家で、藤沢を知の世界へ導いた先達である。両氏から新井白石の名が聞かれ、藤沢の脳裏に残っていた。それが後年、思いもよらない形で歴史小説へとつながっていったと記している。

あるいは『藤沢周平全集』第二十五巻（文藝春秋）の「書簡」に、歌人の清水房雄に宛てた葉書が何通か収録されているが、一九八九年七月五日付のものに『市塵』が登場している。

『市塵』の解釈はまったく清水さんがおっしゃるとおりで、とりわけ清水さんが再三にわたって言及されている権力と人間というテーマは、本来私の趣味ではないのですが、この小説では避けて通れないことなので、大テーマとして小説の背骨のところに据えたものでした。それと、小テーマである白石の日常というものがからみ合って出来た小説と、出来ばえはべつにして言えるかと思います。

前章で、『風の果て』を取り上げた。藩の下級武士から首席家老へ上り詰めた主人公・桑山又左衛門が、執政の「居心地のよさ」に言及しているところがあるが、本作においても、「わが意見が天下を動かしていると感じたときの快い昂り。その地位にのぼった者でなければ理解出来ない権力の快さは、白石のような人間にも、ひそやかに沁みわたる毒のように時折り訪れる感情だったのである」という一文が見られる。

権力がもたらす抗しがたい美味、それに付随する功罪を描いた士道小説が『風の果て』であり、さらに権力から退く局面模様も含め、盛衰を描いた歴史小説が『市塵』だった。

5

本書に、伊能佐一郎という創作された――と思われる――人物が登場する。

白石が師・木下順庵より託された少年学徒で、明晰で、明るい性格の青年となっていくが、学問の伸びはいまひとつ。どうやら町人の女房と付き合っているらしい。やがて、二人は駆け落ちして、旗本家に奉公する話もつぶれてしまう。

意気地のない男だ——と、思う一方で、白石はこうも思っていた。

白石の内部には一点のやわらかい部分があった。むかし俳句を好んで「白炭やあさ霜きえて馬のほね」と詠んだやわらかな心情が、齢とともに亡父に似て剛直に傾きがちな性格の中に消えずに残っているのである。

歯がゆくはあったが、白石は伊能佐一郎を怒ってはいなかった。伊能のような意気地のない、女子にやさしい男も、世にはいてしかるべきだろう。そう思いながら艶な色調の絵巻の部分でも見るように、白石は女と消えた不肖の弟子のうしろ姿を見送っていた。

その後、伊能が女子とうどん屋で働いていると耳にする。学問を習得した若者には平仄が合わぬと思いつつ、「白石の胸の中を、ほんの一瞬だがうらやましいような気分が通り過ぎた」ともある。

本作の終盤、正月過ぎの寒い日、老いた白石が杖を手に街中を散策していた道すがら、伊能と出くわす。誘われ、うどん屋に入ると女子が熱いそば湯を運んできて、白石は一息つく。そのかわいい顔立ちの女が女房だと知る。

伊能は、白石とまるで異なる人生を選択した弟子であったが、白石への無言の批判者であったやもしれない。

　武家勤めが必ずしもしあわせとは言えないように、うどん屋になることが不しあわせとは言えまい——と白石は思う。自身は硬派の学者（需者）、あるいは剛直な政治顧問でありつつ、白石は柔軟な人生観をもつ人でもあった。それはまた、著者の価値観を投影したものであろう。

　白石には妻女との間に十人の子を授かったが、うち七人までを病で失っている。市井の一儒者に戻った時期、病身だった次男が亡くなる。その折り、「癸卯中秋有レ感」という漢詩を書いている。

　　何ぞ堪へん今夜の景（ひかり）　去年の晴に似ざるを／天は中秋に到りて暗く　人は子夏の明に同じ／
　交游は旧態を空しうし　衰老　尚余生あり／雲雨　手を翻すが如きも　世情の情に関はる非（な）し

　歳月の中、世情は移り、人は老い、人の関係も疎遠となっていく……。寂寥（せきりょう）の趣（おもむき）をたたえた叙情詩であるが、白石の詩人としての力量、並々ならぬものがあったことがうかがえる。

　憂色濃い月日に、喜び事もなくはなかった。長男は嫁を迎え、孫を得た。最後に残っていた七女が書院番士に嫁入りした。

　白石の人生には、不遇の日々があり、権力を動かした壮年の日々があり、退いてのちの市井の日々があった。晩年、白石をささえたのは、手仕事として染み入っていた学問と執筆だった。

「衰老」の中、白石の執筆はなお精力的だった。遺された著には、自伝『折たく柴の記』、全二十巻に達する和語の研究『東雅（とうが）』、古代史にかかわる『古史通』『古史通惑問（わくもん）』、日本史の疑わしい事項を取り上げた『史疑』、朝鮮との外交録『方策合編』、琉球や蝦夷（えぞ）の地理書……などがある。白石の本質は、学究の徒にあったことを改めて知る。
終章――。深川、小石川柳町を経て、畑地・内藤宿六軒町に建った自宅で、執筆に勤しむ白石の姿を点描しつつ閉じられている。

深夜の内藤宿六軒町は、物音ひとつ聞こえず静まり返っていた。家を取り巻く厚くて濃い闇が四方から迫って来るような夜だった。その闇のはるかかなたで、また犬が啼（な）き出した。その声にしばらく耳を傾けてから、白石は筆を取り上げ「史疑」の記述に取りかかった。命がようやく枯渇しかけているのを感じていたが、「史疑」を書き上げないうちは死ぬわけにはいかぬと思った。
行燈（あんどん）の灯（ひ）が、白髪蒼顔の、疲れて幽鬼のような相貌になった老人を照らしていた。

歳月を経て着地する心持、なお残るもの、拠り所――。終章の人生風景の点描は、老境に向かいつつある藤沢自身に去来するものでもあったろう。

第十七章　余生に趣あり――『三屋清左衛門残日録』

1

同志社大学名誉教授で、ラグビー部の部長・監督を歴任した岡仁詩（ひとし）は、「ラグビー紳士」というべき人物で、長くお付き合いをいただき、評伝（『ラグビー・ロマン』岩波新書）を書いたりした。定年退官後、部の技術顧問に退き、同部ファンクラブのホームページに、「残日庵日記」という観戦記を寄せておられた。

タイトルの由来を訊くと、「藤沢周平さんが好きで、『三屋清左衛門残日録（みつやせいざえもんざんじつろく）』から拝借したものですが」という返事があって、ここにも藤沢ファンがいると思ったものである。

『三屋清左衛門残日録』は、『別冊文藝春秋』誌上で計十五回、一九八五年夏季号から八九年新春号まで連載された。

主人公は、先代藩主の用人をつとめた三屋清左衛門。御小納戸役から出発し、その後、小姓組などに属し、後年、先代藩主の用人として藩中枢を担う一人ともなった。家禄でいえば御小納戸役時が百二十石、累進して役が変わるたびに加増を受け、用人時は三百二十石。いわば、功成り名遂げてのリタイアだった。

先代藩主が病死し、一連の法事と行事が済んで後、清左衛門は用人から退き、家督を惣領(そうりょう)の又四郎に譲り、隠居した。新しい藩主は新しい側近を用いるべし、と思ったからである。この三年前、清左衛門の妻は病死しており、その折り、密かに隠居を誘われたこともあった。次男は他家に婿入りし、長女は嫁に行っている。身を引くに支障はない。

清左衛門は在府(江戸)が長かったが、隠居とは国元に定住することを意味する。現藩主よりは、屋敷を出るには及ばず、隠居部屋の普請も行うというありがたい措置が講じられた。まずは申し分ない現役引退であった。

新築された部屋での暮らし——。悠々自適、遠ざかっている道場や経書塾に顔を出し、鳥刺しや魚釣りも楽しみたいと胸算用をしていたのだが、到来したのは、世間から遠ざかったという空虚と寂寥(せきりょう)感だった。

ひとつには、江戸と国元の環境の相違がある。江戸では、日が暮れても、人の出入りと町中のざわめきはなかなか消えない。国元の夜は、五ツ(午後八時)となればもう夜ふけで、外を行くひとの足音や話し声もやむ。夜がふけ、離れにひとりぽつんといると、「暗い野中にただ一本で立っている木であるかのよう」な心持ちになるのである。

隠居するとは、世の中から一歩退くだけのことと思っていたのが、それまでの暮らしと習慣ががらりと変わることを意味した。

勤めのある折りは、朝の眼ざめとともに、その日の仕事をどうさばくか、ということに頭が行ったが、隠居してみると、その日一日をどう過ごせばいいか、になる。

君側の権力者だったころは、公私織り交ぜ、来客が絶えなかったが、いまは終日、一人の客もない。自身は世間とまだ対等に付き合うつもりでいるのだが、世間の方が清左衛門を隔ててしまったようだ。かつての日々が、まるで別世界のように遠く思われるのである。

そのような「空白感」は、何か別のもの、新しい暮らしと習慣で埋めていくよりない。うかうかと散歩だけで日々を過ごすわけにはいかぬ——と思う清左衛門なのだった。

又四郎の嫁・里江はよく気のつく女で、折々、隠居部屋に顔を出す。清左衛門が日記を書いている様子を目にとめるとこういう。

「お日記でございますか」

「うむ、ぼんやりしておっても仕方ないからの。日記でも書こうかと思い立った」

「でも、残日録というのはいかがでしょうね」

〔中略〕

「なに、心配はない」

と清左衛門は言った。

「日残リテ昏ルルニ未ダ遠シの意味でな。残る日を数えようというわけではない」

やがて、静かな日々にも慣れ、日記「残日録」に書くべき事柄も起きてくる。

空白感を伴いつつもまた新しい日々をどう過ごしていくか――。現代でいえば会社勤めの定年を迎えた世代へのほのかなエールを込めた作品ともなっている。

2

そんな日々の中、若き日、ともに無外流の中根道場に通った仲で、親しい友人の町奉行、佐伯熊太が隠居部屋にやって来て……と、第一話「醜女（しこめ）」がはじまっていく。

暇（ひま）を持て余しているならばと、佐伯が切り出したのはやや面妖（めんよう）な依頼事だった。老舗の菓子屋の娘で、行儀見習いのために奥に勤めていたおうめという女子（おなご）がいた。一度、先代藩主の手がつき、実家に戻った後も「三人扶持（ぶち）」という手当が付与されていた。そのおうめが父の分からぬ子を身籠もったという。

そのかかわりで、超カタブツで嫌われものの組頭が、殿の威信を損なうものだと断じ、おうめを処分すると息巻いているという。ただ、藩主が亡くなった折り、扶持は打ち切られ、以降、勝手たるべし、との通知が出されたはずであったが……。

事情を確かめてくれんか、というのが依頼内容だった。もとより藩政の大事ではないが、先の藩主にかかわりあること、清左衛門は引き受ける。

清左衛門が菓子屋におうめを訪ねると、奥まった離れに、目立たない容貌の女がいた。ただ一度、お手がついたために、実家に閉じ込められて暮らす運命をいたましく思った。

口を閉ざしつつも、おうめは相手が呉服屋の三男坊であると打ち明ける。ただ、自身の身柄に関する藩の通知は受け取っていないという。

清左衛門は三男坊にも会う。まじめな気持を確かめると、二人を応援したい思いに駆られた。


その後、奉行の佐伯より、普請組の書類綴りの中に紛れ込んでいた「身柄にかかわる書き付け」が見つかったと耳にする。藩の事務処理のミスであって、まるで組頭のトンチンカンであり、一件落着だ。

この間、組頭配下の者が菓子屋の周辺に出没していて、奉行配下の同心が警戒に当たっていた。同心から「ご隠居」と呼ばれ、清左衛門は苦笑いしつつ、「言われてみると死んだ藩主が残した女の後始末に心を砕くなどということは、いかにも隠居仕事にふさわしいようでもあった」と思うのだった。

清左衛門は存外世話好きで、第四話「白い顔」では、道場の高弟と、かつて淡い思い出があった物頭の娘の子女を――ともに再婚であったが――引き合わせ、第八話「梅咲くころ」では、学問にも明るい鉄砲の名手と、藩主夫人に仕えた元の奥女中を――ともに男女間のことで傷ついた過去をもっていたが――引き合わせようとする。これらもまた、「隠居仕事」の一環であったのだろう。

3

第六話「川の音」は、清左衛門が小樽川で釣りに興じた日の模様からはじまっている。上流まで遡(さかのぼ)ったおかげであろう、大物のウグイと鮎(あゆ)が釣れ、上機嫌で帰路につく。

出がけに、倅(せがれ)の嫁・里江が「たくさん釣っておいでなさいませ。夜食のあてにしておりますよ」という。本気であてにしているのではあるまいと思いつつ、「清左衛門の年齢になると、そういうささいなことにも、ふと幸福感をくすぐられることがあった」。その逆も含めて、人の心理とはきっとそのようなものであろう。

川岸に沿って帰る途中、急流部で立ちすくみ、助けを求める女と子供を見つける。清左衛門は「動くなよ、いま助ける」と叫びつつ、川に降りた。村の農婦おみよとその子で、幸い無事に救出することができた。

そんなことがあって、以降、清左衛門がおみよ宅に寄ったり、おみよが清左衛門宅に野菜を届けたりと、ささやかな交流が生まれていく。

そんな日、清左衛門宅に、不審な客が訪れた。近習組の黒田欣之助と名乗り、おみよとの会話内容を訊き出そうとする。清左衛門は不快に思い、「何かの訊問かの?」と問い返すが、「後あとまずいことになるかも」「以降お近づきにならぬよう」と要領を得ない。

ふと思い返すことがあった。水難のさい、橋上に菅笠をかぶった「黒い人影」があったが、親子を救出しようともせず、ただ監視している風なのだ……。不快な気分を残したが、その延長上にある客のようだった。

おみよによれば、村の「大地主〔多田〕掃部（かもん）さまのお屋敷」に「大切なお客さま」があり、台所の手伝いに出向いた日があったとか。そのさい、偶然、客の顔を見てしまう。見知らぬ人であったが、人相を耳にして、筆頭家老の朝田弓之助および藩主の弟で旗本になった石見守（いわみのかみ）であることが清左衛門にはわかった。

藩内、朝田派と前筆頭家老・遠藤治郎助派の抗争が激化していた。朝田派にとって掃部宅での会合は秘匿せねばならぬ事柄だったのだろう。故に、目撃者の見張りを続けていた……と解すれば、一連の事態の説明がつく。

川で、不審な水死者も生まれていたが、これもかかわりあることなのだろう。

おみよが取りたての秋茄子（あきなす）などを届けてくれた日、万が一と思った清左衛門は、村へ帰るおみよを送って同道する。尾行者がいて、道を阻まれた清左衛門は、怒気を込めて言った。

「たかが隠居と侮らぬ方がよい。三屋清左衛門、まだ藩の中に知己もおれば、頼みこむ筋もにぎっておる。おみよに不審なことが出来たときは、どこまでもあばき立て、そなたらに命じた者が身の置きどころを失うまで追いつめてやるぞ。さよう心得て……」。

尾行者は動揺して背を向けた。そこへ、手配していた道場の高弟・平松与五郎がやって来た。

「やあ、助かった」「〔おみよ宅で〕うまい梨でも馳走になって帰ろうではないか。少少喉がかわいた」と、清左衛門が平松を誘って村に向かうところで第六話は終わっている。

朝田派と遠藤派の抗争模様は、ところどころ顔を出す。無派閥で通してきた清左衛門であったが、物語の進行とともに、徐々に遠藤派に肩入れしていく。

本作の執筆時、長女の展子(のぶこ)は遠藤崇寿(ただし)と婚約中で、やがて結婚する。遠藤は当時、婦人服販売の会社に勤務していて、展子が作家の娘とは知らなかったという。後日、大学に入り直し、修士課程を経て学芸員の資格を取得し、藤沢周平の著作権管理の仕事をしていく。出版社の編集者は遠藤の仕事ぶりを「緻密流(ちみつ)」と評したが、細部まで行き届いた仕事ぶりに私も感服したものだった。

藤沢にとって〝遠藤〟は近しい名字となった。だからというわけでもあるまいが、本作が進行するにつれ、朝田派が悪玉、遠藤派が善玉という色彩を強めていく。お父さん、気を遣ってくれたのかな――と、展子と遠藤は笑い合ったものだった。

4

第七話は「平八の汗」。

清左衛門は道場通いを再開した。少年たちに基本の型を教えると、自身の稽古に移る。その日、相手をつとめたのは、道場でも五指に入る若手藩士であったが、身体の動きよく、二度ばかり、若手を羽目板に追いつめた。こうほめられる。

「いや、お若い。身体の動きも、技もです」

「年寄りを喜ばせようと思って、そんなことを言っておるな」

「いえ、本音です。もう少しでこっちが負けるところでした。むかし取った杵柄（きねづか）ですかな、三屋さま」

社交辞令とはわかっても、気分はいい。

帰り道、大塚平八と出くわす。清左衛門に頼み事があって、探し歩いて来たという。

二人は同世代、少年期には同じ道場に通っていた。平八は丸顔で色黒、あだ名は「たぬ平」。家は代々御右筆（ごゆうひつ）衆で、祖父は御右筆頭をつとめたが、父の代で不祥事があり、家禄を減らされた。そういう事情もあってか、平八の勤めぶりは小心翼々（しょうしんよくよく）だった。

ともに歳月を重ね、隠居の身となり、平八の髪は白くなっていた。跡取りの平三郎も右筆となり、いまは江戸詰めという。

日が落ちると空気が冷えてくる。小料理屋「涌井（わくい）」で、蟹（かに）の味噌汁で熱い燗酒（かんざけ）をやればうまかろう。「近年みつけた酒のうまい店がある。つき合え」と、清左衛門は旧い道場仲間を誘った。

平八の用件は、かつての父のしくじりにかかわって、家老を紹介してほしいとのことだった。清左衛門の人脈はいまも生きている。派閥色の薄い実務派の老家老、間島弥兵衛が適当であろうと思い、紹介状を書くことを約した。

酒席で、平八は汗をかいた。それも、頭から湯気がたつようなひどい汗なのだ。話が一段落してようやく汗が引き、二人はしたたかに酒を飲んだ。

後日、清左衛門は、こんな声を耳にする。

「大塚平三郎は、御叱り（おしかり）で済むらしいな」

「おやじの平八が、どういうツテあってか間島家老に直訴嘆願したのが利いたらしい」

――などと。

どうやら平八は、往時の父ではなく、倅の失態事を繕（つくろ）わんとして清左衛門ルートを使ったようなのだ。失態とは、上司の指示で公文書を作成したさい、重大な瑕疵（かし）があったらしい。

結果として、清左衛門は平八にたばかられ、また間島をたばかったことになる。間島に詫びを入れると、「おぬしの紹介とあれば会わぬわけにはいかん、またきつい処分も出来かねた」「しかし大塚平三郎の今回のような失敗は、一度身にしみれば二度は犯さぬものだ。軽い処分にとどめてよしと判断した」といわれ、深々と頭を下げた。

真相がわかっても、清左衛門は平八を呼びつけて文句を言ったりはしなかった。御礼というよりはお詫びのつもりらしく、平八からとどいた鱈（たら）も黙って喰った。清左衛門の前で盛大に汗をかいたとき、平八は平八でつるぎの刃わたりを演じたのだと思いあたったからである。小心翼翼と家を守ってきた来た平八の、あれは最後の力をふりしぼって仕かけた一世一代の大勝負だったのではなかったか。

清左衛門は〝大人の応対〟でもって事を収めたのである。

5

第十二話「夢」は、清左衛門の往時の記憶にかかわる顚末記。

折々に見る嫌な夢がある。御近習組にあった頃、逸材で、清左衛門のライバルでもあった小木慶三郎とおぼしき人物が登場する。

往時、慶三郎より藩に再婚の許可願いが出され、相手は組頭の娘で、家禄は小木家より相当上だった。そのことにかかわって、藩主より、啓三郎が前妻と離縁した理由をただされたことがある。「諸説がありますが……」と言葉を濁すと、さらに促され、「上士の宮内さまと縁をむすびたいがために、小木は先の妻女を離縁したと申す者もおります」と答えたが、陰で同僚の、定かならぬ悪口を言ったという後味の悪さを残した。

その後、慶三郎は御近習組勤めを解かれ、藩主の「思召しにより」郡奉行支配の郷方勤めに左遷された。以降、地味な村回りに終始し、代官で勤めを終えた。ひょっとして、自身の〝告げ口〟が慶三郎のつまずきに一役買ったのではないか……。彼への「競争心」があったのも確かであった。

やがて、このような出来事は忘れていったが、現役を退いてから夢に出て来る。かさぶたの下に隠れていた古い傷は消えずに残っていたのである。

いつまでも寝ざめの悪い思いを引きずりたくはない。思い切って清左衛門が慶三郎宅を訪ねると、村回りの名残であろう、慶三郎は日に焼けた農夫のごとき風貌になっていた。およそ二十年ぶりの再会だった。

往時の事柄に話を向けると、慶三郎は、もう前妻も亡くなったのでと断わりつつ、江戸詰めが終わって帰国した時期、前妻の密通が発覚して……と、離縁と再婚の私事を話してくれた。

雪が降りつのる帰り道、清左衛門は「卑怯ものめ！」と、己を責めた。やはり、根も葉もないうわさ話を藩主の耳に入れたのだ。そのせいで慶三郎は……。

馴染（なじみ）の小料理屋「涌井」で酔いつぶれ、雪のせいにして泊まった。この夜は、おかみ・みさの「いい匂い」が残る、良き夢を残してくれたのであるが——。

後日、清左衛門は、元御近習頭取より、〝朗報〟を耳にする。慶三郎の左遷について、藩主の言を書き留めていた日記が見つかり、こう記されていたという。

「〔中略〕重職ノ意見取次ギニアタリ越権ノ行為アルヲ咎メラレシモノナリ」

少なくとも、己の〝讒（ざん）〟によって左遷されたのではなかった。清左衛門は密かに、安堵の念を覚えたのである。

誰しも、思い込みによる苦い——ときにはその逆の——おぼろげな記憶はあるものだ。そんな人の歩みの一齣（ひとこま）をすくった一篇。

6

物語が進行するにつれ朝田派vs.遠藤派の帰趨が見えはじめ、第十四話「闇の談合」最終十五話「早春の光」で決着する。

村の農婦おみよが目撃した日の会合も、家老・朝田弓之助および藩主の弟・石見守が、大地主・多田掃部より資金提供を受けるための密談だった。さらに、次期藩主にわが子を就けるべく、藩主のお世継ぎ毒殺を企図した石見守が、露見をおそれた朝田派によって逆に毒殺されたことも判明していく。

農婦を監視していた「黒い人影」にかかわって清左衛門を脅してきた朝田配下の一人、黒田欣之助は毒殺事件にも関与していた。大坂の蔵屋敷への転勤を命じられるが、口封じであろう、途中の旅路で横死している。

一連の事態を調べ上げた切れ者、現藩主の用人・船越喜四郎に誘われ、清左衛門は朝田邸へ同行する。その折り、藩主の意を受けた用人は、朝田に対し、執政からの退任、減石・隠居の処分が下されるであろうと申し述べた。穏便と思える措置は、石見守が徳川の旗本になっており、秘密裏に事をおさめることも考慮されていた。

さまざまな動きがあって後、前家老の遠藤治郎助が筆頭家老に返り咲く。両派の争いで、清左衛門は表立って動くことはなかったが、遠藤の屋敷に呼ばれ、感謝されたりもした。ただ、争い事には関心が薄れ、「わしは、隠居だからの」と思う清左衛門なのだった。

年月とともに、人は老い、元の同僚たちも鬼籍に入っていく。清左衛門にひと時の「快美な記憶」を残してくれた「涌井」のおかみは、事情ありて故郷の隣国に帰るという。後を店の女中頭が継いだが、酒の肴が「どこがどう変わったということもないのに」微妙に違っている。時は流れ、すべては移り変わっていく。

「平八の汗」で登場した大塚平八は、中風となった。見舞いに出向いた清左衛門は、杖をつきながら路上で歩行習練に励んでいる姿を見かけ、いそいでその場をはなれた。

人間はそうあるべきなのだろう。衰えて死がおとずれるそのときは、おのれをそれまで生かしめたすべてのものに感謝をささげて生を終ればよい。しかしいよいよ死ぬるそのときまでは、人間はあたえられた命をいとおしみ、力を尽して生き抜かねばならぬ、そのことを平八に教えてもらったと清左衛門は思っていた。

家に帰りつくまで、清左衛門の眼の奥に、明るい早春の光の下で虫のようなしかし辛抱強い動きを繰り返していた、大塚平八の姿が映ってはなれなかった。今日の日記には平八のことを書こう、と思った。

「早春の光」の一節であるが、そのまま、藤沢の死生観に連なるものと受け取ってさしつかえないのだろう。

このくだりにかかわって藤沢は、城山三郎との対談では「でも、本になってから恥ずかしくなりましてね、あんな利いたふうなことを書かなきゃよかったと、いまだに頭の隅に引っかかっているんです」と語っている（「日本の美しい心」『オール讀物』一九九三年八月号）。これまた、人生訓や啓蒙的なことを記すことに禁欲的――シャイというべきか――だった藤沢らしい発言であるが。


本作中、清左衛門と友人の町奉行・佐伯熊太が、しばしば「涌井」で示し合わせて一献傾ける。隠居仕事の打ち合わせであったり、藩内の情報交換であったり、たんに飲みたくなったり、して。

酒の肴類、いかにも旨そうだ。多くは季節ごとの郷土料理であるが、こんなところにも藤沢の〝郷土愛〟の一端がうかがわれる。

赤蕪（あかかぶ）の漬け物、茗荷（みょうが）の梅酢漬け、小鯛の塩焼き、山菜のこごみの味噌和え、筍（たけのこ）の粕汁（かすじる）、鱒（ます）の焼き魚、はたはたの湯上げ、茸（きのこ）のしめじ、風呂吹き大根……などなど。

店から二人を送り出しつつ、涌井のおかみが、次回は鱈汁（たらじる）など用意しましょうという。

「鱈汁！　それはまたこたえられんだろう、なあ三屋」

「いそぐにはおよばん」

と清左衛門は言った。

「霰（あられ）もみぞれも降って、もう少し寒くなってからの方がいい。それ、鱈は何とか言うではないか、ええーと」

「寒鱈(かんだら)か。三屋、貴様少し酔ったな」

しかし、そう言う佐伯も足もとが揺れている。

——JR鶴岡駅近くの、小料理屋のカウンターに座った夕がある。小雪のちらつく日で、ふと「寒鱈」という二字がよぎって注文してみたところ、味噌仕立てのアラ煮が出てきて、なかなかの美味だった。当地では「どんがら汁」というらしい。旅先の余禄、であった。

第十八章　集大成的な作品――『蟬しぐれ』

1

藤沢周平は、架空の藩、海坂藩を舞台に数多くの作品を書いたが、最後の長篇士道小説となったのが本作『蟬しぐれ』であり、集大成的な作品ともなっている。初出は『山形新聞』夕刊などで、掲載は一九八六年七月九日～八七年四月十三日。

主人公は牧文四郎。普請組の軽輩、牧助左衛門の養子で、登場時の年齢は十五歳である。母・登世は実父の妹、叔母であるが、やや堅苦しい性格で、文四郎は「血のつながらない父親の方を敬愛していた」「父の助左衛門は寡黙だが男らしい人間だった」とある。

居住地は普請組の組屋敷で、家屋は小さいが敷地は広く、立木に囲まれ、各家々、菜園を設けている。裏手は五間川の支流が澄んだ小川となって流れていて、住人たちはこの川で物を洗い、汲んだ水を菜園にそそぐ。

本書の大部分は、文四郎の少年期から十代後半期にかけての日々で、若者の成長物語となっている。

文四郎は、午前は居駒塾で経書や詩文を学び、午後は空鈍流の石栗道場で剣術修業に励んでいる。朝食を済ますと、木版刷りの経書とにぎり飯の入った風呂敷を小わきに抱え、肩に竹刀と稽古着を担いで家を出る。剣術の筋はいいようだ。

塾と道場。気の合う仲間がいて、一人はひとつ年上の小和田逸平。お遊びごとの兄貴分でもあって、後日、小姓組に所属する。もう一人は島崎与之助。剣術は不得意だが、秀才で、江戸へ学問修業に旅立つ。後日、藩校の助教になる。三人は——文四郎の不遇な時代も含め——親しい友人であり続けた。

若者に、まずは平安の日々が流れていく。冒頭近く、早朝の風景描写がある。

　文四郎は顔を洗ったついでに、濡らした手ぬぐいで首筋から胸、腕とぬぐった。すると夜の間にむし暑くて汗ばんだ肌がさっぱりした。快い解放感に満たされながら、文四郎は小川のむこう側に広がる田圃を見た。

　いちめんの青い田圃は早朝の日射しをうけて赤らんでいるが、はるか遠くの青黒い村落の森と接するあたりには、まだ夜の名残の霧が残っていた。じっと動かない霧も、朝の光をうけてかすかに赤らんで見える。そしてこの早い時刻に、もう田圃を見回っている人間がいた。黒い人影は膝の上あたりまで稲に埋もれながら、ゆっくり遠ざかって行く。

ごくなんでもない田園風景であるが、藤沢の脳裏に残る農村の風景であるように思える。あるいは、茄子(なす)畑にかかわる一文。

文四郎ははだしで、菜園の茄子に水をやっていた。茄子畑は菜園の隅のたった三畝(うね)だけだが、まだ紫の花をつけ、つややかないろをした実がいっぱいになっている。親子三人の家なので、三畝の茄子畑からは毎日浅漬けや汁の実にしてたべた上に、秋には冬にそなえてひと樽(たる)の塩漬けが出来るほどの実がとれた。

しかし茄子畑ほど水を吸う土はない、と文四郎はいつも思う。茄子はたくさん水をやらないと、うすくて張りのある皮、うまい実が出来ないと言われている。そこで朝に夕に水をやるのだが、茄子畑はまるで砂地のように水を吸い取るので、文四郎は桶(おけ)をさげて少なくとも四、五回は裏の小川と菜園を往復しなければならない。〔中略〕

雑木の中で蟬が鳴いていた。文四郎は全身に汗をかいていたが、はだしの足のうらだけは気持ちよくつめたかった。

このような描写にも、藤沢自身の記憶が込められているのかもしれない。藤沢が農家の出身であったことを改めて想起する。

このことは、藤沢自身、少年期を振り返ったエッセイ「聖なる部分」(『作文と教育』一九八八年九月号)の中で触れてもいる。

そしていったん外に出れば、そのころはいたるところに遊びの種があった。草笛を鳴らし、笹舟をつくり、スカンポや野イチゴを喰べ、木にのぼってスモモを喰い、ヨシキリの巣をさがし、ムクドリの巣から子供をさらい、メダカやドジョウを捕った。〔中略〕子供のころに、自然の感触を身体でたしかめるような時期がなかったとしたら、小説を書いたところで、一行だってまともな自然描写など出来るはずがないと思うからである。

これ以前、藤沢の風景や情景描写の豊かさについて触れてきたが、その源(みなもと)が、少年期に刷り込まれた記憶にあったことを改めて想起するのである。

2

本作の初出は新聞連載であるが、エッセイ「新聞小説と私」の中で、藤沢がこんなふうに書いている箇所がある(『三友月報』一九九一年八月十五日)。

『蟬しぐれ』は、一人の武家の少年が青年に成長して行く過程を、新聞小説らしく剣と友情、それに主人公の淡い恋愛感情をからめて書いてみたものだが、じつを言うとこれが苦痛で苦痛で仕方がなかった。何が苦痛かというと、書けども書けども小説がおもしろくならないのである。会心の一回分などというものがまったくない。

続いて、「読者もさぞ退屈したことだろうと私は思った」とある。ところが一冊の本になると、「少しは読みごたえのある小説になっていた」「新聞小説には書き終えてみなければわからないといった性格がある」と記している。

本作の前半、たしかに後半部の活劇模様と比較すれば展開は地味だが、私は「退屈」とは感じなかった。とりわけ副主人公、ふくの登場するページは印象的だ。

ふくは、同じ普請組に属する隣家の娘で、文四郎の三歳年下である。

朝、小川の洗い場で、文四郎はふくの悲鳴を耳にする。ふくの足もとから蛇が身をくねらせて逃げていく。

青い顔をして、ふくが指を押さえている。

「どうした？　嚙まれたか」

「はい」

「どれ」

手をとってみると、ふくの右手の中指の先がぽつりと赤くなっている。ほんの少しだが血が出ているようだった。

文四郎はためらわずにその指を口にふくむと、傷口を強く吸った。口の中にかすかに血の匂いがひろがった。ぼうぜんと手を文四郎にゆだねていたふくが、このとき小さな泣き声をたてた。蛇の毒を思って、恐怖がこみ上げて来たのだろう。

「泣くな」

唾を吐き捨てて、文四郎は叱った。唾は赤くなっていた。

「やまかがしはまむしのようにこわい蛇ではない。心配するな。それに武家の子はこのぐらいのことで泣いてはならん」


翌朝。ふくは文四郎を見ると、襷をはずして礼を言った。「大丈夫だったか」と文四郎が問うと、

「ふくの頬が突然に赤くなり、全身にはじらいのいろ」を浮かべた。

夏。ふくの母に頼まれ、文四郎はふくを連れて熊野神社の夜祭りに出向く。


「飴を喰うか」

文四郎が聞くと、ふくは眼をみはり、すぐにはげしく首を振った。

「遠慮するな。金はあるんだ」

と文四郎は言い、間もなく前に来た飴屋から、水飴をひと巻き買ってふくにあたえた。ふく

は夜目にもわかるほど顔を赤くしたが、やがて文四郎の背に隠れながら水飴をなめた。

——まだ、子供だ。

と文四郎はふくを思った。

牧家の禄高は二十八石二人扶持。貧しかったが、ふくの家はなお五石少ない。帰宅した文四郎が、門のところで、牧家で借りた米を袖に隠したふくとすれ違う日もあった。

はじらい、つつしみ、けなげ……そんな言葉が浮かんでくる。藤沢は、質朴で気立てのいい少女を描くに長けた書き手だった。

3

嵐が来襲した夜、父・助左衛門は不在で、文四郎が代役として普請組の一員に加わった。五間川があふれ、各所で出水している。これ以上の被害を防ぐため、柳の曲がりの堤を切るしかない——というのが奉行助役の判断だった。現場で作業がはじまろうとしたとき、駆けつけた父の声が聞こえた。

切開の場所を、上流の鴨の曲がりに変更して頂きたい——。柳の曲がりの堤を切れば、金井村の取り入れ前の稲田がつぶれてしまう。鴨の曲がりなら荒れ地への流入で済む……。助役は進言を受け入れ、切開箇所を変更する。

――おやじはすごいな。

と、文四郎は走りながら思っていた。父・助左衛門は家の中ではあまり物をしゃべらず、登世や文四郎に何か言うときは低くやさしい声で話す。そんな父が気迫のこもる熱弁をふるって、十町歩の稲田をつぶす柳の曲がりの切開を阻止したことが、文四郎の胸を熱くしていた。

夏の日、城下の所々、槍を手にした一隊が駆けていく。異変が起きたようだ。藩士たちが監察に捕らえられ、拘禁されたという。助左衛門もその一人で、政変だった。

藩士十二人に切腹の沙汰が下る前日、文四郎は父が収容されている寺に面会に出向く。会って、何をいうべきか。文四郎にはわからなかった。

「父上、何事が起きたのかお聞かせください」

と文四郎は言った。だが助左衛門はすぐには答えなかった。少し沈黙してから言った。

「それは、いずれわかる」

「……」

「しかし、わしは恥ずべきことをしたわけではない。私の欲ではなく、義のためにやったことだ。おそらくあとには反逆の汚名が残り、そなたたちが苦労することは目に見えているが、文四郎はわしを恥じてはならん。そのことは胸にしまっておけ」

「はい」

寺の門を出ると、密集する木木から蝉の声が降ってくる。涙が頬を伝うのを感じつつ、不意に、父にいいたかった言葉が溢れてきた。

ここまで育ててくれてありがとう、母よりも父が好きだった、あなたを尊敬していた……。父に言われるまでもなく、母のことは心配いらないと自分から言うべきだった。父はおれを、十六にして未熟だとは思わなかったろうか……。

翌日、文四郎は、借り出した荷車に父の遺骸を載せ、梶棒(かじぼう)を手に、町中を抜けた。途中、悪童たちとすれ違ったさい。「ほう、罪人の子が死人をはこんで来たぞ」「しっかりせんか、牧文四郎。腰がひょろついでいるぞ」という嘲り(あざけ)の声が聞こえた。

登り坂を登って喘(あえ)いでいると、組屋敷の方から小走りに駆けて来る少女の姿があった。確かめるまでもなく、ふくだとわかった。

ふくはそばまで来ると、車の上の遺体に手を合わせ、それから文四郎によりそって梶棒をつかんだ。無言のままの眼から涙がこぼれるのをそのままに、ふくは一心な力をこめて梶棒をひいた。

4

父は切腹、家禄は四分の一に減らされ、狭い長屋への転居を強いられた。文四郎は母と二人、ひっそりと暮らしていく。「捨て扶持」で養われ、前途に明かりはない。行き来してきた親戚も訪ねて来ず、「罪人の子」を白眼視する世間の視線には黙って耐えるだけだ。

わずかに、友人の小和田逸平と江戸滞在中の島崎与之助が変わらぬ友誼で接し続けてくれた。文四郎が石栗道場の稽古に打ち込んだのは、それ以外に拠り所がなかったからである。ライバルとされる相手に挑まれると受けて立ち、打ちのめした。「日ごろ胸の奥深く隠れている荒涼としたもの、父の死以後の変化が胸にきざみつけた不遇感が、荒荒しく前に出て来る」のだった。

そんな日、帰宅すると、母が「〈ふくさんが〉急に江戸に行くことになったと、挨拶にみえた」という。ふくが親にもいわず、自身の判断で、やって来たであろうことがわかる。文四郎はあわてて追いかけるが、見当たらない。それが、ふくとの長い別れとなった。

時を経て、「殿さまのお手がついた」「側女(そばめ)になった」……という声が聞こえてくる。ふくは手の届かない、遠いところに行ったのだと思う。

蛇に嚙まれたふく、夜祭で水飴をなめていたふく、借りた米を袖にかくしたふく……。内気でおとなしく、それでも一点、芯に強いものを宿した少女だった。刻まれた記憶が消えることはない。けれども、ふくとのことは終わったのだ——。

こみ上げてくるのは、「自分でもおどろくほどにはげしい、ふくをいとおしむ感情だった」。そして「文四郎が何ものかを失ったのはたしかだった」のである。

文四郎が元服を終えて間もなく、筆頭家老・里村左内より呼び出しがかかった。父を切腹させた張本人が何用なのか――。夜、家老宅を訪れると、小柄な老人は「牧文四郎を旧禄に復し、〔二年後〕郡奉行(こおりぶぎょう)支配を命ぜられること」という意外な沙汰を口にした。何故であるのは不明だが、ともあれ朗報だ。母がさぞ喜ぶだろうと、文四郎は夜道を駆け帰った。

　道場で屈指の遣い手となっていた文四郎は、熊野神社で行われる奉納試合の代表に選ばれ、ライバル道場、一刀流・松川道場の俊英と争い、勝利を収める。

　老道場主は、秘剣「村雨(むらさめ)」を伝えるという。伝授者は、道場の大先輩で、往時、名家老と呼ばれた加治織部正(おりべのしょう)。藩主の叔父にあたる名門の出である。夜半、加治の広い屋敷を訪れると、秘伝教授に先立ち、一連の政争模様も解き明かしてくれた。

　藩内では、藩主の世継ぎ問題もからみつつ、里村及び前中老の稲垣忠兵衛派と次席家老・横山又助派の抗争が続いてきた。里村・稲垣派が優位となり、横山派に属した助左衛門らは敗者となり、「反逆者」という汚名を着せられ、罰せられた、と。

　牧家が旧禄に戻されたのは、嵐による川の氾濫の際、稲田を救った助左衛門に対して、金井村などより助命嘆願書が出されており、遺族救済の声が高まって、とのことだった。政変以降、藩内で、苛烈な処分への批判が残り続けていたのも確かだった。

　文四郎と母の住居は、郡奉行支配の組屋敷が並ぶ一軒に移る。文四郎が上司となる郡奉行に挨拶に出向くと、「里村さまは策略の多い方だ。油断せぬことだ」と助言される。加治もまた「油断するな」と言った。抗争は続いていく。

文四郎は二十歳になり、村々を歩く郷村出役見習いの仕事を習い覚えていく。村人に会い、田に入り、作物の出来具合を調べる。農の世界は奥深く、年に一回、「やり直しのきかない真剣勝負」だった。山村や河川の見回りもある。父の助命嘆願書を取りまとめてくれた金井村の藤次郎とも交流していく。

金井村のはずれに、藩主家の別邸「欅御殿」があった。ここに「お福さま」が密かにかくまわれ、「御子」を産んだという。

文四郎宅に、里村家老の家士が来て、屋敷まで同道してもらいたいという。不吉な予感を抱きつつ出向くと、奥の座敷には稲垣忠兵衛も同席していた。里村は暗に、旧禄に戻してやったという恩を着せつつ、「御子をさらって来い」という異様な藩命を申しつける。文四郎とお福さまが幼馴染みであることも知っていた。

文四郎は命に潜む悪辣な罠を見抜く。文四郎を暗殺者に仕立て、混乱の中で御殿の人々を殺め、横山派の使嗾によるものと思わせる……。そうはさせぬ――。

御殿では、白刃を手にした覆面の男たちとの争闘となったが、何とか斬り伏せ、お福さまと御子を無事に連れ出す。いったん藤次郎宅に避難し、さらに小舟で五間川を下って城下に入り、加治の屋敷へと逃れ、かくまわれた。

ふくとは五年ぶりの再会だった。頬が痩せ、凄艶な顔になっていたが、ふくはふくだった。芯の強さも、文四郎への信頼と好意も――。

藩内の情勢は一気に逆転した。権力は横山派が掌握し、里村は領外永久追放、稲垣には郷入り処分が下る。

文四郎は里村が放っていた刺客を「村雨剣の受けの太刀」で打ち破り、ようやく、平安の日々が訪れる。

5

二十年余が過ぎた――。

真夏の日の昼、杉の植林視察を終えた郡奉行・牧助左衛門（文四郎改め）が宿所の代官屋敷に戻ると、一通の封書が届いていた。小さな港をもつ漁師村、簑浦（みのうら）の湯宿・三国屋の番頭が滞在客より預かったものという。「牧助左衛門様」とあるだけで、署名はない。

万一の幸運を頼んでこの手紙をとどけさせる、二十日には城にもどる心づもりに候――。助左衛門の顔から血の気が引いていく。「お福さま」が寄こしたものだった。二十日といえば今日だ。助左衛門は馬を駆って宿へと急いだ。

海が見える部屋にお福さまはいた。四十を越えているはずだが、「城奥の支配者」となって久しく、地位が人をつくるのであろう、「優雅な気品」が現れていた。二人は昼食を前に、近況を語り合う。

湯宿に滞在して五日目という。城に戻る今朝になって、手紙を寄こす。やはりそうか……と助左衛門は思う。お福さまも逡巡の末に決断し、運にゆだねて、ぎりぎりの時間帯になって連絡してきたのだ、と。

お福さまは藩主に先立たれ、子は大身の旗本の養子となり、独り身の境遇だ。近々、髪をおろし、尼僧になるという。

往時の思い出も出た。

ふくは江戸に向かう前、転居した文四郎宅を訪ねたが、会えぬままに終わった。江戸に行くのが嫌で、文四郎の母に文四郎さんのお嫁にしてくださいと頼むつもりで出向いたのだが、とても言い出せない。暗い夜道を、泣きながら帰ったという。

あのころのお友人は、その後どうなさっておられますか、とお福さまが助左衛門に訊く。島崎与之助は藩校の教授に、小和田逸平は御書院目付となっている。逸平には八人の子がいますと答えると、お福さまは声を立てて笑った。

助左衛門も二児の父となり、長子は小姓組見習い、娘も嫁にやるべき年頃となっていた。


「文四郎さんの御子が私の子で、私の子供が文四郎さんの御子であるような道はなかったのでしょうか」

いきなり、お福さまがそう言った。だが顔はおだやかに微笑して、あり得たかも知れないその光景を夢みているように見えた。助左衛門も微笑した。そしてはっきりと言った。

「それが出来なかったことを、それがし、生涯の悔いとしております」

「ほんとうに？」

「……」

「うれしい。でも、きっとこういうふうに終わるのですね。この世に悔いを持たぬひとなどいないでしょうから。はかない世の中……」

まるで悔いのない人生などない――それが人の世のありようなのだろう。

……ひと時をともにし、お福さまはひと足先に駕籠で宿を発ち、助左衛門もまた宿を出て馬に乗った。


古い手帳を見返すと、二〇〇七年夏、私は鶴岡を再訪している。この折りは、藤沢周平ではなく、詩人・茨木のり子にかかわる取材だった（『清冽』中公文庫）。茨木の故郷は愛知・西尾だが、生母および夫の郷里が鶴岡である。茨木が眠る、鶴岡市加茂の浄禅寺も訪れた。加茂は往時、北前船の寄港地として栄えた港町で、〝簑浦の湯宿〟（湯野浜温泉と思われる）もほど近い。

夏の盛りの日で、蟬の鳴き声がかまびすしい。お寺を出た帰り道、蟬の声に誘われてか、ふっと『蟬しぐれ』のラストのシーンがよぎったことを憶えている。この部分の記述は、新聞連載をはじめるに際してすでに、浮かんでいたように思える。それがあってタイトルも決めたのであろうから。

――あのひとの……。

白い胸など見なければよかったと思った。その記憶がうすらぐまでくるしむかも知れないという気がしたが、助左衛門の気持ちは一方で深く満たされてもいた。会って、今日の記憶が残ることになったのを、しあわせと思わねばなるまい。

助左衛門は矢尻村に通じる砂丘の切り通しの道に入った。裾(すそ)短かな着物を着、くらい顔をうつむけて歩いている少女の姿が、助左衛門の胸にうかんでいる。お福さまに会うことはもうあるまいと思った。

顔を上げると、さっきは気づかなかった黒松林の蟬しぐれが、耳を聾(ろう)するばかりに助左衛門をつつんで来た。蟬の声は、子供のころに住んだ矢場町や町のはずれの雑木林を思い出させた。助左衛門は林の中をゆっくりと馬をすすめ、砂丘の出口に来たところで、一度馬をとめた。前方に、時刻が移っても少しも衰えない日射しと灼(や)ける野が見えた。助左衛門は笠の紐をきつく結び直した。

馬腹を蹴って、助左衛門は熱い光の中に走り出た。

藤沢の著作の中でも、とりわけ記憶に残る情景描写である。行間から助左衛門の心境がかすかに伝播してくる。

『蟬しぐれ』が藤沢の代表作として挙げられることが多いのは、一人の若者が、喪失感を抱きつつ、不遇、忍耐、研鑽、決意……のなかで真っ直ぐに成長していく姿への、また歳月を経て噛みしめる〈人生の真実〉への共感が込められているからなのだろう。

第十九章　遠い道程――『漆の実のみのる国』

1

藤沢周平の歴史小説『密謀』で示されているごとく、上杉・米沢藩の窮乏は、「関ヶ原」での敗者・西軍に与したことに起因する。

領土は会津百二十万石から米沢三十万石に、さらに三代目藩主が急死して十五万石へと減封される。往時の八分の一だ。

越後以来、上杉は誇り高き大藩であり、俸禄減俸、新田開発、半士半農などを奨励しつつ家臣五千人体制を維持し続けた。家臣団の数は、西国の雄、福岡（黒田）藩（四十七万石）とほぼ同じであり、ここに窮乏の根本要因があった。

軍用に蓄えられてきた藩の御囲金は豊かであったが、やがて消え去り、江戸や大坂の豪商たちからの借財は十数万両に達していく。参勤交代の費用捻出にも苦慮し、江戸屋敷では屋根が壊れても修繕費が工面できず、藩士たちは室内で傘をさしてしのいだともある。進退窮まり、公儀に対し、「封土返上」が検討されたことも幾度かあった。

八代藩主は上杉重定。謡曲乱舞と贅沢を好み、こまごました治世にはほとんど無関心な殿様だった。「この時期の米沢藩は、君臣、さらにはたくさんの領民がともに乗り合わせた破れ船で、広い海をただよい流れているようなものだった」とある。

世子として、日向の小藩・高鍋家の少年・直丸が養子縁組される。後の治憲（鷹山）である。

直丸の「素読師範」を勤めたのが側医兼儒者の藁科松伯であるが、苛政を強いる藩法・人別銭を進講していると、直丸は伏し目がちとなり、頭を垂れ、やがて袴に落ちる涙が見えた。人別銭とは、財政再建の一助として、家中はもとより町人、農民、江戸詰めの小者まで、藩の構成員にもれなく課せられる人頭税である。松伯がなぜ、お泣きになるのかと尋ねると、少年はこう答えたとある。「それでは家中、領民があまりにあわれである」と。

藁科は、江戸家老で藩政を担う竹俣美作当綱にこんな言葉を残している。

「われわれは、たぐい稀な名君にめぐり会ったのかも知れません」

本作『漆の実のみのる国』は、『文藝春秋』一九九三年一月号から九七年三月号にかけて連載された。上杉治憲を主人公に、困窮する藩を立て直さんとする、飽くなき試みと努力の道程をたどる苦闘史である。

これ以前、藤沢周平は、上杉鷹山を主人公にした中篇『幻にあらず』（別冊小説新潮一九七六年冬季号）を書いている。歴史小説家が、いったん短（中）篇として記した作を、あらためて長篇として書き直すことはあるものだ。

およそ十七年ぶりに再スタートさせた理由について、藤沢はエッセイ「小説の中の事実」（『オール讀物』一九九四年十月号）で、以前の中篇は、「手持ちの資料だけで大いそぎで書き上げ」、年長と思い込んでいた「藁科松伯は老人どころか、門弟の竹俣当綱より七歳も齢下の青年だった」とわかり、さらに「書くべき後半部分を書かずに投げ出してしまった未完成の小説で」などとあり、「ずっと気になっていた」と記している。

そんなこともあって、再挑戦と相成ったのであろう。ただ、結果としていえば、本作もまた、終盤を残して閉じることを余儀なくされた。

藤沢は五十代半ばから自律神経失調症に加え、慢性肝炎に苦しめられていた。肝炎については、若いころの肺結核の手術歴（輸血）に起因していたのかもしれない。根治が得にくい病である。

六十代後半から、藤沢は仕事を『漆の実のみのる国』ほぼ一本に絞っている。休載を挟みつつの連載であったが、最後の仕事となった。

2

治憲は十七歳で家督を継ぐ。三年後、はじめて国元に向かったが、騎乗姿での入部は前例のないことだった。初冬の頃、道中の宿駅では雪が舞いはじめていた。お供の人数分の夜具や食べものが不足しているという。せめて寒気をしのぐためにと治憲は酒を振る舞う。

〔中略〕この処置を終って手焙りのそばにもどった治憲は、物入れから近ごろたしなみはじめた煙草を取り出した。

風と降雪はいよいよ強まるらしく、宿駅を吹き抜けて時おりどっと建物の壁に雪をぶつける風のほかに、谷間のはるか上の方、暗黒の夜空を寸時の休みもなくごうごうと鳴りわたる風の音も聞こえてくる。その音を聞きまた宿の主人が言ったことを思い返しながら煙草をくゆらしていると、心が一方的に滅入ってくるような気がしてくる。これまでは話に聞き、想像の中に手さぐりするだけだった貧しい領国が、闇のむこうにぬっと立ち上がったのを治憲は感じていた。

「これは容易ならんことだぞ」

煙草を口からはなすと、青年君主は小さくひとりごちた。

治憲のただ一つの楽しみは煙草だったという。エッセイで藤沢は、「視察から戻って一服している、あるいは深夜政策を案じてひっそりと煙草を喫っている鷹山を考えたとき、私は急にこの殿さまに好意が動くのを感じた。そこには清教徒のような鷹山でなく、多分に人間くさい鷹山の姿がある」と書いている（「チェリー喫茶室」『週刊文春』一九七五年十一月二十七日号）。

藩主になって間もなく、治憲は藩財政を立て直すための「大倹令」を発し、自身、食事は一汁一菜、着る物は木綿以外身につけず、生涯それで通した。

藩内で「七重臣の強訴事件」なるものが起きる。治憲が打ち出す藩政改革、緊縮財政、慣習の打破に反発する守旧派の抵抗で、底流に、小藩より婿入りした藩主を軽んじる気分があった。

大殿・重定は強訴を耳にして激怒、重臣たちを面罵(めんば)し、騒ぎは収まった。「大倹令」においても、重定は治憲の側に立った。「暗君」ともいわれたが、一点、治憲を擁護することにおいては明晰な人だった。


藩政改革の右腕となったのが、江戸および国元の家老に就任した竹俣当綱である。

重定の時代、竹俣は、専制を振るう華美好みの寵臣の謀殺を企(くわだ)てた一人で、さらに重定隠居の工作にも関わった。当然、重定の思し召しは悪かったが、それを押し返す剛腕(ごうわん)の持ち主だった。

治憲の治世下、竹俣の打ち出した藩政再建策は、「領内にそれぞれ百万本、合計して三百万本の漆(うるし)、桑(くわ)、楮(こうぞ)を植え、そこから新たに藩費を賄う金を生み出そうという、米沢藩起死回生の施策を記したもの」だった。

藩の歴史をたどれば、上杉が米沢に押し込められたさい、『密謀』の主人公の一人、直江兼続が換金に結びつぐ作物、漆、青苧(あおそ)(晒(さらし)・縮(ちぢみ)の原料)、桑、紅花などの植え付けを奨励している。知勇兼備の武将、兼続は治世においても手腕を発揮した。

竹俣構想は旧来の規模を遥かに超えるもので、樹芸役場を設け、大々的に植え立てをすすめ、ゆくゆくは純益で年三万二千両、知行に見積もって十六万石、すなわちもとの三十万石に戻すという算盤をはじいていた。

もとより新事業にはカネを要する。竹俣は豪商たちと交渉を重ねて負債整理を行い、新規事業への資金も確保した。

十年、二十年後には、この国は漆の実がみのる、豊かな国になるであろう――治憲もまた夢見るときがあった。

左腕として治憲を補佐したのが小姓頭の莅戸九郎兵衛善政（のぞきくろべえよしまさ）。卓抜な企画立案の才はなかったが、慎重、緻密、篤実な気質の持ち主で、ねばり強くもあった。

恒常的な貧困は士風の減退を招く。治憲は武芸稽古所を、さらには莅戸を総監とする学館・興譲館を開設した。すでに家臣からの家禄の借り上げは常態化していたが、莅戸は「一回限りであっても銀方の返済をしてやりたい」と具申し、実現させている。

わしの策は天空を行き、莅戸の策は地を這（は）う――と、竹俣は思う日があった。

3

治憲の治世、幕政の老中でいえば田沼意次（おきつぐ）から松平定信の時代であるが、旧来の米作を土台とする農本主義が崩れ、商品経済が進行していく時代だった。どの藩も豪商から借財を重ね、その返済に苦しんだ。

とりわけ米沢藩は、石高に比して過剰な家臣団に加え、旱魃（かんばつ）、天明の大飢饉、大火による江戸屋敷の焼失、幕府よりの普請……などが続き、そのつど乏しい貯蓄も消え、借財が増していく。米沢は盆地の山国であり、港をもたないことが、隣国の庄内藩と比しても、流通面でハンディを背負っていた。

藩の財政改革の切り札とされた漆であったが、漆蠟（うるしろう）は江戸で一定のシェアを確保しつつもそれ以上は伸びず、植え付けも構想通りには進まない。後発の西国産の櫨蠟（はぜろう）（白蠟）の品質が優れていて、商品として劣勢になっていったからである。

竹俣は藩政改革の旗振り役であったが、徒労感にとらわれ、「疲れ」をもらすことが多くなる。果てしなく続く藩の疲弊――。竹俣が登場するページにおいて、「虚無の思い」「無力感が横切る」「こらえがなくなってきた」「貧乏にも、貧乏藩のやりくりにも飽きただけだ」……といった言葉が見られるが、それは確かに為政者たちの内面をよぎる思いであったろう。

治憲が藩主となって十年を経た頃、竹俣は致仕（ちし）（辞任）を願い出るが、慰留される。が、以降も執政職を逸脱する振る舞いがあり、さらに五年後、解任され、「屋敷押し込め」の処分を受ける。藩祖・謙信の忌日に酒宴を開いたという申し開きのできない失態であったが、どこかで処分を待ち受けていたという気配も残している。

天明三（一七八三）年、奥州諸国は大飢饉に見舞われるが、米沢藩では手厚い対策を講じ、一人の餓死者も出さなかった。が、歳月を経てなお、藩政に明かりは射さず、治憲が田園を見回る日は、こんな風に記されている。

三年前の大凶作のときも、田圃はこんなありさまだったろうかと治憲は思った。そう思ったとき、治憲の胸を何の前触れもなくいきなり悲傷の思いがしめつけた。治憲は天を仰いだ。

――天よ。

と、治憲は思った。いつまでわれらをくるしめるつもりですか。治憲の問いかけに、天は答えなかった。くらくおし黙ったまま、ゆっくりと動いていた。治憲はみだれた息をととのえた。一瞬のかなしみは、たちまち遠くに走り去ったようだった。

治憲は馬上に背をのばした。弱気に身をゆだねている場合ではあるまい、と自分を叱咤したのだ。わずかな間とはいえ、気持をみだしたことが恥ずかしかった。靄の奥にかくれている村村には、今年の不作をさとって恐れおののいている村人がいるはずだった。どのような凶作に見舞われようとも、かれらを飢餓から守るのが為政者のつとめである。いまはそのために、力をふりしぼってあらゆる手を打つべきときなのだと治憲は思い直した。

治憲に特筆すべきは、失意や挫折を重ねつつなお、屈せざる意志力の持ち主であったことだろう。それはまた藤沢が自身に向けて発する内なる声でもあったろう。

治世が二十年に近づいた日、治憲は藩主の座を治広（重定の子）に譲って隠居し、やがて鷹山と名乗った（以下、鷹山）。もとより以降も、藩政への目配りはおこたらない。

莅戸善政も竹俣に殉じる形で藩中枢から退いていた。竹俣・莅戸以降、幾人もの執政が登場したが、いずれも能吏で、超緊縮財政を執った。それ以外に策がなかったといえばそれまでであるが、なんとも「華」がない。

莅戸は、何かあたたかみのある空気を残して去った。「その不思議なあたたかみは何かといえば、まだのぞみはある」ということだったように治憲（鷹山）は思う。藩はいま疲弊している。しかしいつかは枢要に人を得、策のよろしきを得て繁栄をむかえるだろう――そんな希望を善政は残していったように思うのである。

藩政再建の軸は莅戸の他になしと見込んだ鷹山は、根回しを重ね、中老――事実上の執政――として呼び戻す。

莅戸は諧謔（かいぎゃく）の味をもつ人でもあった。興譲館の俊才となっていた長子より、隠居中、父がこんな狂歌を詠んでいると耳にして鷹山は笑ったとある。

「米櫃（こめびつ）を、莅戸（のぞき）て見れバ米ハなし　あすから何を九郎兵衛（喰ろうべえ）哉」

復帰した莅戸は、「十六年の組立て」――改革すべき項目を十六段階に分け、一年に一項目を実施し、その上に次の新規事業を積み上げていく――という着実なる改革案を立案し、実施していく。

本作において、鷹山の晩年の日々は記されていない。藤沢に残された時間がもうなかったからである。

4

長女の遠藤展子（のぶこ）は、父が国立国際医療センター（新宿区）から一時退院した日、短い〝最後の原稿〟六枚を、一階のダイニングテーブルで書いていた姿を記憶している。二階の書斎に上がるのも辛いのだろうなと思っていた。原稿はしばらく『文藝春秋』の編集部に〝預けられ〟た。同センターから藤沢の訃報が流れたのは一九九七（平成九）年一月であるが、その翌月の三月号に掲載されている。享年六十九。

藤沢の絶筆ともなったラストの一文は、鷹山の姿に触れて、こう記されている。

> 米沢に初入部し、国入り前に江戸屋敷から国元にむけて大倹実施を発表したことで、入部するや否やむかえた藩士たちの憤激を買い、嘲罵ともいうべき猛反対の声を浴びてから五十年が経過している。白子神社におさめた大倹執行の誓文。竹俣当綱によって、漆の実が藩の窮乏を救うだろうと聞いて心が躍ったとき、漆の実は、秋になって成熟すれば実を穫って蠟にし、商品にすると聞き、熟すれば漆は枝先で生長し、いよいよ稔れば木木の実が触れ合って枝頭でからからと音を立てるだろう、そして秋の山野はその音で満たされるだろうと思ったのだ。収穫の時期が来たと知らせるごとく。
>
> 鷹山は微笑した。若かったとおのれをふり返ったのである。漆の実が、実際は枝頭につく総（ふさ）

のようなもの、こまかな実に過ぎないのを見たおどろきがその中にふくまれていた。

本作において、米沢藩の財政が好転する時代は書き込まれなかった。それは鷹山の死後で、藤沢のエッセイ「チェリー喫茶室」では、「改革に着手してから、実に三十三年目に、米沢藩は十一万両といわれた借財をことごとく返済し、なお軍用金五千両の貯金を得た。鷹山はその前年に没した」とある。

『藤沢周平と米沢』（鶴岡市立藤沢周平記念館　第十五回企画展図録、二〇一九年）などによれば、財務改善の原動力となったのは、絹織物・米沢織である。

鷹山時代に拡大された桑の植え付け、青苧織、京や越後・小千谷（おぢや）から伝えられた製糸や織布技術、染色、機織（はた）りの内職奨励などが総合して、ようやく実りの時代へと結びついたのである。

結果を得ることではなく、飽くなき努力を重ねる情熱それ自体が、本作の主題であったのだろう。鷹山の微笑は、そんな遠い道程を見詰めたものであったのかもしれない。

山形・鶴岡出身の藤沢にとって米沢は、親近感のある町である。この地への思いに加え、自身、共感を寄せられる主題であることが、最後の執筆を支えた原動力であったのだろう。

5

藤沢周平の作品を追ってきて、折々、この作家の意味するものはなんだろうと思ったりした。その点にかかわって、エッセイの一節に立ち止まることもあった。

「雪のある風景」(『グラフ山形』一九七七年二月号)で、こんな一節が見られる。

作家にとって、人間は善と悪、高貴と下劣、美と醜をあわせもつ小箱である。崇高な人格に敬意を惜しむものではないが、下劣で好色な人格の中にも、人間のはかり知れないひろがりと深淵をみようとする。小説を書くということは、この小箱の鍵をあけて、人間存在という一個の闇、矛盾のかたまりを手探りする作業にほかならない。

それが世のため人のために何か役立つかといえば、多分何の役にも立たないだろう。小説を読んでも、腹が満たされるわけでもないし、明日の暮らしがよくなるわけでもない。つまりは無用の仕事である。ただやむにやまれぬものがあって書く。まことに文学というものは魔であり、作家とは魔に憑かれた人種というしかない。そして、それだけの存在に過ぎないのだ。

文意を理解する手助けに、このエッセイ文の前後を伝えておけば、この時期、藤沢は故郷・鶴岡で「嫌いな」講演を複数引き受け、さらに「衆議院議員選挙に出たO氏の選挙演説会に引っ張り出された」とある。

『続　藤沢周平と庄内』(山形新聞社、一九九九年)によれば、藤沢にとってO氏は山形師範の同窓生で、野党系の候補者で落選したとのことである。

藤沢は、少年期に戦争と敗戦をくぐり抜け、戦後のデモクラシーを新鮮に受け止めた世代である。

同世代人の少なくない人々がそうであったように、藤沢もまた良きリベラリストであったが、時事的な事柄には発言を控える、抑制的な人だった。自身の〈思想〉は、あくまで作品を通じて伝えるという流儀を貫いた作家だった。

そうではあるが、世を渡る上で、義理もあれば友情もある。生涯、ただ一度の選挙応援演説が、旧友の、野党から出馬した落選候補者だったというのも、なんだか藤沢らしく思う。

世のありように直接に関わる政治に比していえば、もとより文学など腹の足しにならぬ「無用の仕事」だ。さらに、人間存在を見詰める作業自体、大仰に語られるべきものではない。「それだけの」ことにすぎない。

かくのごとき論考、いかにも藤沢らしく思えるが、そうではあるけれどもなお——という反語的文意を汲み取ってもいい一文でもあろうと思う。

私は長く、藤沢作品の一読者であったが、別段、作品がそのときどきの人生的テーマに解を与えてくれたことはない。教訓的作品として読んだこともない。覚えてきたのは、静謐(せいひつ)な物語と文体が体内の深い部分に触れてくる感触である。空洞をふさいでくれるごときものを覚える折もあった。癒(いや)されていたのかもしれない。

藤沢は、自作に過剰な意味づけをしない人だった。エッセイ「「美徳」の敬遠」でこう記している箇所がある(『藤沢周平短篇傑作選　巻一』文藝春秋、一九八一年)。

私の小説は、一部をのぞけばある年代のある場所で、しかじかのことがあったという、特定の歴史上の事柄を述べたり、事柄の意味を追求したりするものではない。小説の中に勝手に設定した人びとをぶつけ合って、そこから派生する、ごく人間的な、人生の哀歓とでもいったものを記述すれば足りる。そのつくられた小説世界の中で、作者もいっときの虚構のたのしみを共有出来ればいいので、物語をつくる私の意図は、それ以上でもそれ以下でもない。

これまた藤沢らしい言い回しであるが、一読者である私もまた、そのときどき、ごく人間的な、人生の哀歓といったもの――をふっと共有させてもらってきた。そのことで充分であって、だから読者であり続けてきたのだと思う。

作家という存在は、基軸は動かないにせよ、作風は変容していく。初期なら初期の、後期なら後期の作品のみを好む作家も浮かぶが、藤沢はそうではなく、私にとってずっと好みの作家だった。藤沢もまた作風は少しずつ変化していったが、折々のテーマ性と問題意識が、一読者の年輪とも嚙み合い、作品ごとに強弱はあれ、共鳴感に誘われるものがあった。

本書は、作家として藤沢が出発して以降、転機、展開、成熟、深化、練達、枯淡……へと流れ進んできた歳月を、私の好みの作品を解析しつつ辿ってみたものである。氏の読者にとっては既知のことがほとんどであったろうが、私なりの作品探訪を記してみたかった。

藤沢は、時代（歴史）小説を舞台に、人の世に存り続けるものを主題とした作品を書いたが、〈品性〉に欠く者を主人公にはしなかった。私にとって人・藤沢周平とその作品は、長く、何ものかであり続けてきた。

（了）

あとがき

本書は、時代（歴史）小説家・藤沢周平の仕事跡をたどった文芸批評的な一冊である。月刊誌『中央公論』（二〇二三年五月号〜二四年十月号）誌上の連載に加筆・修正を加えた。

私の仕事領域はノンフィクションを書くことで、もとより文芸批評は素人である。素人芸にたずさわったのは、少々、事情がある。連載開始時でいえば、高齢の母に加え、難病の妻の病が進行し、〝二人介護〟を強いられ、事実上、出歩くことができなくなっていた。というわけで……ということなのだが、それ以上に、一度は文芸批評的な仕事をしてみたかった。やるとすれば、藤沢周平以外、思い当たる作家はいない。

加えて、これまで氏の故郷、山形・鶴岡を歩く機会があり、藤沢の担当編集者や長女の遠藤展子（のぶこ）さん一家との交流があったことも背中を押してくれた。

私が藤沢作品の読者となってもう久しい。短篇・長篇を含め、何度も読み返して飽きない作品があった。作品を好んだ理由は、詰まるところ、藤沢の有する人間観、人生観、世界観……への共感であったと思う。ほのかなユーモアの味も好きだった。

加えていえば、文章の吸引力であろう。藤沢の葬儀にさいして、作家の丸谷才一はこんな弔辞を読んでいる。

《藤沢周平の文体が出色だつたのは、あなたの天賦の才と並々ならぬ研鑽によるものでせう。あなたの言葉のつかひ方は、作中人物である剣豪たちの剣のつかひ方のやうに、小気味がよくしやれてゐた。粋でしかも着実だつた。わたしに言はせれば、明治大正昭和三代の時代小説を通じて、並ぶ者のない文章の名手は藤沢周平でした》

時代小説の読書量は限られた私ではあるが、賛意を覚えた次第である。

これまで、藤沢作品の多くは文庫本で読んできたが、未読の作品にも目を通したく思い、雑誌連載中、仕事場か寝床で『藤沢周平全集』（全二十六巻、文藝春秋）を読み続けた。奥深い小説の森をさまよいつつ、ふっと森林浴をしているごとき感触を受けたりもした。多分に、藤沢のもつ文体に由来していたのだろう。

連載中、左大腿骨転子下を傷め、入院生活も挟まり、少々多難の月日ではあったが、藤沢作品に接することで、どこかで救われるごときものを覚えたりした。癒されていたのかもしれない。

本書は、私のお気に入りの、あるいは藤沢にとって節目となる作品を選び出し、作品成立の背景や藤沢の人生模様の一端を探りつつ、文芸批評的記述を試みたものである。

すでに作家・藤沢周平論は複数あり、屋上屋を架すことになるやもという危惧も抱いたが、私なりの藤沢論を書いてみたかった。藤沢ファンにとっては既知のことがほとんどであろうが、もし何らかの示唆に値するものを含んでいると感じていただければうれしく思う。

本書の刊行まで、多くの人のご助力をいただいた。とりわけ、藤沢作品の細部に精通する、遠藤崇寿（ただし）さんには事実関係の確認をいただいた。雑誌連載においては好漢、荒井俊さんに、単行本にさいしては、『清冽　詩人茨木のり子の肖像』以来久々、「山ちゃん」こと山田有紀さんのご尽力を得た。お世話になった方々に深く感謝する。なお、藤沢作品の引用はすべて、『藤沢周平全集』に拠っている。

後藤正治

二〇二五年三月

初出
『中央公論』（二〇二三年五月号〜二四年十月号）

後藤正治

1946年、京都市生まれ。ノンフィクション作家。『遠いリング』で講談社ノンフィクション賞、『リターンマッチ』で大宅壮一ノンフィクション賞、『清冽』で桑原武夫学芸賞を受賞。近著に『天人』『奇蹟の画家』『拗ね者たらん』（ともに講談社文庫）、『クロスロードの記憶』（文藝春秋）、『後藤正治ノンフィクション集』（全11巻、ブレーンセンター）など。

文　品
——藤沢周平への旅

2025年3月25日　初版発行

著　者　後藤 正治
発行者　安部 順一
発行所　中央公論新社
〒100-8152　東京都千代田区大手町1-7-1
電話　販売 03-5299-1730　編集 03-5299-1740
URL https://www.chuko.co.jp/

ＤＴＰ　ハンズ・ミケ
印　刷　大日本印刷
製　本　小泉製本

Published by CHUOKORON-SHINSHA, INC.
Printed in Japan　ISBN978-4-12-005904-9 C0095